喝月亮的女孩

· 蒲公英国际大奖小说 ·

喝月亮的女孩

[美] 凯莉·巴恩希尔 著　　[美] 舒杭丽 译

贵州出版集团　贵州人民出版社

THE GIRL WHO DRANK THE MOON
by Kelly Barnhill
Copyright © 2016 by Kelly Barnhill
Simplified Chinese translation copyright © 2018 by Beijing Dandelion Children's Book House Co., Ltd.
Published by arrangement with Writers House, LLC through Bardon-Chinese Media Agency
ALL RIGHTS RESERVED

图书在版编目（CIP）数据

喝月亮的女孩 /（美）凯莉·巴恩希尔著；（美）舒杭丽译. -- 2版. -- 贵阳：贵州人民出版社，2019.4（2024.3 重印）
ISBN 978-7-221-15198-8

Ⅰ. ①喝… Ⅱ. ①凯… ②舒… Ⅲ. ①儿童小说－长篇小说－美国－现代 Ⅳ. ①I712.84

中国版本图书馆CIP数据核字(2019)第060116号

HE YUELIANG DE NÜHAI
喝月亮的女孩
[美] 凯莉·巴恩希尔 著　[美] 舒杭丽 译

出 版 人	朱文迅
策　　划	蒲公英童书馆
责任编辑	颜小鹂
装帧设计	曾　念　王艳霞
责任印制	郑海鸥

出版发行	贵州出版集团　贵州人民出版社
地　　址	贵阳市观山湖区中天会展城会展东路SOHO公寓A座（010-85805785　编辑部）
印　　刷	鸿博昊天科技有限公司（010-87563716）
版　　次	2018年4月第1版　2019年4月第2版
印　　次	2024年3月第20次印刷
开　　本	720毫米×1000毫米　1/16
印　　张	19.5
字　　数	245千字
书　　号	ISBN 978-7-221-15198-8
定　　价	39.80元

如发现图书印装质量问题，请与印刷厂联系调换；版权所有，翻版必究；未经许可，不得转载。
质量监督电话　010-85805785-8015

致泰德
献上我的爱

目录

1. 故事就这样开始了 ……… 1
2. 一个不幸的女人发疯了 ……… 3
3. 女巫不小心给婴儿注入了魔法 ……… 11
4. 那只是一个梦 ……… 22
5. 沼泽怪兽不禁爱上她了 ……… 24
6. 安坦给自己惹麻烦了 ……… 33
7. 有魔法的孩子麻烦多 ……… 40
8. 一个蕴含真理的故事 ……… 46
9. 好几件事情都出错了 ……… 48
10. 女巫找到了一扇门，也找回了记忆 ……… 56
11. 女巫做出了决定 ……… 60
12. 给孩子讲讲沼泽的事 ……… 65
13. 安坦重访塔楼 ……… 67
14. 凡事总有后果 ……… 78
15. 安坦撒了个谎 ……… 87
16. 用之不尽的纸张 ……… 99
17. 硬壳上的裂缝 ……… 103
18. 女巫被发现了 ……… 109
19. 痛苦镇之旅 ……… 118
20. 卢娜讲的故事 ……… 127
21. 费里安的新发现 ……… 129
22. 还有另外一个故事 ……… 140
23. 卢娜画了一幅地图 ……… 141
24. 安坦提出了解决方案 ……… 152
25. 卢娜学到一个新词 ……… 159

26. 疯女人学会了一种新技能 ……… 163

　　27. 卢娜知道了惊人的事实真相 ……… 169

28. 各路人马进入森林 ……… 172

　　29. 火山的故事 ……… 184

30. 事情比原先计划的更加困难 ……… 186

　　31. 疯女人发现了一个树屋 ……… 189

32. 卢娜发现了一只纸鸟——其实有好几只 ……… 194

　　33. 女巫遇到了老熟人 ……… 201

34. 卢娜在林中遇到一个女人 ……… 207

　　35. 格勒克闻到了不祥的味道 ……… 218

36. 一张无用的地图 ……… 224

　　37. 女巫得到了惊人的信息 ……… 230

38. 云开雾散了 ……… 235

　　39. 格勒克把真相告诉了费里安 ……… 244

40. 关于靴子的分歧 ……… 251

　　41. 殊途同归 ……… 255

42. 世界是蓝色和银色的 ……… 261

　　43. 第一个目标明确的咒语 ……… 263

44. 一颗心的改变 ……… 268

　　45. 天生巨龙做出了巨大的决定 ……… 273

46. 好多个家庭都团聚了 ……… 283

　　47. 格勒克上路了，留下一首诗 ……… 292

48. 故事的结尾 ……… 296

　　鸣谢 ……… 299

译后记 ……… 300

1. 故事就这样开始了

是的。

森林里有个女巫。森林里自古就有女巫！

你能不能别那么紧张啊,我的小星星?从来没见过你这么爱紧张的孩子。

没有,宝贝儿,我从来没见过她。没人见过女巫,千百年来都没人见过。我们已经有对策了,好让我们永远不会见到她。

可怕的对策。

别逼我说出来,反正你已经知道了。

哦,我不知道,亲爱的。没人知道她为什么要带走我们的小孩子,而且一定要挑年龄最小的孩子。我们不可能当面问她,没人见过她,我们得保证她不被人看到。

她当然存在了。你这算什么问题?你看这森林,多危险啊!有毒的烟雾,危险的天坑,沸腾的间歇泉,四处隐藏着恐怖的险境。你觉得这些都是偶然产生的?瞎说!这都是女巫变出来的。要是我们不按照她说的去做,后果会怎么样呢?

你真要我给你解释啊?

我看还是不要了吧。

哦——不要哭,长老们是不会来找你的,你的年龄太大了。

他是不是咱们家的孩子?

是的,宝贝儿。那是在很久以前,你还没有出生。他是一个非常漂亮的小男孩。

现在，赶紧吃完晚饭，去做你的家务吧。明天咱们都得早起，"献祭日"可不能迟到，而且我们大家都要到场，去感谢那个将要牺牲的孩子。只有牺牲了他，才能保证我们大家再过一年的安生日子。

你哥哥？我怎么可能为他去反抗？假如我那样做，女巫就会杀死我们大家，那怎么行？不牺牲一个就得牺牲全体。世界就是这个样子，我们想要改变也改变不了。

你问得够多了。去吧，傻孩子。

2. 一个不幸的女人发疯了

献祭日的早上,赫兰德大长老花了很长时间来梳洗打扮。毕竟这样的献祭日每年只有一次,他希望今天在前往被诅咒的房子的肃穆的游行仪式中,以及在游行之后肃穆的退场过程中,能够呈现出自己最好的形象。他鼓励其他的长老也都这样做,给民众一个完美的表演是很重要的。

他精心地在他下垂的面颊上涂了些腮红,用黑色眼线粉勾上眼线。他对着镜子检查牙齿,确认牙齿上没有粘着食物的残渣。他特别喜欢这面镜子,这是"保护区"里仅有的一面镜子。对赫兰德来说,没有什么能比得到独一无二的东西让他更加快乐了。他喜欢让自己与众不同。

大长老拥有许多保护区里的特权,这是做这份工作的好处之一。

保护区——有些人称它为"芦苇王国",还有人称它为"悲伤之城"——它地处危险的森林和巨大的沼泽之间,就像是一块三明治的夹层。保护区里大多数人都靠沼泽为生。做母亲的都会对他们的孩子说,未来有一天,他们可以走出这片沼泽。未来的可能性并不大,你懂的,但总比没有好。春天到来的时候,沼泽里长满了孜林①的新芽,夏天孜林开花,秋天孜林会结出球茎——这种生长在边界上的神奇植物,有很高的药用价值,可以大量收获、加工处理,并且销售给来自森林另一边的商人,这些商人再把这些沼泽的物产运往远方的自由城市。森林本身是非常危险的,而且只有一条道路可以通过。

---

① 原文 Zirin,一种传说中的神奇植物。

这条路归长老们所有。

也就是说，赫兰德大长老拥有这条道路，其他的长老也拥有各自的份额。他们还拥有沼泽，还有果园，还有房子，还有街角广场，甚至所有的花园。

这就是为什么保护区的公民所穿的鞋子都是用芦苇做的；这就是为什么在那贫穷的年代，他们要用沼泽的物产煮成浓汤给孩子们喝，希望沼泽能够使孩子们强壮起来。

这就是为什么长老们和他们的家人都长得高大、强壮、脸色红润，可以天天享用牛肉、黄油和啤酒。

有人敲门。

"进来。"赫兰德大长老低声答应着，调整了一下长袍的披肩。

是安坦，他的外甥，一个见习长老。这都是因为赫兰德一时心软，答应了比这个可笑的男孩更可笑的男孩的母亲，让他来见习。这么说可不够厚道。安坦是一个很不错的年轻人，快十三岁了。他非常勤奋，善于学习。他的数学很好，动手能力很强，一眨眼的工夫就可以为疲劳的大长老打造一个舒适的板凳。而且，不管他是好是坏，赫兰德大长老已经莫名其妙地越来越喜欢这个男孩了。

但是——

安坦头脑清醒，满脑子都是想法，问题多得数不清。赫兰德大长老皱起了眉头。安坦——他怎么能这样想呢？太过聪明了。如果他一直这样下去的话，早晚会被除掉的，见血或不见血。这种想法使得赫兰德的心脏就像压了一块石头，变得非常沉重。

"**赫兰德舅舅！**"安坦那令人难以承受的热情几乎把他的舅舅击倒在地。

"冷静一点，小伙子！"大长老严厉地说，"这是一个庄严的场合！"

男孩明显地平静下来了，他脸上带着殷切的、狗一般的表情，弓着身子。赫兰德努力抑制住自己伸手抚摸他脑袋的冲动。"我是被派来——"安坦尽量用最温柔的声音说道，"通知您，其他的长老都已经准备好了，所有的民众都在路边等待，人都到齐了。"

"每个人都到了？没有人逃避吗？"

"自打去年以后，我想再也不会有人敢逃避了。"安坦说着，不由得打了个冷战。

"真可惜。"赫兰德又照了照镜子，扑了一点腮红。他喜欢偶尔给保护区的公民一点教训，这样可以让他们更懂规矩。他轻轻拍了拍下巴上的赘肉，皱起了眉头。"嗯，外甥，"他优雅地甩了一下身上的长袍，这是他花了十多年的时间练出来的，"我们出发吧，毕竟那个婴孩是不会主动牺牲自己的。"他悄无声息地走到街上，安坦磕磕绊绊地紧跟在他身后。

※

一般来说，献祭日来临之时，一切都应该是庄严而肃穆的。选定的孩子由他的父母亲拱手奉献出来，麻木的家人们沉默地哀悼着，邻居们把一锅锅的炖菜和滋补的食物堆满他家的厨房，并且伸出抚慰的双臂去拥抱他的家人，以此来减轻他们的丧子之苦。

通常没有人会破坏这些规矩。

但是这次不同以往。

赫兰德大长老紧紧地抿住了嘴唇。长老们的仪仗队伍在转入最后一条街道之前，他就听到了孩子母亲的号叫。站在路旁的民众开始变得躁动不安。

当长老们最终到达献祭人家的门前时，见到了一幅令人震惊的景象。那家的房门打开，跑出来一个男人，他的脸被抓伤了，下嘴唇肿胀着，头发被一片片地揪了下来，露出了一块块的头皮，还流着血。他想要微笑，但他的舌头却本能地伸进刚刚出现的牙齿缺口里。他噘起了嘴唇，向长老们鞠躬。

"我很抱歉，各位长老，"那个男人——大概是孩子的父亲，说，"我不知道她是怎么了，像疯了一样。"

长老们刚进房门，就看见一个女人在他们头顶的房梁上声嘶力竭地吼叫着。她闪亮的黑发像一窝扭动的长蛇在她的头上飘舞。她像一只被逼进角落的困兽，伸出舌头，咝咝作响。她用一只手臂和一条腿钩住屋顶的横梁，另一只手臂紧紧地把一个小婴儿抱在胸前。

"出去！"她尖厉地叫着，"不许把她带走。我呸你们，我诅咒你们。立刻从我家滚出去，不然我就挖出你们的眼珠，丢给乌鸦吃！"

长老们目瞪口呆地张大嘴巴，盯着她。他们简直不敢相信这是真的，没有人会为一个注定要死的孩子抗争，这种事从来没有发生过。

（只有安坦偷偷地哭了，他尽量不让房间里的大人们看见他哭。）

赫兰德迅速地思索了一下，给僵硬的脸上贴了一个非常善意的表情。他高举双手，掌心面向婴孩的母亲，表示他不会去伤害她——他微笑的背后是咬牙切齿。这样的仁慈真是要了他的命。

"不是我们要带她走，我可怜的、被误导的女孩啊，"赫兰德用他最耐心的语调说，"是女巫要带她走，我们只是在做女巫要求我们做的事。"

那位母亲从胸口深处发出了巨大的吼声，如同一头愤怒的熊。

赫兰德把一只手搭在迷茫困惑的丈夫肩上，轻轻地捏捏他。"看来，朋友，你说对了，你妻子已经疯了。"他做出一副关爱的样子，极力掩饰着心中的怒火，"这相当罕见。当然，也不是没有先例。我们必须抱以同情的态度，她需要关爱，而不是责备。"

"骗子！"女人朝他吐口水。小婴孩哭了，女人向更高的地方爬去，两只脚分别踩在两根平行的橡木上,后背靠在屋顶的斜面上,好让自己站稳脚跟,在给孩子喂奶的时候,不被人抓到。婴孩吃到妈妈的奶,立刻安静下来了。"就算你们把她带走,"她喘着粗气说,"我也会找到她。我会找到她,把她带回家。你们看着吧!"

"你敢去面对女巫?"赫兰德哈哈大笑,"就凭你自己?哦,可悲的、迷失的灵魂啊!"他说出的话像蜜糖,但他的脸却如同燃烧殆尽的死灰。"悲痛让你失去了感觉,恐惧击垮了你可怜的理智。没有关系,亲爱的,我们将尽可能地医治你。卫兵!"

他打了一个响指,武装的卫兵立刻冲进了房间。她们属于一个特殊的机构,受"星星姐妹会"指挥。她们身上背着弓箭,腰上别着锋利的短剑。她们的头发梳成长长的辫子,紧紧地扎在腰间——证明她们曾在塔楼顶层,接受过灵修课程和格斗训练。她们的面孔像岩石一样僵硬无情,即便是拥有至高无上的权力和地位的长老们,也不敢随便招惹她们。星星姐妹会是一股可怕的武装力量,绝不可小觑。

"把孩子从那疯子的手中带走,再把那可怜的人儿送进塔楼。"赫兰德下令。他瞟了一眼房梁上的婴孩的母亲,只见她的脸色突然一下变得煞白。"亲爱的,星星姐妹们很擅长医治破碎的心灵。我确信你在治疗中几乎感觉不到任何的疼痛。"

卫兵的行动非常高效,镇定自若,毫不留情。那位母亲完全没有抵抗的机会,一眨眼的工夫,她被绑了起来连拉带拽地拖走了。随着塔楼的大木门"哐当"一声关闭起来,那响彻全镇的号叫声顿时消失了,小镇又恢复了往日的寂静。

再说那个小婴孩,当她被传递到大长老手中时,只是简短地哼哼了两声,就把注意力集中到了她面前那张肌肉松弛的脸上,目不转睛地盯着那满脸颤动的赘肉和皱纹。她的眼神非常凝重——既镇静又充满怀疑，并且还带有一种激情，让赫兰德不得不去认真地看看她。她长着一头黑色的鬈发，一双黑色的眼睛。光亮的皮肤，如同抛光的琥珀。在她的额头中间，有一块新月形的胎记。她的母亲也有一个相似的标记。按照民间的说法，这样的人都不是等闲之辈。而赫兰德不喜欢世俗的传说，当然也不喜欢保护区的公民自视过高。他的眉头皱成了一个疙瘩，俯下身去，更加仔细地观看婴孩的脸。婴孩朝他吐出了舌头。

好可怕的孩子，赫兰德心想。

"先生们，"他用他在所有的仪式上一贯的声调宣布，"现在时辰已到。"而那个小婴孩也恰恰选择了这个特定的时刻，在赫兰德大长老珍贵的长袍前襟上，留下了一大片热烘烘的尿渍。大长老假装没有注意到，但内心却燃烧起熊熊的怒火。

她是故意的，他心里非常确定，多么叛逆的婴孩。

像往常一样，游行仪式是沉闷的，人们的脚步缓慢而沉重，令人难以忍受。赫兰德觉得自己都快要忍不住，快发疯了。当保护区的大门刚刚在身后关闭，民众便带着他们的孩子，那些忧郁的孩子，返回到各自那死气沉沉的小屋，而后，长老们立即加快了脚步。

"我们为什么要跑呀，舅舅？"安坦问道。

"嘘，臭小子！"赫兰德低声呵斥，"快跟上！"

没有人愿意离开磐石路走进森林。哪怕是长老们，哪怕是赫兰德，都不愿意。保护区城墙外面的地方应该是够安全的。说是这样说，但是每个人都知道，曾经有人由于不小心走得太远，掉进了下陷的地洞；有人踏进滚烫的泥塘，身上大部分皮肤都被烫掉了；还有人走进了有毒气的洼地，再也没回来。森林是很危险的。

长老一行人沿着崎岖蜿蜒的小路来到一片小小的低洼空地,有五棵参天古树把这块空地围成了一个圆圈。这些古树被称作"巫婆的侍女"。也许是六棵,以前不是五棵吗?赫兰德盯着这些树,又认真地数了一遍,然后摇了摇头,确实是六棵树。无所谓啦。恐怖的森林让他紧张。毕竟,这些古树跟世界几乎都同庚同寿了。

古树环绕着的洼地长满了柔软的青苔。长老们把婴孩放在地上,尽可能不去看她。当他们转过身,急着要离开的时候,年龄最小的见习长老突然咳了一声,清了清喉咙。

"那,我们就这样把她留在这儿了?"安坦问,"这样就完事了?"

"是的,外甥,"赫兰德说,"就是这样。"他突然感到一阵疲倦,就像牛身上的轭落在了他的肩膀上。他觉得他的脊椎瘫软了下来。

安坦用手指掐着自己的脖子——这是他在紧张时的习惯动作,改不掉的。"我们不是应该等女巫来了以后再走吗?"

长老们谁也不说话,陷入了一阵难堪的沉默。

"还要等吗?"身体最虚弱的莱斯宾长老问道。

"呃,当然……"安坦有点不敢往下说了,"我们必须等女巫来,"他轻轻地说,"要是有什么野兽在女巫到达之前,把她叼走了,怎么办呢?"

长老们都看着赫兰德大长老,嘴唇闭得紧紧的。

"幸运的是,外甥,"赫兰德语速很快地说着,把少年拉到一边,"这从来就不是一个问题。"

"可是——"安坦再次掐住自己的脖子,掐得那么用力,都掐红了。

"没有什么可是。"赫兰德说着,把一只大手重重地按在少年背后,迅速地将他赶上了那条被人踩踏出来的小路。

随后,一个接一个地,长老们也都离开了,把小婴孩一个人留在身后的森林里。

离开的时候,他们每个人心里都很明白——除了安坦之外——问题根本就不是孩子会不会被野兽吃掉,而是她肯定会被野兽吃掉。

他们离开这婴孩的时候就知道,那里肯定没有女巫。那里从来就没有过女巫。那里只有一个危险的森林、仅有的一条道路,还有长老们也得战战兢兢才能世代享受到的富裕生活。所谓的女巫——或者说,相信有这样一个女巫——其实都是编造出来吓唬人的,吓唬那些柔弱的人,那些随声附和的人,那些在悲伤的阴霾里苟且偷生的人。悲伤的阴云使他们的感官麻木,思想迟钝。这对长老们随心所欲的统治来说,真是便利得无以复加。当然,这么做并不是那么令人愉快,但也没有办法。

他们穿过森林的时候,还能听到婴孩呜咽的声音,很快,哭声就被沼泽冒泡的声音、鸟叫的声音和树木开裂的声音掩盖住了。每个长老都深信不疑,那孩子不会活到第二天早晨,并且他们永远也不会听到她的声音,不会再见到她,不会再想起她了。

他们认定她永远地消失了。

当然,他们错了。

3. 女巫不小心给婴儿注入了魔法

在森林的正中央，有一个小沼泽——里面不停地冒着气泡，气泡里含有硫黄和毒气。沼泽的底下沉睡着一座随时可能爆发的活火山，它在不断地给沼泽加热。沼泽的表面覆盖着一层黏液，会变不同的颜色，从毒绿色，到闪电蓝，再到血红色，取决于是在一年之中的什么时间。这一天——就在马上要到保护区的献祭日，而世界其他地方称之为"星星儿童日"的那天——绿色的沼泽刚刚开始朝着蓝色变化。

肥沃的沼泽地里生长出大片的芦苇，芦花盛开，旁边站立着一位年老的妇人，手里拄着一根疙疙瘩瘩的拐杖。她的个子不高，身材短粗，肚子有点向前凸出。她头上卷曲的灰发梳到脑后，编成了辫子，然后绾成了一个厚实的发髻。辫子的缝隙里，生长着鲜花和绿叶。尽管她脸上带着一丝淡淡的烦恼，但她那阅历丰富的眼睛仍然熠熠生辉，扁平宽阔的嘴唇上挂着浅浅的微笑。从某些角度来看，她长得有点像一只非常温和的大蟾蜍。

她的名字叫阿仙，也有人叫她仙婆婆。她就是大家传说中的那个女巫。

"你以为你可以逃得过我的眼睛吗，你这个可笑的怪物？"仙婆婆冲着沼泽喝道，"别以为我不知道你藏在哪里。立刻、赶快，给我浮出水面来，向我道歉。"她做出一副要发怒的样子，"要不我就把你给变出来！"尽管她不可能真的把这个怪物怎么样——这个怪物实在是太老太老了——但她绝对有能力让沼泽把他给咳出来，就像是咳出喉咙里面的一口痰，她只需要挥挥左手、晃晃右腿的膝盖就行了。

她再次皱起了眉头。

"我说话算话啊！" 她吼道。

浓稠的沼泽水开始冒泡、旋转，沼泽怪兽巨大的脑袋从蓝绿色的水中冒了出来。他先眨了眨他的一只巨大的眼睛，又眨了眨另一只巨大的眼睛，然后朝着天空转动两只眼球。

"你用不着对我翻白眼，年轻人！"老妇人气哼哼地说。

"巫婆，"怪兽嘟囔着，半个嘴巴仍然浸泡在浓稠的沼泽水中，"我可比你多活了好几个世纪呢。"他宽阔的嘴唇在水藻中吹出一个大泡泡。有一千年了吧，应该有了，他心想。可是有谁在意这些数字呢？

"我不喜欢你说话的腔调。"仙婆婆那布满皱纹的嘴巴噘得老高，就像是面孔中央结了个玫瑰花苞。

怪兽清了清喉咙："亲爱的女士，正如诗人所言：'吾不屑与鼠辈——'"

"格勒克！" 阿仙严厉地喝道，"注意你的言语！"

"抱歉。"虽然格勒克心不甘情不愿，但还是小声地道了个歉。他把四条手臂搭在岸边的泥巴上，长着七个指头的手掌压进泥里。只听他用力一吼，巨大的身体就蹿到了草地上。过去做这个动作没这么*困难啊*，格勒克心想，尽管他已经记不清自己上次是在什么时候做过这个动作了。

"小飞龙费里安在火山出气口那边，哭得眼珠子都要掉出来了，可怜的小家伙。"阿仙生气地说。格勒克深深地叹了口气。阿仙把手杖使劲往地上一戳，溅起了一股泥水，把两人都吓了一跳。阿仙瞪着沼泽怪兽。"你呀，就是太刻薄了。"她摇了摇头，"无论如何，他还只是个孩子呀。"

"亲爱的阿仙，"格勒克说，声音瓮声瓮气的，像是胸腔里发出来的共鸣，这正是他所希望达到的效果，听起来必须要具有权威性和戏剧性，还不能像得了感冒似的，"他的年龄*也*比你大，现在应该是他长大的时候了。"

"哦,你懂我的意思。而且不管怎么说,我答应过他的母亲。"

"五百年啦,多一二十年或者少一二十年都没关系,这位龙宝宝一直活在这样的妄想当中——靠你来喂养、呵护他一辈子啊,亲爱的。这样怎么能有助于他的成长?他并不是一条天生的巨龙,而且至今也没有任何迹象表明他有可能长成一条巨龙。身为一个完美的小龙崽也并不丢脸啊!身量大小又不代表一切,你懂的。他属于一个古老而光荣的物种,在龙一生的七个阶段①里都出现过无数最伟大的思想家。他有很多可以骄傲的资本呢。"

"他的母亲很清楚——"阿仙刚一开口,怪兽就打断了她。

"不管怎么说,他早就该了解他的宝贵遗产和他在这世界上的地位了。我陪伴他书写他生命的幻想小说已经太久太久了,比我应该陪伴他的时间还要长久。可是现在……"格勒克把四条手臂按在地上,抬起了压在身体下面的大屁股,用他的大尾巴裹住全身,活像是一个闪光的大蜗牛壳。他把肥大的肚子堆在盘坐的双腿上。"我不知道,亲爱的。有些东西已经永远地流逝了。"一片乌云蒙上了他湿漉漉的脸,仙婆婆摇了摇头。

"你又来了。"她笑他。

"正如诗人所云,'哦,变化无常的地球啊——'"

"让你的诗人见鬼去吧。去道歉!现在就去。他是多么仰慕你啊。"阿仙看了看天,"我必须得飞走了,亲爱的,我已经晚了。求求你!拜托了!"

格勒克向女巫俯过身去,她把手放在他宽大的脸颊上。虽然他能够直立行走,但还是更喜欢用他的六条手臂来爬行,也可以说是七条手臂——有时候他的尾巴也可以当作一条手臂来用。有的时候,他只用五条手臂走

---

① "龙一生的七个阶段"可能是沼泽怪兽对莎士比亚作品中"人生七阶"的发挥。

路，每当遇到特别喜欢的香花时，他就会腾出一只手去把花摘下来，放到鼻子上闻着；或者用一只手去捡好看的石头；或者把一支雕刻精美的笛子放到唇边，吹上一曲动人的歌。而现在，他轻轻地把自己巨大的额头抵在仙婆婆小小的眉心上。

"请你一定要多加小心啊！"他用非常低沉的声音说，"我做了些非常令人不安的梦，一直被那些梦境困扰着。今天早上你出门以后，我特别为你担心。"阿仙高高地扬起了她的眉毛，格勒克只好不情愿地哼了一声，偏过脸去，低声说："好吧，我会帮我们的朋友费里安把他的幻想小说写下去。诗人告诉我们：'真理之路在寻梦者的心中。'"

"要的就是这种精神！"阿仙说。她弹了个响舌，抛给格勒克一个飞吻。然后，她拱起后背，把手杖在地上一撑，就像箭一样冲进了绿色的森林。

不管保护区的人如何迷信，这座森林其实根本就没有被诅咒，也没有任何魔法。但它的确是一座危险的森林。森林下面隐藏的火山——坡度不大，但是覆盖的区域宽广——是非常诡异的。它沉睡时会发出咕噜咕噜的声响，同时不断地给间歇泉加热，直到它们喷发出来，并且无休止地加深岩石的裂缝，把它们变得深不见底。沉睡的火山将溪流烧滚，把泥浆煮熟，让瀑布消失在深深的洞穴中，然后在几英里之外的地方重现出来。它有许多出气口，有的喷出臭气，有的喷出灰尘，还有的看起来似乎并没有喷出任何东西——直到有人的嘴唇和指甲变成蓝色、开始感到天旋地转之后，才知道它喷出的毒气是看不见的。

对普通人来说，要穿越森林，只有一条真正安全的通道，那就是"磐石路"。这条路夹在岩石中间，是一条天然形成的岩缝，被岁月打磨得日益平滑。这条磐石路从来不曾改变或转移，从不抱怨，永远静静地候在那里。可惜，它被保护区的一些暴徒霸占了。仙婆婆几乎不走磐石路，她实在受不了那些暴徒,他们向路人征收很高的过路费。上一次仙婆婆走这条路的时候,他们跟她要很多钱。她已经有很多年不再靠近这条磐石路了——将近两个世纪了。她每次都用自己的方法——用魔法,加上技巧和常识——来穿越这片森林。

不管是用什么样的方法,想要徒步穿过森林都是一件很不容易的事。但是仙婆婆非做不可,因为在保护区外面,有一个年幼的孩子正等着她。一个孩子的生命要靠她来解救,她必须及时地赶过去。

从仙婆婆有记忆开始,每一年大约在同一时间,保护区的一个母亲就会将她的婴孩丢在森林里。仙婆婆不知道这是为什么,也不去加以论断,但是她无论如何都不会让那可怜的小家伙就这样死去。所以,每一年的这个时候,她都会赶到那个梧桐树环绕的洼地里,抱起那个被遗弃的婴儿,带到森林的另外一边,带到磐石路另一头的"自由城市"的一个城镇去。那些城镇都是很快乐的地方,那里的人们爱孩子。

山间小路回转过去,保护区的围墙进入了仙婆婆的视野。她急促的步伐放慢了下来。保护区是一个令人感到窒息的地方——污浊的空气、污染的水、悲伤的乌云笼罩在家家户户的屋顶之上,她感到一股悲伤钻进了自己的骨头。

"一旦婴儿到手,必须马上离开。"像往年一样,仙婆婆这样提醒着自己。

早在出门之前,她就已经做好了充分的准备——带一条用最柔软的羊羔毛织成的毯子,用来包裹婴孩,给他保暖;带一叠棉布给孩子擦屁股;一两瓶羊奶给孩子填饱肚子。如果羊奶不够喝的话(过去往往都会这样——因为路程那么远,羊奶又很重),仙婆婆就会做一件任何聪明的女巫都会做的事:等天黑到能看得见星星的时候,伸出一只手,用手指钩住星光,就像拉扯蜘蛛网的丝线，用来喂给孩子吃。每个女巫都知道，星光是有助于婴儿生长的最美妙的食物。采集星光需要一定的诀窍和天赋（要用魔法来启动），但孩子们吃得特别起劲。吃星光的孩子都会长得胖乎乎、沉甸甸的，还会闪闪发光。

没用几年光景，自由城市的居民就把一年一度、女巫到来的那天当作节日来庆祝了。她所带来的孩子，皮肤和眼睛里都闪耀着明亮的星光，被人们视为一种祝福。仙婆婆要花很多时间，仔细地为每个孩子选择合适的家庭，确保收养家庭具有高尚的品格、志趣和幽默感，必须能够配得上这个她经历了千辛万苦、用心呵护着的小生命。

这些星星儿童，正如大家对他们的称呼一样，都会从一个快乐的婴儿成长为一个善良的少年，最终成为高尚的成年人。他们一个个才华横溢，具有慷慨助人的精神，而且事业有成。当他们到了寿终正寝的时候，也一定是在富足中死去。

仙婆婆赶到梧桐树林时，并没有看见孩子，不过天色还早。她觉得好累。于是，她走到一棵疙疙瘩瘩的老树跟前，靠上去，用她柔软的鼻子深深地吸了一口树皮散发出来的浓郁的香气。

"先打个盹儿吧，养养精神。"她对自己说道。确实很有必要，她一路走来的路程漫长又艰辛，而她即将要走的路程会更加漫长，并且更加辛苦，最好先踏踏实实地休息一下。因此，仙婆婆就像她平时出门在外、想要躲清静的时候常常做的那样，将自己变成了一棵树——一棵高大茂盛的古树，疙疙瘩瘩的树皮上长着青苔，看起来跟周围几棵古老的梧桐树几乎没有区别。她变成了一棵树，睡着了。

她没有听到送婴儿的队伍走过来。

她没有听到安坦的反对声或是长老会尴尬的沉默，也没有听到赫兰德大长老生硬的训斥。

她甚至没有听到婴儿咿咿呀呀的呼唤,没有听到她呜呜咽咽的哭泣,也没有听到她大声的啼哭。

但是,当小婴孩直起喉咙、死命地放声号叫时,仙婆婆醒来了。

"哦,我宝贵的小星星!"她用苍老的、粗糙的、树叶一样的声音说道,因为她还没有变回人形,"我没看到你躺在那里!"

婴孩并没有被她的话感动,继续踢打、扭动、号叫、哭闹,小脸涨得通红,怒气冲天,两只小手攥成了两个拳头。婴孩额头上的胎记颜色发黑,发出了危险的信号。

"稍微等一等,宝贝儿。仙阿姨马上就来抱你。"

她已经尽量地快了。但变形是一个非常复杂的魔法,即使是像阿仙这样熟练的女巫也需要一点时间。大树上的枝条要一根根地缩进她的脊柱,而树皮上的皱褶也要一点点地变成她皮肤上的皱褶。

仙婆婆拄着手杖,弓着身子,转转肩膀,松松脖子上僵硬的肌肉——先是这一侧,然后是另一侧。她低头看看地上的孩子,那小婴孩看来已经平静了一些,而且正用观察大长老的眼神凝视着女巫——镇定的、探究的、不安的目光。恰恰是这种目光,触动了仙婆婆的心灵,拨动了她灵魂中紧绷的琴弦——竖琴一般的琴弦。它让女巫感动得几乎喘不过气来。

"奶瓶,"仙婆婆说,尽量不去顾及心中竖琴弹奏的美妙音符,"你需要用奶瓶来喝奶。"她找遍了身上无数的口袋,终于取出一瓶羊奶,这是早就为饥饿的小肚子准备好的。

仙婆婆抖了一下脚踝,把一个蘑菇变成了一个好看的小板凳,坐了上去。她抱起婴孩,让孩子温暖的小身体紧靠在她腰间最柔软的部位,等待着。孩子额头上弯月形的胎记的颜色淡了下来,变成了心情愉悦的粉红色。

她乌黑的鬈发衬托着她深黑色的眼睛,她的脸就像宝石一样闪闪发光。奶水使她变得平静满足,但是她的目光仍然紧追不舍地盯着仙婆婆——就像树根牢牢地抓住土壤。仙婆婆幸福地哼哼起来。

"哦,"她说,"你不用这样看着我。我没法把你送回到原来的地方。都已经过去了,你可能也忘记它了。哦,嘘——"孩子又开始呜咽。"别哭了,你会爱上我们要去的地方。我得好好想想要把你送去哪个城镇,他们都是特别好的人,你也一定会爱上你的新家。我会看到这一切的。"

但仅仅是这样说说,仙婆婆古老的心脏就已经感到很痛了。突然间,她心里产生了一种莫名其妙的难过。小婴儿放开了嘴里的奶瓶,用好奇的眼神看着仙婆婆。女巫耸了耸肩膀。

"嗯,你别问我呀,"她说,"我不知道你为什么会被丢在树林里面,我也不知道为什么人们做事情只做一半,还得让我来操心另一半。但是我肯定不会把你留在这里,让你躺在地上,去喂那些黄鼠狼。美好的未来正等着你呢,宝贵的孩子。"

"宝贵"这个词让仙婆婆的喉头发紧。好奇怪啊!她不明白这是为什么。她努力地咳了几声,清除了肺里老旧的残渣,给女孩一个亲切的微笑。她靠近婴儿的脸,把嘴唇贴在孩子的额头上。她总是会亲吻小孩子。至少,她很肯定她亲吻过他们。小孩子的头皮,闻起来就像是烤面包和甜奶酪的味道。仙婆婆闭上眼睛,只闭了一下下,然后摇摇头。"来吧,"她用浑厚的声音说,"我们去看看周围的世界吧,好吗?"

然后,她把婴儿仔细地包裹起来,安全地放在背巾里面,吹着口哨,走进了森林。

她应该直接前往自由城市的,她确实也是想要直接过去的。

但是那边有一个瀑布,她猜宝宝可能会喜欢,要去看看;还有一块高大长老生硬的训斥。

她甚至没有听到婴儿咿咿呀呀的呼唤，没有听到她呜呜咽咽的哭泣，也没有听到她大声的啼哭。

但是，当小婴孩直起喉咙、死命地放声号叫时，仙婆婆醒来了。

"哦，我宝贵的小星星！"她用苍老的、粗糙的、树叶一样的声音说道，因为她还没有变回人形，"我没看到你躺在那里！"

婴孩并没有被她的话感动，继续踢打、扭动、号叫、哭闹，小脸涨得通红，怒气冲天，两只小手攥成了两个拳头。婴孩额头上的胎记颜色发黑，发出了危险的信号。

"稍微等一等，宝贝儿。仙阿姨马上就来抱你。"

她已经尽量地快了。但变形是一个非常复杂的魔法，即使是像阿仙这样熟练的女巫也需要一点时间。大树上的枝条要一根根地缩进她的脊柱，而树皮上的皱褶也要一点点地变成她皮肤上的皱褶。

仙婆婆拄着手杖，弓着身子，转转肩膀，松松脖子上僵硬的肌肉——先是这一侧，然后是另一侧。她低头看看地上的孩子，那小婴孩看来已经平静了一些，而且正用观察大长老的眼神凝视着女巫——镇定的、探究的、不安的目光。恰恰是这种目光，触动了仙婆婆的心灵，拨动了她灵魂中紧绷的琴弦——竖琴一般的琴弦。它让女巫感动得几乎喘不过气来。

"奶瓶，"仙婆婆说，尽量不去顾及心中竖琴弹奏的美妙音符，"你需要用奶瓶来喝奶。"她找遍了身上无数的口袋，终于取出一瓶羊奶，这是早就为饥饿的小肚子准备好的。

仙婆婆抖了一下脚踝，把一个蘑菇变成了一个好看的小板凳，坐了上去。她抱起婴孩，让孩子温暖的小身体紧靠在她腰间最柔软的部位，等待着。孩子额头上弯月形的胎记的颜色淡了下来，变成了心情愉悦的粉红色。

她乌黑的鬈发衬托着她深黑色的眼睛,她的脸就像宝石一样闪闪发光。奶水使她变得平静满足,但是她的目光仍然紧追不舍地盯着仙婆婆——就像树根牢牢地抓住土壤。仙婆婆幸福地哼哼起来。

"哦,"她说,"你不用这样看着我。我没法把你送回到原来的地方。都已经过去了,你可能也忘记它了。哦,嘘——"孩子又开始呜咽。"别哭了,你会爱上我们要去的地方。我得好好想想要把你送去哪个城镇,他们都是特别好的人,你也一定会爱上你的新家。我会看到这一切的。"

但仅仅是这样说说,仙婆婆古老的心脏就已经感到很痛了。突然间,她心里产生了一种莫名其妙的难过。小婴儿放开了嘴里的奶瓶,用好奇的眼神看着仙婆婆。女巫耸了耸肩膀。

"嗯,你别问我呀,"她说,"我不知道你为什么会被丢在树林里面,我也不知道为什么人们做事情只做一半,还得让我来操心另一半。但是我肯定不会把你留在这里,让你躺在地上,去喂那些黄鼠狼。美好的未来正等着你呢,宝贵的孩子。"

"宝贵"这个词让仙婆婆的喉头发紧。好奇怪啊!她不明白这是为什么。她努力地咳了几声,清除了肺里老旧的残渣,给女孩一个亲切的微笑。她靠近婴儿的脸,把嘴唇贴在孩子的额头上。她总是会亲吻小孩子。至少,她很肯定她亲吻过他们。小孩子的头皮,闻起来就像是烤面包和甜奶酪的味道。仙婆婆闭上眼睛,只闭了一下下,然后摇摇头。"来吧,"她用浑厚的声音说,"我们去看看周围的世界吧,好吗?"

然后,她把婴儿仔细地包裹起来,安全地放在背巾里面,吹着口哨,走进了森林。

她应该直接前往自由城市的,她确实也是想要直接过去的。

但是那边有一个瀑布,她猜宝宝可能会喜欢,要去看看;还有一块高高耸起的岩石，在上边可以看到特别美妙的景色，也应该去看看。她觉得自己好想给宝宝讲故事，还想给宝宝唱歌。于是，她不停地讲着故事唱着歌，脚下的步子越来越慢了。仙婆婆把这都归咎于自己年老不中用了、腰酸背痛了，还有孩子烦躁、哭闹了。但是这些都不是真正的原因。

仙婆婆发现自己一而再、再而三地停下脚步，其实只是为了借机把婴儿从背巾上放下来，好看看那双深邃的黑眼睛。

每天，每天，仙婆婆都在走绕远的路。她绕着圈走，来回走，拐弯抹角地走。平日里她穿过森林的路线，几乎跟磐石路一样笔直，而现在走的路却蜿蜒曲折，迂回反复。晚上，当羊奶喝光了，仙婆婆就伸出手去，用手指采集一道道的星光，喂给孩子，宝宝吃得好香啊。每吃一口星光，宝宝的目光就会变得更加深邃明亮。整个宇宙好像都被那双眼睛点燃了——如同有无数的银河在闪耀。

第十个夜晚过去了，通常只需要三天半的旅程，走了还不到四分之一。每个黑夜降临的时候，蛾眉月都会比前一个晚上提前一点升起，但是仙婆婆并没有特别注意到这个现象。她只顾伸出手去，采集着星光，没有留心月亮的情况。

当然，星光里面有一定的魔法，这是众所周知的。但是因为星光要经历非常遥远的距离到达地球，它的魔法就变得比较微弱而分散，星光的末梢就成了最细微的游丝。然而在这游丝般的星光中还是有足够的魔法来满足宝宝的生长需要，能够填饱他们的肚子，而且如果吃下去很多星光的话，还可以让宝宝的心灵和头脑处于最佳状态。星光足以用来祝福婴孩，但是无法赋予他们使用魔法的能力。

而月光，则完全不同。

月光本身就是魔法，你可以去问任何一个人。

仙婆婆无法让自己的眼睛离开婴儿的眼睛。太阳、星星和流星。星云的尘埃。宇宙大爆炸和黑洞，还有无尽的、无尽的空间。月亮升起来了，又大又圆又光亮。

仙婆婆只管伸出手去采集星光。她没有看天空，也没有注意到月亮。

（她感觉到手指上的光变沉重了吗？她注意到这光有多黏、有多甜吗？）

她的手指在头顶上不停地绕动。等到手里抓不下了，就把手放了下来。

（她注意到从她手腕上甩下来的魔法很重了吗？她对自己说没有注意到。她一遍又一遍地这样说，一直说到自己都相信这是实话为止。）

而小宝宝只是一个劲儿地吃啊，吃啊，吃啊。突然，她打了一个寒战，捉住了仙婆婆的手臂。然后，她大叫了一声——只有一声，而且非常响亮。然后，她心满意足地吐了一口长气，靠在女巫柔软的肚子上，一下子就睡着了。

仙婆婆抬起头来看看天空，感觉到月亮的光芒洒落在她的脸上。"哦，天哪！"她低声叫道。在她没注意的时候，天上的月亮已经变成一轮又圆又大的满月了。这时候的月光具有最强大的魔力。只要喝上一口，就可以得到这种魔力，而这个宝宝，已经喝了——哎呀呀，可不止一口啊！

贪吃的小东西。

不管怎么说，已经发生的事实就像月亮落在树梢上一样明确了。孩子已经被赋予了魔力，这是毫无疑问的。这样一来，事情可就变得比以前要复杂多了。

仙婆婆盘起腿来坐在地上，让熟睡的孩子躺在膝盖的弯头上。这样她可以睡得特别踏实，几个小时都不会醒来。仙婆婆用手指梳理着小女孩黑色的鬈发。她现在就可以感觉到孩子皮肤下面的魔法脉动，每一根魔法的纤维都将深入到她的细胞之间，穿过肌肉组织，填满她的骨骼。到时候，她会变得很不稳定——当然不是永久的。仙婆婆清楚地记得，很久以前把她养大的巫师曾经说过，养育一个有魔法的婴孩是一件很不容易的事。不久以后她的老师们也都这样对她说。而养育她的那个巫师佐斯摩，一直在没完没了地说："把魔法灌输给孩子，就像把刀剑放在一个学步小儿的手中——太大的能量，太少的理性。你不知道是你让我这么快就变老了吗，小姑娘？"他说了一遍又一遍，不断地说。

这是真的。有魔法的孩子是危险的，仙婆婆当然不能把这个危险的孩子留给任何人。

"是吧，我的小可爱，"她说，"你是不是比别人要麻烦得多呀？"

婴孩用鼻子使劲吸了几口气，玫瑰花苞似的嘴唇上洋溢着小小的微笑。仙婆婆感觉到自己的心在怦怦地跳，她把婴孩紧紧地抱在怀里。

"卢娜①，"她说，"你的名字就叫卢娜。让我来当你的祖母吧，这样我们就是一家人了。"

仙婆婆知道，她话一出口，必定会变成事实。她说出的话在她们之间的空气中轰鸣着，比任何一种魔法的力量都强大。

她站起来，把宝宝重新放进背巾，转过身，踏上了漫长的回家之路，同时心中暗自盘算着，究竟要怎样对格勒克来解释这件事情。

---

① 原文 Luna，指月亮，有月神的意思。

4. 那只是一个梦

你问得太多了。

没人知道女巫把她带走的孩子怎么样了。没人问这个。我们不能问——你还不明白吗？太令人心碎了。

好吧，她把孩子们都吃掉了。这样说你高兴吗？

不，我不是这么想的。

我的妈妈告诉我，女巫吃掉了他们的灵魂，而这些没有灵魂的躯体从此以后就一直在大地上游荡，无法生活，也无法死亡，只留下空洞的眼睛、空虚的面孔，毫无目标地行走。我不相信这是真的。如果是真的，我们一定会看到他们的，你不这样认为吗？我们至少应该能看到一个游荡的躯体吧。毕竟，都这么多年了。

我的祖母告诉我，女巫把他们变成了奴隶。他们被关在森林里那座巨大城堡的地下墓穴里，从早到晚地操作她的魔法机、搅拌着她的大锅，听候她的差遣。但我也不相信这是真的。如果是真的，至少有一个人会逃出来呀。这么些年，肯定会有一两个人能找到出路逃回家去。所以，不对。我不认为他们都变成女巫的奴隶了。

真的，我什么事也不想，没有什么可想的。

不过，有时我会做这样一个梦，梦到你哥哥。他如果还活着的话，现在应该有十八岁了。不，十九岁了。我梦见，他的头发乌黑，皮肤发亮，两只眼睛闪耀着星光。我梦见，当他微笑的时候，身上发出的光辉可以照亮周围几英里。昨天晚上,我梦见他在一棵树下等待着一个女孩路过。他喊着她的名字,握住她的手,当他亲吻她的时候,他的心怦怦直跳。

什么?没有,我没有哭。我为什么要哭,傻孩子?

何况,那只不过是一个梦。

5. 沼泽怪兽不禁爱上她了

格勒克不同意，小婴孩刚刚到家的第一天，他就明确地表示了。

第二天，他还是不同意。

第三天，他还是不同意。

第四天，他还是不同意。

仙婆婆拒绝听他的。

"宝贝、宝贝、宝贝呀！"费里安大声地唱着，他真的是开心到了极点。这条小飞龙栖息在一根长长的树枝上，树枝一直伸到仙婆婆的树屋门口。他用力地张开他五彩斑斓的翅膀，将长长的脖子对着天空。他的声音响亮，带着颤音，惊世骇俗地走着调。格勒克捂住了耳朵。"宝贝、宝贝、宝贝呀——宝贝！"费里安自得其乐地唱着，"哦，我好爱小婴儿啊！"他从没见过任何一个小婴儿，最起码他自己不记得了，但是这一点也不影响小飞龙对小婴儿的喜爱。

从早到晚，费里安高唱婴儿歌，仙婆婆忙着照料婴儿，格勒克自己觉得，没有人会听他反对的理由。到第二个星期结束的时候，他们的居住地已经完全变了样：到处是新拉起的晾衣绳，上面挂满了婴儿的衣物和尿布；在新修建的洗衣台子旁边，新鲜吹制的玻璃奶瓶放在新打造的晾瓶架上等待晾干；家里又新添了一只山羊（格勒克根本就不知道它是怎么来的），而且，仙婆婆还会把婴儿喝的羊奶和制作奶酪、黄油的羊奶放在不同的瓶子里；而且，突然一下子，地板上全都是玩具。格勒克不止一次地踩到一个有尖角的木制拨浪鼓，疼得他大声号叫。他发现自己常常要被迫待在房间外面，还不许出声，以免他吵醒婴儿、吓到婴儿，或是用诗歌把婴儿烦闷死。

到第三个星期快要过去的时候，他实在是受够了。

"阿仙，"他说，"我必须要再一次劝告你，千万不要让自己爱上那个婴孩。"

仙婆婆哼了一声，但是没有回应。

格勒克皱起了眉头："我是说真的，我不准你爱上她。"

仙婆婆不禁哈哈大笑，小婴儿也跟她一起咯咯咯地笑个不停。她们俩已经构成了一个相互爱慕的二人社会，令格勒克难以忍受。

"卢娜啊！"费里安唱着，从敞开的大门飞进屋里。他像一只五音不全又爱唱歌的鸟儿一样在房间里飞翔，"卢娜、卢娜、卢娜啊——**卢娜！**"

"别再唱了！"格勒克厉声说道。

"你不用听他的，费里安，亲爱的，"仙婆婆说，"唱歌对婴儿是有好处的，每个人都知道。"宝宝快乐地踢蹬着双腿，嘴里发出呜呜啊啊的声音；费里安落到仙婆婆的肩膀上，继续荒腔走板地唱着歌。唱得有进步，这是肯定的，但是进步不大。

格勒克无可奈何地哼了一声："你们知道诗人关于女巫抚养婴儿的事是怎么说的吗？"

"我想不出有什么诗人可能会说到婴儿或者女巫，但我毫不怀疑，诗人所说的一定非常有见地，"她环顾四周，"格勒克，能不能请你把那个奶瓶递给我？"

仙婆婆盘腿坐在粗糙的木地板上，裙子盖住腿，孩子躺在裙子的凹陷处。

格勒克走过来，靠近小婴孩身边，低下头来用质疑的眼神看着她。宝宝的一个小拳头塞在嘴里，口水顺着手指往下流。她的另一只小手对着沼泽怪兽摇摇摆摆。她那粉红色的小嘴唇向外扩展开来，变成了一个大大的微笑，包着她湿漉漉的手指头。

她是故意这样做的，格勒克心里这样想着，竭力不让自己潮湿的大嘴巴露出笑容。她装出一副可爱的样子来对付我，这是一种可怕的诡计。多坏的小婴儿啊！

卢娜对着他咯咯地笑着叫着，踢着她的小脚丫。她的眼睛捕获了沼泽怪兽的目光，像星星一样闪耀着光芒。

千万不要爱上那个婴儿，他命令自己，一定要表现得很严厉。

格勒克清了清嗓子。

"诗人，"他加重了语气，把目光集中在婴儿身上，"关于女巫和婴儿的问题，什么都没说。"

"那好啊，"仙婆婆说着，用自己的鼻尖去顶宝宝的鼻尖，逗得孩子咯咯大笑，她顶了一下，又顶一下，"那我们就不用担心了。哦，不用了，我们不用担心了！"她唱歌似的提高了音量，格勒克翻动着他那巨大的眼球。

"亲爱的阿仙，你没有听懂我的意思。"

"而你呢，只会在这里唉声叹气，错失孩子大好的婴儿期。这个孩子就是要在这里住下来，不送走了。人类的婴儿期只是短短的一瞬间——他们成长的速度就像蜂鸟扇动翅膀一样快。好好享受这一刻吧，格勒克！要么快乐地享受，要么你就出去。"她说这些话的时候，眼睛根本就没有看着他，但格勒克已经感受到从女巫肩膀上射出来的冰冷的箭，这几乎使他的心都碎了。

"嗯，"小飞龙费里安坐在仙婆婆的肩膀上，兴致勃勃地看着宝宝踢蹬着小腿咕咕叫，"反正我喜欢她。"

可是仙婆婆不许小飞龙靠近宝宝。她说这是为了他们双方的安全着想。这个小宝宝，身体里充满了一触即发的魔法，有点像沉睡的火山——内部的能量、温度和威力会随着时间的推移而不断积累，并且没有任何预兆就会随时喷发。仙婆婆和格勒克两人对魔法的波动性都具有免疫能力（仙婆婆是由于她的高超技艺，而格勒克的年龄比魔法还古老，不会被它愚弄），所以不需要太担心，但费里安还比较柔弱。另外，费里安也特别爱打嗝，而且往往一打嗝就会喷火。

"别靠她太近，费里安，亲爱的，待在仙阿姨身后。"

小飞龙藏在老妇人像窗帘一样皱巴的头发后面，注视着小宝宝，眼睛里充满了害怕、嫉妒和向往。"我想跟她一起玩嘛！"他撒着娇说。

"我会让你跟她一起玩的，"仙婆婆一边安慰着他，一边把宝宝放好，准备给她喂奶，"我只想确保你们俩不会彼此伤害到对方。"

"我永远都不会伤害她的，"小飞龙急切地说，然后开始抽鼻子，"我想我对婴儿过敏。"

"你才不是对婴儿过敏。"格勒克低声哼了一声，话音没落，费里安就冲着仙婆婆的后脑勺打了个大喷嚏，同时喷出一团明亮的火焰。仙婆婆连躲都没躲，只是眨了一下眼睛，火苗立刻就变成了蒸气，使得她肩膀上几块没有擦干净的婴儿吐奶的污渍全部显露了出来。

"上帝保佑你[1]，亲爱的。"仙婆婆说，"格勒克，你为什么不带着我们的费里安去散散步呢？"

---

[1] 在西方文化里，当听到别人打喷嚏的时候，都会有礼貌地说："Bless you！"意思是上帝保佑你的健康。而在中国某些地区，比如北京，当听到身边的人打喷嚏，会立刻说："一百岁！"意思也是祝你健康，不要生病。两者意思相近。

"我不喜欢散步。"格勒克虽然嘴上这样说,但还是把费里安带出去散步了。或者说,格勒克是在散步,而费里安是前后左右四处飞,活像一只爱惹麻烦的超级大蝴蝶。其实费里安一直在忙着给小宝宝采花,可总是采不够,因为他每次打嗝或打喷嚏的时候,必然会喷出一股火焰,把采到的鲜花烧成灰烬。但他几乎没有注意到这些,而是没完没了地提问。费里安简直就是一个问问题的大喷泉。

"宝宝长大以后,会成为像你和仙阿姨这样的巨人吗?"他问道,"那么,一定还有更多的巨人。我是说,在更广阔的世界里。并不是这里的世界。我多么渴望能够看到这里以外的世界啊,格勒克。我想看到世界上所有的巨人,看到所有比我更大的生物!"

不管格勒克如何强烈地反对,费里安的美梦仍然是与日俱增。虽然他的身量和一只鸽子差不多,但是费里安仍然相信,他比典型的人类住宅更巨大,而且他还必须要远离人类,以免他被人意外地看到,从而造成世界性的恐慌。

"当那该来的日子到来的时候,我的孩子,"他那身为巨龙的母亲,在跳入喷火的火山口、即将永远离开这个世界的那一刻,曾经这样告诉他,"你将知道你生命的真正目的。你是,并且将成为,这个美好地球上的一条顶天立地的巨龙。千万不要忘记。"

费里安觉得,母亲的意思非常明确,他就是一条"天生的巨龙"。这是毫无疑问的,费里安每天都在提醒自己这一点。

而五百年来,格勒克一直在为这事烦恼。

"我期望着,一个孩子能够像其他儿童一样长大成人。"格勒克闪烁其词地说。每当小飞龙费里安坚持说自己是一条巨龙的时候,格勒克都会躲到长着马蹄莲的沼泽里去,假装要小睡一会儿,闭上眼睛,然后就真的睡着了。

☆

养育一个婴儿——无论他身体里有没有魔法——都是很有挑战性的事：哄也哄不好的哭泣，擦也擦不完的鼻涕，走火入魔似的把各种小物件拼命往他流着口水的嘴巴里面塞。

还有让人受不了的噪声。

"您能用魔法让她安静下来吗？"费里安恳求仙婆婆说，他对家里住进一个小婴孩的新鲜劲儿已经过去了。仙婆婆当然要拒绝他了。

"魔法是不应该用来限制一个人的自由意志的，费里安，"仙婆婆一遍又一遍地对他说，"我怎么能去做那些我让她将来永远不要去做的事情呢？那么她懂事以后会怎么想呢？这可是虚伪，是表里不一啊！"

宝宝即便是吃饱喝足了，也还是不会安静下来。她哼哼唧唧；她叽叽嘎嘎；她嘀嘀咕咕；她大声尖叫；她哈哈大笑；她用鼻子哼哼；她扯着脖子叫唤。她宛如一道由许多声音组成的瀑布，随时都在倾倒各式各样的声音，而且从不停止，甚至在睡梦中也还是喋喋不休。

格勒克为婴儿做了一条背巾，以便他用六条手臂行走的时候，可以挂在四个肩膀上用来放卢娜。他带着孩子从沼泽出发，经过工作室，经过废弃的城堡，然后再折返回来，一路上不停地朗诵诗歌。

他并没有打算去好好地爱这个婴儿。

但是，事与愿违。沼泽怪兽朗诵道：

从一颗小小的沙粒里，
生出了光，
生出了空间，

生出了无限的时间。
而最终世间的一切，
仍要返回到一颗小小的沙粒中。

　　这是他最喜欢的诗歌之一。他在地上走着，小婴孩在他胸前的背巾里凝视着他，观察他凸出的眼球、圆锥形的耳朵、宽阔的下巴上面那厚实的嘴唇。她用惊异的眼神，研究他扁平的大脸上的每一个肉赘，每一片皮屑，每一个黏糊糊的疙瘩。她好奇地把一个手指伸进他的鼻孔，格勒克不由得打了一个大喷嚏，孩子咯咯咯地大笑起来。

　　"格勒克。"小婴儿叫了一声，虽然这很可能是她打了一个嗝。格勒克不在乎。反正她叫他的名字了。她说出来了。他激动得心脏都快要跳出来了。

　　仙婆婆尽自己最大的努力不把这句话说出来：我早就跟你说过。她差不多已经成功了。

✿

　　在宝宝生命的第一年，仙婆婆和格勒克都在密切关注着她，看是否有魔法喷发的迹象。虽然他们俩都能看到魔法的海洋在孩子的皮肤下涌动（而且每次他们把孩子抱在怀里的时候，都能感觉到这种涌动），它就潜伏在她的体内——汹涌澎湃，只是尚未爆发出来。

　　夜晚，月光和星光同时洒向婴孩，洒满了她的摇篮。仙婆婆每次都用厚重的窗帘遮住窗户，但是她会发现，窗帘总是大开的，宝宝在睡梦中喝着月光。

　　"月亮，"仙婆婆自言自语地说，"确实是手段高明啊！"

　　隐隐的担忧依然存在，魔法的浪潮仍然在无声地涌动着。

第二年,卢娜体内的魔法增加了,密度和强度几乎都翻了一番。格勒克能感觉到,仙婆婆也能感觉到,只是魔法还没有爆发出来。

有魔法的婴儿是危险的婴儿,格勒克每天都这样提醒自己。不过也就是当他怀里没有抱着卢娜的时候;或者没有给卢娜唱歌的时候;或者当卢娜睡着时没有在她耳边轻声朗诵诗歌的时候。过了一段时间以后,卢娜皮肤下面的魔法看起来好像平静下来了。她是一个精力如此充沛的孩子,一个如此好奇的孩子,一个如此淘气的孩子。这本身就足够他应付的了。

月光继续不断地洒向婴孩。仙婆婆决定不再为此担惊受怕了。

第三年,卢娜体内的魔法又翻了一番。仙婆婆和格勒克几乎没有注意到这一点。他们为这个孩子忙得团团转。她整天四处探寻,翻遍了所有的书本,在上边乱涂乱画,拿鸡蛋打山羊,还有一次想从篱笆上飞出去,最后两个膝盖上的皮都擦破了,还磕掉了一颗牙。她爬到树上去捉鸟,有时候还捉弄费里安,把他气得直哭。

"诗歌会对她有帮助,"格勒克说,"学习语言可以让最粗暴的野兽变得高尚。"

"科学可以使她的大脑条理清楚,"仙婆婆说,"当一个孩子忙于研究星星的时候,怎么会去淘气呢?"

"我要教她数学,"费里安说,"如果她忙着从一数到一百万的话,就没法戏弄我了。"

于是,卢娜受教育的阶段开始了。

冬天,当卢娜午睡的时候,格勒克在她身旁轻轻地吟诵:

每一丝微风,
    都在吐露春天的诺言,

每棵沉睡的树木，
都梦想着绿色的梦想，
荒芜的山峦，
在鲜花盛开的时候醒来。

　　魔法的浪潮在她的皮肤下涌动，一浪接着一浪。浪潮还没有到达海岸，暂时还没有。

6. 安坦给自己惹麻烦了

安坦做见习长老的前五年，始终在努力地说服自己，他的工作总有一天会变得稍微容易些。但他错了，一点儿也没有变容易。

长老们无时无刻不在对他发号施令，不管是在开会期间、服务时间，还是下班之后的讨论时间。他们在街上碰见他的时候还要呵斥他。即使当他们坐在母亲家的餐厅里，吃着丰盛（然而不自在）的晚餐时，也不例外。他们会把他从睡梦中叫醒，去跟他们做突击检查。他一睁眼就被训斥。

安坦待在长老们的背后，他的眉毛拧成了一个困惑迷茫的疙瘩。

似乎不管安坦做什么，长老们都不满意，都会脸红脖子粗地对他发火，口沫横飞地数落他。

"安坦！"长老们大吼道，"站直了！"

"安坦！你那份布告是怎么弄的？"

"安坦！抹掉你脸上那愚蠢的表情！"

"安坦！你怎么会忘记准备茶点呢？"

"安坦！你到底把什么东西溅得满身都是啊？"

好像安坦每一件事情做得都不对。

他在家里的日子也好不到哪儿去。

"你怎么可能还是一个见习长老呢？"他妈妈每天晚上都会在餐桌上为这件事发火。有时候，她会把勺子摔在桌子上，把用人都吓一大跳。"我哥哥答应过我的，到现在这个时候你就应该是正式长老了。他向我保证过的！"

她不断地发脾气、发牢骚,直到把安坦的小弟弟阿韦吓得直哭。安坦是家里六个儿子当中最大的一个。按照保护区的标准,这只不过是小规模的家庭。自从他父亲去世以后,他的母亲别的什么都不想要,一心要确保自己的每个儿子都能够得到保护区所能提供的最大利益。

而她的儿子,理所当然也应该是最出色的。难道不是吗?

"舅舅对我说,办事情需要时间的,妈妈。"安坦轻声说道。他把蹒跚学步的弟弟抱到腿上,摇晃着他,直到他平静下来。他从口袋里掏出一个自己雕刻的木制玩具——一只小乌鸦,有螺旋形的眼睛,肚子里还巧妙地装了一个拨浪鼓。小弟弟很高兴,立刻把它拿过来塞进了嘴里。

"让你舅舅见他的鬼去吧,"她怒气冲冲地说,"那是我们应得的荣誉。我的意思是说,是你应得的荣誉,我亲爱的儿子。"

安坦的心里却并不那么确定。

他借口说长老会还有工作要做,离开了餐桌。但他真正的计划是偷偷溜进厨房,去帮助厨房的用人做事。然后再去花园,帮助园丁在天黑之前工作一个小时。然后他走进自己的小屋去雕刻木头。安坦最喜欢做木工活——木头本身的稳定性、木材纹理的细腻美、锯末和树脂的香味令人感到安慰。他生命中几乎没有什么东西比木头更让他热爱了。他常常要雕刻到深夜,尽力不去想他的生活。毕竟,下一个献祭日已经临近了,而安坦还需要再找一个让自己不出席的借口。

第二天早晨,安坦披上他刚刚洗过的长袍,在黎明前向长老会的议事厅走去。每天黎明时分,他的第一个任务就是通读公民的投诉和请求,那都是在大石板墙上用粉笔书写的潦草字迹,并筛选哪些是值得注意的,哪些应该涂抹掉。

("可是,舅舅,如果这些意见都很重要,怎么办呢?"安坦曾经有一次这样问过大长老。）

（"不可能。无论如何，拒绝他们的意见，就等于送给我们的人民一份礼物，让他们在生活中学会接受他们的命运。让他们知道任何行动都是无关紧要的。他们的日子该怎么过还得怎么过，该多云就别想晴天。没有比这更伟大的礼物了。好了，我的孜林茶在哪儿？"）

接下来，安坦的工作是要给房间换新鲜空气，然后张贴当天的日程，然后为长老们把干瘦的屁股坐的垫子拍松，然后在入口大厅喷一种特制的香水。这香水是星星姐妹会实验室里设计出来的，目的是让人们一进门闻到这种气味，就立刻膝盖打晃、张口结舌说不出话来，心里感到害怕和感激。然后他就要在大厅里恭候着，等到仆人们走进来的时候，用高傲的眼神扫视众人，然后把他的长袍挂到壁橱里，准备去上学。

（"但是，如果我做不出高傲的表情可怎么办啊，舅舅？"那男孩一遍又一遍地问。）

（"不断练习吧，外甥，熟能生巧。"）

安坦慢慢地朝着学校走去，享受着头顶上为时不多的温暖阳光。用不了一小时天就要阴了。保护区总是阴云密布。云雾笼罩着城墙，像顽强的青苔铺满了鹅卵石的街道。早晨的时候没有很多人外出，真可惜，安坦心想，他们错过了美好的阳光。他抬起头，感受到了短暂的希望和应许。

安坦的目光飘向塔楼——它的黑色的非常复杂的石雕，模仿着银河和恒星的轨迹；它的小小的圆形窗户，像眼睛一样向外面眨动着。那位母亲——那个疯了的女人——还在那里。她被锁在里面，疯女人。五年来，她在监禁中渐渐康复，但她并没有痊愈。那野性的脸庞，那乌黑的眼睛，还有额头上深红色的胎记，全都烙印在安坦的脑海里。她拳打脚踢、四处攀爬、尖声喊叫和打斗挣扎的模样，他怎样都无法忘却。

而且，他也无法原谅自己。

安坦闭上眼睛，努力赶走脑海中的这些画面。

为什么这一切还要继续下去？他的心还在痛。一定还有其他的方法。

同往常一样，他是第一个到达学校的人，即使老师都还没到学校。他坐在凳子上，拿出了他的笔记本。他的作业已经做完了——这并不是很要紧。他的老师总是用谄媚的语气称他"安坦长老"，虽然他还没有成为长老，并且不管他做什么功课，都给他最高分。即使是交白卷，他照样得最高分。尽管如此，安坦还是努力地学习。他知道，他的老师只是希望今后能得到比较好的特殊待遇。在他的笔记本上，有几幅他自己设计的草图——其中一幅是一个可以放在屋里的精巧的柜子，里面整齐有序地放置着园艺用的工具，柜子下面装着轮子，轻巧得可以让一只小山羊拉着到园里工作——这是准备送给首席园丁的礼物，他为人非常和善。

一道阴影滑过他的笔记本。"外甥啊——"大长老在叫他。

安坦猛地抬起头来。"舅舅！"他喊了一声，急忙站起身来，慌乱中失手把作业掉在地上，撒了一地。他手忙脚乱地把作业收拾起来，抱在怀里。赫兰德大长老白了他一眼。

"过来，外甥，"大长老的长袍沙沙作响，他招招手，示意男孩跟他走，"我必须跟你谈一谈了。"

"可我不是还得去上课吗？"

"首先，你根本没有必要去上课。我们设计这样的教育体系，是为了让那些没有前途的人集中在这里，去娱乐他们，直到他们长到足够的年龄，来为保护区的利益工作。其次，像你这样有身份的人，都有自己的家庭教师，而你为什么还要拒绝沿用这基本的规范？实在是不可理喻。你的母亲一直在没完没了地唠叨这事。你去不去上课没人会在意的。"

这倒是真的。没人在意他。每天上课的时候，安坦总是坐在最后一排，静静地学习。他很少提问，也很少发言。特别是现在，自从那个他不介意与之交谈的人——能够跟她交谈当然更好——离开了学校以后。她去做星星姐妹会的见习生了。她的名字叫伊珊，虽然安坦跟她讲的话从来没有超过三个字，但他仍然非常想念她。现在他每天去上学，心里总是怀着一个没有希望的希望：希望她会改变心意，回到学校来。

已经整整一年了。过去从没有人离开星星姐妹会，没有这种事发生过，但安坦还在继续等待，满怀希望。

他一路小跑着跟在舅舅身后。

其他的长老还没有到达议事厅，他们多半要到中午或晚些时候才能到达。赫兰德让安坦坐下。

大长老盯着安坦看了很长时间。安坦无法从脑海中抹去那座塔楼，还有那个疯女人，以及被他们遗弃在森林里的那个可怜的啼哭不止的婴儿。噢，那母亲是怎样地惨叫啊！噢，她是怎样拼命地反抗啊！噢，我们都变成什么了啊！

安坦的灵魂里就像有一根粗大的刺，每天都在扎他。

"外甥啊！"大长老终于开口了。他十指交叉，放到嘴边，深深地叹了口气。安坦发现他舅舅的脸色苍白，"献祭日就要来了。"

"我知道，舅舅，"安坦的声音非常空洞，"还有五天，它——"他叹了口气，"它是不等人的。"

"你去年就不在现场，你没有和其他的长老站在一起。我记得，是因为你的脚感染了？"

安坦垂下眼睛看着地面："是的，舅舅。我还发烧了。"

"但是第二天就不治而愈了？"

"赞美大沼泽，"他怯怯地说，"这是个奇迹。"

"那么，在那之前的一年，"赫兰德说，"你得了肺炎，是吗？"

安坦点点头，他知道接下来是什么。

"而在那之前的一年呢，棚子里失火了，对吗？好在没有人受伤，就你在那里。只有你一个人，单枪匹马，在那里救火。"

"其他人都在路边观礼，"安坦说，"没人开小差，所以只有我一个人。"

"确实如此。"赫兰德大长老眯起眼睛，狠狠地盯着安坦，"年轻人，"他说，"你究竟以为你在愚弄谁？"

沉默降临在他们之间。

安坦想起了那一头黑色的小鬈发，衬托出那大大的黑眼睛。他想起了当他们离开森林时，婴儿发出的声音。他想起了当他们把疯女人锁起来的时候，塔楼的大门砰然关上的声音。他打了个冷战。

"舅舅——"安坦想要说话，但是赫兰德摆摆手制止了他。

"听着，外甥。为你提供这个职位，已经违背了我应有的判断力。我之所以这样做，不是因为我妹妹不断地催逼，而是因为我心中伟大的爱，也是为了你亲爱的父亲，让他可以安息。他生前希望确保你的前途无虞，我无法拒绝他。而把你留在这里，"赫兰德脸上刚硬的线条稍稍柔和了一些，"也一直是我自己悲伤的解药。我心存感激，你是个好孩子，安坦，你父亲会为你感到骄傲的。"

安坦发现自己也放松下来了，但只有片刻的工夫。只见大长老宽大的长袍一甩，站起身来。

"但是，"他说，奇怪的是，他的声音在这小小的房间里回荡起来，"我对你的爱，就只能到此为止了。"

他的声音听上去有点刺耳，他的眼睛睁得很大，有些紧张，甚至有些湿润。*舅舅是在担心我吗？* 安坦不知道。当然不是，他想。

"年轻人，"赫兰德大长老继续说道，"你不能再这样下去了。其他的长老都在议论纷纷。他们……"他停顿了一下，声音像被卡在了喉咙里，脸涨得通红，"他们不高兴。我对你保护得太过分了，亲爱的孩子，但这保护并不是无限的。"

为什么我需要被保护呢？安坦困惑地盯着舅舅紧张的脸。

大长老闭上双眼，平复了一下他不平稳的呼吸。他示意安坦站起来。他的脸上又恢复了那种傲慢的表情。"来吧，外甥。你该回学校去了。我们还会像平时一样，期待在下午茶的时间见到你。我希望你今天至少能够让一个人敬畏你，这将会消除其他长老沉重的担忧。答应我，努力去尝试吧，安坦。拜托了。"

安坦慢慢地朝门口走去，大长老悄无声息地跟在他后面。老人举起他的手，想要搭在男孩的肩膀上，但是那只手并没有落下来，在空中停留片刻后，还是缩了回来。

"我会更加努力的，舅舅，"安坦出门的时候说，"我答应你。"

"看你的了。"大长老用沙哑的声音在他耳边轻声说道。

❈

五天之后，当长老们身穿长袍，穿越全镇，向着被诅咒的房子行进时，安坦得了胃病，待在家里，还把吃下去的午餐都吐了出来。至少，他是这么说的。整个游行过程中，其他的长老都在不停地抱怨，当他们从顺从的父母那里带走婴儿时，他们在抱怨；当他们匆忙地赶往梧桐树林的时候，他们还在抱怨。

"这个男孩必须得处置了。"长老们纷纷议论着。每个人都清楚地知道，这意味着什么。

*哦，安坦，我的孩子，我的孩子！哦，安坦，我的孩子！*赫兰德边走边想，忧愁的丝线缠绕着他的心脏，越缠越紧，结成了一个硬疙瘩。*你都做了些什么呀，傻孩子，你都做了些什么呀！*

7. 有魔法的孩子麻烦多

当卢娜五岁的时候,她的魔法已经翻了五番,但仍旧保留在她的体内,渗透在她的骨骼、肌肉和血液里。事实上,魔法存在于她的每个细胞之内,没有激活,未曾使用——全部都是潜能,没有发力。

"它不会一直这样,"格勒克一惊一乍地说,"她身上积聚的魔法越多,就越容易泄漏出来。"他不由自主地对小女孩做了个鬼脸。卢娜就像疯了似的咯咯咯地大笑起来。"你记住我的话。"他想装出一副严肃的样子,但并不成功。

"你怎么会知道?"仙婆婆说,"也许这魔法永远不会发作,也许永远不会出麻烦。"

尽管仙婆婆孜孜不倦地为弃婴们寻找新的家庭,她还是非常讨厌那些麻烦的事情,讨厌悲哀的事情,讨厌不愉快的事情。如果有办法的话,她连想都不愿意想这些事情。她坐在那里,小女孩在吹肥皂泡泡——既是非常可爱的,又是非常华丽而又神奇的东西,各种美丽的色彩在泡泡的表面打转。女孩追逐着泡泡,用她的指尖捕捉每一个泡泡,然后把它们放在周围盛开的雏菊上,或是蝴蝶身上,或是大树的叶子上。她甚至还爬进一个特大的泡泡里,在草地上飘浮着。

"你看这有多美啊,格勒克,"仙婆婆说,"你怎么还能想到别的什么呢?"

格勒克摇了摇头。

"这能持续多久呢，阿仙？"格勒克问。女巫拒绝回答他的问题。

后来，他抱着小女孩，给她唱歌，哄她睡觉。他能感觉到魔法在他怀里的重量，他能感觉到魔法的跳动和起伏，魔法在孩子的体内涌动，但从未找到上岸的方式。

女巫对他说，这都是他想象出来的。

她坚持要把他们的精力集中在养育这个小女孩上，这孩子每天都把恶作剧、运动和好奇心混杂在一起，新花样层出不穷。每一天，认识卢娜的人都对她打破规则的创造性新方式惊讶不已。她跑去骑山羊，把巨石推下山，撞到谷仓墙上。（她说是为了装饰。）她教小鸡飞翔，还有一次差点淹死在沼泽里。（谢天谢地，格勒克救了她。）她给白鹅喝浓啤酒，要看看是否能让它们走路变得滑稽。（确实能够。）还把胡椒粒掺在山羊的饲料里，要看看是否会把它们辣得跳起来。（它们没有跳起来，只是撞毁了围栏。）她每天都怂恿费里安做坏事，要不就捉弄这条可怜的小飞龙，把他弄哭。她在墙上胡爬乱躲，在上面涂鸦，或把刚刚做好的新裙子弄破了。她的头发乱糟糟的，她的鼻子脏兮兮的，她到任何地方都会留下手印。

"她的魔法发作的时候会是什么样呢？"格勒克一遍又一遍地问，"她会变成什么样子呢？"

仙婆婆尽量不去想这个问题。

☼

仙婆婆每年都要到自由城市去探访两次，一次带着卢娜，一次不带。她没有向卢娜解释为什么她要单独去——也没有告诉卢娜森林另一侧有个悲惨的小镇，也没有提到那些被遗弃在空地上等死的婴儿。当然，她早晚还是会告诉女孩的。总有一天要告诉她的，仙婆婆已经想好了。但不是现在，那些事情太悲惨了，而卢娜还太小，不能理解。

当卢娜五岁的时候，她要再次跟着仙婆婆去一个最遥远的自由城市——一个叫作黑曜石的城镇。仙婆婆发现自己被一个不能安静坐下来的孩子弄得手忙脚乱，什么事也做不了。

"小姐，请你离开这里，出去找朋友玩，好吗？"

"阿婆，你看！这是一顶帽子，"卢娜把手伸进碗里，抓出一大块做面包用的面团，放在自己的头顶上，"这是一顶帽子，阿婆，最漂亮的帽子。"

"这不是帽子，"仙婆婆说，"这是个面团。"她正忙着施一个复杂的魔法。一位女教师躺在厨房的桌子上，熟睡着，仙婆婆把手掌放在这位年轻女子的脸颊两侧，尽力集中精神给她治病。这个女教师一直患有可怕的头痛，仙婆婆看出这是因为她大脑中间长了瘤子。仙婆婆可以用魔法去除它，要一点一点地去除，但这是很棘手的工作，而且很危险。这是只有聪明的女巫才能完成的工作，没有谁比仙婆婆更聪明了。

尽管如此，这项工作还是很困难——比她预期的还要难，也更费力。她最近做各种事情都很费力，仙婆婆把这归咎于自己上了年纪。近来这些日子，她的魔法消耗得特别快，而且需要花很长的时间才能补充回来。她实在是太累了。

"小伙子——"仙婆婆对女教师的儿子说。那是个很好的男孩，可能有十五岁。他的皮肤似乎会发光，应该是一个星星儿童。"可不可以请你把这个麻烦的女孩带到外面去玩，这样我就可以专心给你母亲治病，而不致失手把她害死？"男孩听了，吓得脸色煞白。"当然，我只是在开玩笑，你妈妈在我手里很安全。"但愿如此。

卢娜把手伸进男孩的手心里，她的黑眼睛就像珠宝一样闪闪发光。"咱们去玩吧！"她说。男孩对她笑了笑。他喜欢卢娜，就像其他人一样喜欢她。他们笑着跑出了门，消失在屋后的树林里。

后来，当瘤子被清除了，女教师的脑部获得治疗，并且可以安然入睡时，仙婆婆感觉终于可以放松下来了。她的目光不经意间落在柜台那个盛着发酵面团的碗上。

但是碗里根本就没有面团，相反，里面有一顶帽子——宽边、复杂而精致的帽子。这是仙婆婆所见过的最漂亮的帽子。

"噢，天哪！"仙婆婆低声叫道。她拿起帽子，注意到了里面的魔法。它是蓝色的，边缘是闪闪发光的银色。是卢娜的魔法。"噢，天哪！天哪！"

在接下来的两天里，仙婆婆尽自己最大的努力，想尽快完成在自由城市的工作。卢娜什么忙都没帮。她围着其他孩子转着圈地跑，跟他们互相追跑着玩，还跳着翻越栅栏。她领着孩子们跟她一起爬上树梢，或是钻进谷仓的阁楼，或是爬到邻居家的屋顶。孩子们跟着她爬得越来越高，但没法爬得像她那么高。她似乎是在那些树梢上悬浮着，她居然可以在桦树梢的一片叶子上做单脚尖旋转。

"快下来，小姐！"女巫大声喊。

小姑娘哈哈大笑。她从一片树叶跳到另一片树叶，引领着其他孩子安全地跳到地面上。仙婆婆看见魔法的游丝如缎带般在她的身后飞扬。银色中带着蓝色，蓝色中带着银色。它们在空中翻滚、膨胀和盘旋。它们在地面上留下了痕迹。仙婆婆跟在孩子们后面匆匆追了过去，把小女孩"闯的祸"一一还原。

一头驴子变成了一个玩具。

一幢房子变成了一只小鸟。

一个谷仓突然变成了一座用姜饼和棉花糖盖成的房子。

她不知道自己在做什么，仙婆婆心想。魔法已经从女孩体内涌出来了，仙婆婆一辈子也没有见过这么多的魔法。这让她很容易伤到自己，或是伤到其他人，或是伤到城镇里的每个人。仙婆婆非常担心，她在路上拼命地奔跑，身上的老骨头痛苦地呻吟着，在赶上那个任性的小姑娘之前，得一个接一个地解除卢娜发出的咒语。

"午睡时间到。"仙婆婆说着，两手掌心一挥，卢娜一下子倒在地上。她从不会用魔法去干涉他人的意志，从来不。很多年前——将近五百年前——仙婆婆答应过她的监护人佐斯摩，她永远不会这样做。但是现在我做的是什么事啊？仙婆婆责问自己。她觉得自己可能是病了。

孩子们在一旁看得目瞪口呆。卢娜酣睡着，在地上留下了一摊口水。

"她没事吧？"一个男孩问道。

仙婆婆抱起了卢娜，感觉到孩子的脸垂在她肩头的重量。她那布满皱纹的脸颊紧贴着小姑娘的头发。

"她没事，宝贝儿，"仙婆婆答道，"她只是困了，她太困了。我相信你们也得回家帮忙做家务了。"仙婆婆抱着卢娜来到市长家的客房，她们祖孙俩就借住在那里。

卢娜睡得很沉。她的呼吸缓慢而平稳，她额头上的新月胎记微微地闪着光——粉红色的月牙。仙婆婆把卢娜脸上散乱的黑发轻轻地捋到脑后，用手指梳理着她闪亮的鬈发。

"我到底忽略了什么？"她大声问自己。有些东西她没看见，而且是很重要的东西。但凡有办法控制，她都不会去回想自己的童年。那些记忆太令人悲伤了，而悲伤是很危险的——尽管她不太记得为什么是危险的。

记忆是一种滑溜溜的东西——就像长在不稳定的斜坡上的滑溜溜的青苔，它是如此容易让人失足跌倒。不管怎么说，五百年太长了，不可能记得住那么多事情。但现在，那些记忆开始涌动着向她翻滚而来——一位慈祥的老人，一座破旧的城堡，一群将面孔埋在书本中的学者，一个伤心欲绝的龙妈妈在说再见。还有些其他的画面，很危险的画面。仙婆婆想要在这些画面滚动过去的时候找回记忆，但它们就像在雪崩时闪亮的鹅卵石：它们在光亮中短暂闪现，随即就立刻消失了。

有些事情她是*理应*记住的，她确信这一点，要是她能够想起来是什么就好了。

8.一个蕴含真理的故事

讲故事？好吧。我来给你讲个故事，但你不会喜欢这个故事的，它会让你伤心哭泣。

从前，有一些很好的巫师和女巫，住在森林中央的一座城堡里。

嗯，那个年代，森林当然不危险。我们都知道是谁诅咒了这座森林。就是那个偷走我们的孩子、往水里下毒的人。在那些日子里，保护区是繁荣和明智的。没有人需要通过磐石路来穿越森林。森林是所有人的朋友。任何人都可以步行到"魔法师的城堡"去疗伤，或是去求教，或是去闲聊。

但是有一天，一个坏女巫骑着一条巨龙飞过天空。她穿着黑色的靴子，戴着黑色的帽子，身着一条血红的长裙。她咆哮着朝天空怒吼。

是的，孩子，这是一个真实的故事。还有什么别的故事可讲呢？

当她骑着被诅咒过的巨龙飞过时，大地隆隆作响，裂开了大缝；河水沸腾，泥浆冒泡，整个湖泊全都是蒸汽；而大沼泽——我们心爱的大沼泽，冒出了毒气和恶臭，人们由于呼吸不到空气而死去；城堡下的土地膨胀起来，变得越来越高，大股的浓烟和火山灰从它的中间呼呼地往外冒。

"世界末日到了。"人们哭喊道。如果当时不是有一个好人勇敢地站出来反抗坏女巫的话，那真可能就是世界的末日了。

城堡中有一个好巫师——没有人记得他的名字，看到这个坏女巫骑着可怕的巨龙掠过破碎的大地。他知道女巫想做什么：她想从地面隆起的鼓包中扯出火焰，像铺桌布那样覆盖住大地；她想把我们所有的人都埋在灰烬、火焰和烟雾下。

当然，这就是她想要做的。没有人知道为什么。我们怎么可能知道呢？她是个女巫。她不用原因，也没有理由，都不需要。

这当然是一个真实的故事。你没有在听吗？

于是，那位勇敢的巫师不顾自身面临的巨大危险，冲进了烟雾和火焰里面。他跳到空中，把坏女巫从龙背上拽了下来。他把那条巨龙塞进了地上冒出火焰的洞里，就像用软木塞堵住瓶口，止住了熊熊的火焰。

但他没能杀死女巫，反而被女巫杀害了。

这就是为什么勇敢得不到回报。勇敢没用，什么都保护不了，结果一无所获，只会害死自己。这就是为什么我们不敢抗拒女巫，即使是一个非常强大的老巫师也没她厉害。

我已经说过这个故事是真的，我只讲真实的故事。好啦，去吧，别让我抓到你逃避家务，否则我可以把你送到女巫那儿去，让她来对付你。

9. 好几件事情都出错了

回家的旅途简直就是一场灾难。

"阿婆,"卢娜叫道,"一只鸟儿!"一截树桩即刻变成了一只巨大的、粉红色的、满脸困惑的鸟儿。它仰面朝天地坐在地上,摊开翅膀,仿佛为自己的存在惊愕不已。

仙婆婆一下子就推断出它是什么变的。所以趁卢娜没看见的时候,她又把它变回了树桩。即使从距离很远的地方,她也能感受到树桩如释重负的心情。

"阿婆,"卢娜尖叫着往前跑,"蛋糕!"前方的小河突然停止了流动。河水一下子不见了,变成了一条长长的蛋糕河。

"真好吃啊!"卢娜叫起来,抓了一大把蛋糕,塞在嘴里,抹得满脸都是,五颜六色的。

仙婆婆一手搂住女孩的腰,一手拄着手杖,跃过蛋糕河,快步如飞地沿着蜿蜒的小路爬上山坡,在卢娜的肩头撤销了她无意间说出的咒语。

"阿婆,蝴蝶!"

"阿婆,一匹小马!"

"阿婆,浆果!"

一个咒语接着一个咒语,从卢娜的手指和脚趾、从她的耳朵和眼睛里喷发出来。她的魔法飞扬跳跃。仙婆婆所能做的,只有拼命跟上她的脚步。

晚上,仙婆婆疲惫不堪地瘫倒在床上,梦见了巫师佐斯摩——他已经死去五百年了。梦境中,他在向她解释着什么——一些重要的事情——但是他的声音被火山爆发的隆隆声掩盖了。她只能眼巴巴地望着他,看着他的脸在她眼前褶皱着、枯萎着,看着他的皮肤一点点塌陷下去,就像日落时下垂的百合花瓣。

✿

当她们回到自己家的时候,格勒克正踮着脚尖站在门口等她们。她们的家坐落在沉睡的火山上,就在火山口的下方,被沼泽浓郁的气味包围。

小飞龙费里安高兴地在空中飞舞,用刺耳的声音唱着他新创作的歌,内容是他爱每一个他所认识的人。"阿仙,"格勒克说,"看来我们的小女孩已经变得更加复杂了。"他已经看到了魔法的游丝向四处发散,看到了悬挂在树梢上的长长的魔法线。即使隔着那么远的距离,他也知道他看见的不是仙婆婆的魔法。仙婆婆的魔法是绿色的、柔软的、坚韧的,是那种长在大橡树背阴面的青苔的颜色和质地。而这些魔法不是那样的,它们是蓝色中带着银色,银色中带着蓝色。这是卢娜的魔法。

仙婆婆摆摆手让他别说了。"你知道的只是一星半点。"她说。这时,卢娜跑到沼泽,采集了许多鸢尾花,抱在怀里闻花的香味。当卢娜奔跑的时候,每个脚步后面都会绽放出彩虹般的花朵。当她涉水走进沼泽的时候,芦苇就会自动把自己编结成一条小船,她爬上芦苇船,漂浮在长满深红色水藻的水面上。小飞龙坐在船头,他似乎没有注意到任何不对劲的地方。

仙婆婆把手臂搭在格勒克的后背上,依靠着他。她这一辈子都没觉得这样累过。

"这任务可不轻啊。"她说。

接着,仙婆婆沉重地拄着手杖,朝工作室走去,准备给卢娜上课了。

而结果显示,这是一项不可能完成的任务。

阿仙被注入魔法的时候已经十岁了。在那之前，她总是孤独一人，心中总是充满了恐惧。研究她的巫师并不那么和善，其中一位似乎特别渴望悲伤。当佐斯摩把她拯救出来，让她生活在他的忠诚和关怀之下时，她的心中充满了感激，心甘情愿地遵从世界上的每一条规矩。

卢娜可不是这样的，她现在只有五岁，却是惊人的倔强。"坐好了别乱动，宝贝儿，"仙婆婆一遍又一遍地提醒她，想让小女孩把她的魔法用到一支蜡烛上，"我们需要看着火焰的内部，去了解——小姐，不许在教室里飞来飞去。"

"我是一只大乌鸦，阿婆！"卢娜叫道。这也不全是真的。她只是长出了一对黑翅膀，就满屋子乱扑腾。"哇！哇！哇！"她学着乌鸦的叫声。

仙婆婆把卢娜从空中拽下来，又把她变回原来的样子。只是念了念这么简单的咒语，就让仙婆婆腿一软，跪到了地上。她的双手颤抖着，视线也模糊了。

我究竟是怎么了？仙婆婆在心里问自己。她也不知道。

卢娜并没有注意到这些。她把一本书变成了一只鸽子，而且让她的铅笔和羽毛笔都有了生命，这样它们就可以独自站立，在课桌上跳起高难度的舞蹈。

"*卢娜，停止。*"仙婆婆对小女孩发出一个简单的封锁咒语。这本来应该是件容易的事，而且应该在一两个小时之内都有效的。但这个咒语从仙婆婆的肚子中扯出，疼得她倒抽一口冷气，然后居然没有生效。卢娜毫不犹豫地冲破了她的封锁。仙婆婆一下子瘫倒在椅子上。

"你出去玩吧，亲爱的，"仙婆婆说，她全身都在发抖，"但是千万不要去碰任何东西，不要伤害任何东西，也不要使用魔法。"

"什么是魔法呀，阿婆？"卢娜问了一声，就跑出去了。外面有树可以爬，有船可以造。但是仙婆婆清楚地看见，卢娜在跟一只鹤说话。

每一天，卢娜体内的魔法都变得更加难以控制。卢娜的胳膊肘不小心撞到桌子，无意中把桌子变成了水。睡觉的时候，她把被褥变成了天鹅（它们把房间弄得乱七八糟）。她让石头像气泡一样爆裂。她的皮肤要么变得滚烫，把仙婆婆的皮肤烫出了水疱；要么变得无比寒冷，让格勒克拥抱她的时候居然把胸部冻伤，留下了伤疤。还有一次，费里安正在空中飞行的时候，卢娜把他的一个翅膀变没了，让他一下子从空中摔到地上。卢娜连蹦带跳地跑开了，完全不知道自己做了些什么。

仙婆婆尝试着把卢娜放进一个保护她的大泡泡里面，告诉她这是大家在玩一个有趣的游戏，只是为了把这汹涌澎湃的魔力包裹住。她造出好多好多气泡，用来包裹小飞龙、山羊，还有每一只鸡，还造了一个非常大的气泡把整栋房子包裹起来，以免卢娜无意中把他们的家点着了。这些气泡起作用了——毕竟它们是强大的魔法——直到后来用不着了。

"再多做点，阿婆！"卢娜喊叫着，踩在石头上跑着绕大圈，她留下的每一个脚印上都冒出了碧绿的植物和血红的花朵，"做好多好多的气泡！"

仙婆婆从来没有像现在这样累。

"你带费里安到南边的火山口去吧。"仙婆婆对格勒克说，经过一个星期的繁重工作，加上睡眠严重不足，她的眼睛底下出现了黑色的眼袋，皮肤像纸一样苍白。

格勒克摇了摇他的大脑袋。"我不能就这样离开你，阿仙。"就在他说话的当口，卢娜把一只蟋蟀变成了山羊那么大。她把一大块突然出现在手中的糖喂给大蟋蟀吃了，然后爬到它背上，骑着蟋蟀跑开了。格勒克一个劲儿地摇着头说："我怎么可能就这样走开呢？"

"我需要保障你们俩的安全啊。"仙婆婆说。

沼泽怪兽耸耸肩。"魔法对我起不了任何作用，"他说，"我来到这世界上的时间比它长得多。"

仙婆婆皱着眉头："也许吧，但我不知道。她的……如此强大。而且，她根本不知道自己在做什么。"仙婆婆感觉自己的骨头变得细小且脆弱，呼吸急促，不停地喘息着。她极力遮掩这些状况，不想让格勒克发现。

❈

仙婆婆追在卢娜身后，从一个地方跑到另一个地方，不停地解除她所发出的各种咒语，比如从山羊身上摘掉翅膀，把松饼变回鸡蛋，让树屋不再飘浮。卢娜既惊讶又高兴，她每天都在开心地大笑，发现奇迹，赞叹奇迹。她快乐地舞蹈着，她在哪里跳舞，哪里的地面上就会冒出喷泉。

而在此期间，仙婆婆的身体却变得越来越虚弱了。

最终，格勒克再也忍受不了了。他把费里安留在火山口外，急匆匆地钻进了他心爱的沼泽。潜入昏暗的水域之后不久，他游到了卢娜所在的地方。当时她正独自一人在院子里站着。

"格勒克！"她大声喊叫，"见到你我好高兴啊！你好可爱，像小兔子一样。"

就这样，巨大的沼泽怪兽格勒克突然变成了一只小兔子。一只毛茸茸的、雪白的、粉红眼睛的小兔子，长着一条毛茸茸的小尾巴。他有着白色的长睫毛，带凹槽的耳朵，他的鼻子在脸部的正中抽动着。

卢娜顿时大哭起来。

仙婆婆从屋里跑出来，花了好大劲儿才让那个哭泣的女孩告诉她出了什么事情。等她开始寻找格勒克的时候，他已经蹦蹦跳跳地走掉了，也不知道自己是谁，或自己是什么东西。他已经被变成兔子了。好几个小时之后，他才被找到。

仙婆婆让女孩坐了下来。卢娜目不转睛地望着她。

"阿婆,你看起来很不一样。"

确实是这样的。她的双手粗糙,还长着黑斑。她松弛的皮肤耷拉在胳膊上。仙婆婆可以感觉到,她脸上的皮肤正在自动地皱起来,分分秒秒都在变老。就在那一刻,当她和卢娜一起坐在阳光下,还有那只曾经是格勒克的兔子躲在她俩中间发抖的时候,仙婆婆感觉到了——她体内的魔法正在向卢娜体内流动,就像当初卢娜还是一个小婴儿、月光洒落到她的身上的时候一样。而当魔法从仙婆婆的体内流向卢娜的时候,老妇人就变得越来越老、越来越老。

"卢娜,"仙婆婆轻轻抚摸着兔子的耳朵问道,"你知道这是谁吗?"

"这是格勒克。"卢娜说着,把兔子拉过来放到腿上,又亲热地使劲搂着他。

仙婆婆点点头:"你怎么知道它是格勒克的?"

卢娜耸耸肩:"我看见格勒克了,然后他就变成了一只兔子。"

"啊,"仙婆婆说,"他为什么要变成一只兔子呢?"

卢娜笑了:"因为兔子很可爱啊!他想让我开心,聪明的格勒克!"

仙婆婆停顿了一下:"但是,卢娜,他是怎么变的?他是怎么变成兔子的呢?"她屏住了呼吸。天气很暖和,空气湿润而清甜。四处静悄悄的,唯一可以听见的是沼泽里温柔的冒泡声。树林里的鸟儿们都安静了下来,仿佛也在侧耳倾听。

卢娜皱起眉头:"我不知道,反正他就是变成兔子了。"

仙婆婆把她骨节突出的双手交叉在一起,抵住自己的嘴唇:"是这样啊。"她正在专心地关注自己身体内部储备的魔法,悲哀地看到它们是多么有限。当然，她还可以用星光和月光，以及身边任何可以找到的魔法，来填补它们的不足。但是某些东西让她明白，这样做也只是一个临时的解决方案。

她望着卢娜，轻轻地亲了亲她的额头："睡吧，我的宝贝儿，你的阿婆还有些东西需要去弄明白。*睡吧，睡吧……*"

女孩睡着了，仙婆婆在卢娜身上施魔法所耗费的力气几乎使她瘫倒在地上。但她没有时间倒下去，她把注意力转向格勒克，分析了把他变为兔子的咒语的结构，一点点地把咒语除掉了。

"我怎么那么想吃胡萝卜呀？"格勒克问。仙婆婆把事情的经过解释给他听，格勒克非常不高兴。

仙婆婆赶紧说："你少跟我啰唆啊！"

"没什么好说的，"格勒克说，"你我都爱她，她是咱们的家人。可现在我们能做些什么呢？"

仙婆婆强撑着站了起来，她的关节嘎吱作响，就像是生锈的齿轮。

"我很不喜欢这样做，但这是为我们大家好。她不知道自己很危险，她对我们大家都有危险。她不知道自己在干什么，我也不知道如何去教导她。现在不能教，不能在她这么年幼、这么冲动，而且这么……*以卢娜为中心*的时候。"

仙婆婆站在那里，转动着双肩，好让自己振作起来。她做了一个茧，把女孩包在里面——用明亮的丝线一圈一圈地缠绕着。

"她不能呼吸了！"格勒克突然慌张起来。

"她用不着呼吸，"仙婆婆说，"我让她进入了休眠期。这个茧子会把她的魔法封在里面出不来。"她闭上眼睛，"当我还是个孩子的时候，佐斯摩就是这样对我做的。或许当时是出于同样的原因吧。"

格勒克的脸阴沉了下来。他一屁股坐到地上，厚重的尾巴像软垫一样卷起来，包裹住他的身体。"我记得，突然间都想起来了，"他摇了摇头，"我怎么会忘记呢？"

仙婆婆撇了一下皱皱巴巴的嘴："悲哀是危险的。至少，曾经是危险的。但我现在想不起来为什么是危险的。我想咱们俩都习惯了不记得过去的事情，就让那些事情……模模糊糊的吧。"

格勒克觉得这事没有那么简单，但是他决定不再去追究了。

"我想，小飞龙过一会儿就该来了，"仙婆婆说，"他忍受不了长时间的孤独。我倒不认为这事有什么要紧，但是千万别让他去碰卢娜，以防万一。"

格勒克走过来，把他的大手搭在仙婆婆肩膀上："不过，你又要去哪里呢？"

"去古城堡。"仙婆婆说。

"可是……"格勒克望着她，"那里什么都没有了，只剩下几块破石头。"

"我知道，"仙婆婆说，"我只需要去站在那里，站在那个地方。那个我最后一次见到佐斯摩、费里安的妈妈，还有其他人的地方。我需要把那些事情想起来，即使那些事会让我伤心难过。"

仙婆婆吃力地拄着她的手杖，蹒跚离去了。

"我需要回想很多事情，"她喃喃地对自己说，"现在就要。"

10. 女巫找到了一扇门，也找回了记忆

　　仙婆婆转身离开沼泽，沿着山路往上走，前往多年前火山向天空敞开的火山口。路上铺着大块的扁平的岩石，嵌入地面，石板之间严丝合缝，几乎连一张纸片都塞不进去。

　　从仙婆婆上一次走这条小道至今，已经过去很多年了。严格说来，有好几百年了。她的身体颤抖了一下。所有的东西看起来都很不一样了，但是……也不是。

　　从前，城堡的院子里有一个用岩石围成的大圆圈。圆圈的中央是一座比城堡更加古老的塔楼，那些岩石就像是为塔楼站岗的哨兵。整个城堡环绕着塔楼，像是一条蛇在吃自己的尾巴。但是现在这塔楼已经不见了（仙婆婆也不知道它去了哪里），城堡变成了瓦砾，石头围墙被火山推倒了，或是被地震吞没，或是被大火、洪水和时间粉碎了。现在那里只剩下了一块岩石，好不容易才找到。高大的野草就像厚重的窗帘遮掩着它，常春藤爬满了石头的表面。仙婆婆花了大半天才找到它，而在找到之后，又花了整整一小时的工夫，才除掉了紧紧扒在岩石上的常春藤。

　　当终于看到那石头的本来面目时，她失望了。石头的表面都刻着字，每一面都有一条简单的信息。这是很久以前，佐斯摩亲手刻上去的。当她还只是个孩子的时候，他就为她刻上了这些字。

　　"不要忘记。"石头的一面刻着。

　　"我说真的。"另一面刻着。

不要忘记什么？

你说的什么是真的，佐斯摩？

她不确定。她的记忆是支离破碎的，她只记得他有一种说朦胧语言的偏好。按照他的假设，既然朦胧的语言和影射的言语对他来说足够明白的话，那么所有的人就应该能够理解。

经过这么多年了，仙婆婆还记得当时她多么讨厌那种莫名其妙的语言。

"那个人真讨厌。"她说。

她走到那块岩石跟前，把前额抵在深深镌刻的字上，仿佛岩石就是佐斯摩本人。

"哦，佐斯摩，"她说，心中突然产生了五个世纪以来从未感受到的激动，"对不起，我忘记了，我不是有意的，但是——"

就在那一瞬间，一股汹涌的魔力击中了仙婆婆，就像一块滚落的巨石将她向后撞击。她砰的一声倒在地上，髋骨咯吱作响。她惊愕地盯着那块大石头。

这石头有魔法！她心想，一定是的！

她抬头观察那石头，发现石头中间裂开一条缝，两侧向里微微打开，就像是两扇石门。

不是像石门，仙婆婆心想，这就是石门。

石头矗立在那里，形状像是一条通向蓝天的门廊，但从它的入口进去却是一条昏暗的走廊，一条石头阶梯一路下行，消失在黑暗当中。

就像电光一闪，阿仙突然想起了那一天。当时她十三岁，对自己具备女巫的聪慧得意非凡。而她的老师——年轻时曾经如此强壮有力的佐斯摩——却日渐衰老。

"当心你的悲伤。"他说。那时的他已经非常衰老了，不可想象的衰老。他瘦骨嶙峋，瘦得像一只蟋蟀，薄得像纸一样的皮肤紧贴着骨头。"你的悲伤是危险的，别忘了，她还在。"于是，阿仙吞下了心中的悲伤，还有她的记忆。她把二者埋藏得这么深，就是希望永远也找不回来了。至少，她是这样认为的。

可是现在，她想起了那座城堡——她想起来了！它那脆弱的陌生感，它那怪诞的走廊。住在城堡里的人——并不是巫师和学者，而只是一些厨师、文士和助理。她记起当火山喷发的那一刻，他们是如何仓皇地逃进了森林。她记起她是如何用魔法保护了他们每一个人——是的，每一个人，除了其中的一个——她向星星祈祷，让每一个咒语伴随着他们奔跑。她想起来当时佐斯摩如何把城堡隐藏在石头圆圈内的每一块石头里，每一块石头都是一扇门。"同样的城堡，不同的门。别忘了，我是说真的。"

"我不会忘记的。"十三岁的她这样保证。

"你肯定会忘记的，阿仙。你还不了解你自己吗？"那时候的他实在是太老了。他怎么会变得那么老呢？他几乎已经是一堆尘土了。"但是不用担心。我已经把你的遗忘放进了咒语。现在如果你不介意的话，我亲爱的，我真的很珍惜与你的相识，并且因为认识你而伤感。我发现无论我自己感受如何，只要每天跟你在一起，就会欢笑。但是现在，这一切都过去了，你我必须分别了。我要去保护成千上万的人，让他们免受火山爆发的伤害，我希望你能让这些人心怀感恩。亲爱的，你会这样做吗？"他伤心地摇摇头，"我在说什么呢？你当然不会。"紧接着，他和那条巨龙一头扎进浓烟之中，把自己塞进了火山的心脏，制止了火山的喷发，迫使火山进入了躁动不安的休眠状态。

然而他们两个全都一去不复返了。

阿仙根本就没有做任何努力来记住他，也没有告诉人们他为他们做了什么。

事实上，还不到一年的时光，她就几乎把他完全忘到脑后了。她从来也没觉得这有什么奇怪的——那个能够感觉奇怪的她已经被屏蔽起来，迷失在雾霾中了。

她窥视着阴暗的秘密城堡。她周身的老骨头又酸又痛，而她的头脑在飞快地转动。

为什么她的记忆要躲藏起来？为什么佐斯摩要把城堡隐藏起来？

她不知道，但她很清楚去哪里可以找到答案。她用手杖在地上杵了三下，让它发出足够的光来照亮黑暗。随后，她走进了石门。

11. 女巫做出了决定

　　仙婆婆从废弃的城堡搜集了一大堆东西，带回到她的工作室。有书籍、地图、论文、笔记，还有图表、配方和图画。一连九天九夜，她不吃也不睡。卢娜待在茧子里，固定不动。时间也固定在那里。她没有呼吸，她不再思考，她只是停滞不动了。每当格勒克看着她的时候，心里都会感到像刀扎一样的痛，他想知道这是否会在心脏上留下伤疤。

　　他用不着去想，已经留下了。

　　"你不能进来，"仙婆婆隔着紧锁的门对他说，"我必须全神贯注地工作。"然后他听见她独自一人在屋里嘀嘀咕咕。

　　一夜又一夜，格勒克都在注视着工作室的窗户，看着仙婆婆点燃蜡烛，翻阅数以百计的书籍和文件，在不断增长的纸上做笔记，嘴里还不时地嘀咕着。她摇头，低声对着铅盒念咒语，念完之后迅速关上盒盖，并且坐在盖子上不让咒语跑出来。然后，她小心翼翼地打开盒子往里看，同时用鼻子深深地吸一口气。

　　"肉桂，"她会说，"还有盐，咒语中的风太多了。"她会把这些写下来。

　　或者说："沼气，不好，它会不小心飞走的。再说，它会变得易燃，甚至比平时更加易燃。"

　　或者说："是硫黄？天哪。你想要做什么，老太婆？要杀死那个可怜的孩子吗？"她把清单上的几样东西划掉了。

　　"仙阿姨是不是疯了？"小飞龙问。

"不，我的朋友，"格勒克告诉他，"是她发现自己进入的水域比她预想的更深。她不习惯不能确切地知道自己该怎么去做事，这对她来说是很恐怖的。正如诗人所言：

> 当傻瓜离开了
> 坚实的地面，
> 从山顶飞跃，
> 到燃烧的星星，
> 到黑色的
> 黑暗的空间。
> 当学者丢掉了书卷，
> 失去了羽毛笔
> 和厚重的巨篇，
> 跌倒了，
> 再也寻不见。"

"这是一首真正的诗吗？"费里安问。

"当然是真正的诗。"格勒克说。

"但是谁作的诗呢，格勒克？"

格勒克闭上了眼睛："诗人，沼泽，世界，我。这些都是同样的东西，你知道的。"

但他不肯解释这是什么意思。

❀

终于，仙婆婆把工作室的门打开了，脸上带着冷峻的满足感。"你看——"她开口向满腹狐疑的格勒克解释。她用粉笔在地上画了一个大大的圆圈,只留下了一个可以出入的缺口。她沿着圆圈的圆周,标上十三个等距离的标记,然后用这些点画出一个十三个角的星星。"到最后,我们要做的就是设置好一个时钟,调整好齿轮,让它完美地转动,嘀嗒嘀嗒每天精准地行走,你明白吗?"

格勒克摇了摇头,他不明白。

仙婆婆沿着近乎完整的圆圈标出了时间——整齐有序的进展过程。"这是一个十三年的周期,咒语只允许这么多年。而恐怕我们的情况要少于这个数字——整个机制将与她自己的生理发展同步。对此我改变不了什么。她现在已经五岁了,所以时钟将自动设定到五,并且将在她年满十三岁的时候到期。"

格勒克眯起眼睛,这些对他来说没有任何意义。当然,魔法本身一直让沼泽怪兽感到很无聊。魔法在创造世界的歌曲中并没有被提及,而是在很晚之后,在星星和月亮的光照中来到这个世界的。魔法,对他来说,总感觉像是一个入侵者,一个不速之客。格勒克更喜欢诗歌。

"我要用她在保护茧里睡觉的同样的原理,将所有的魔法都保存在里面。不过根据卢娜的现状,魔法需要存在她自己的身体里面。存在她大脑的前面,额头正中的后方。我可以将它的体积压缩到极小,像一粒沙子那么小,所有的能量都聚集在一粒沙子里。你能想象吗?"

格勒克没说话,低头看着怀里的孩子,她一动也不动。

"那会不会——"他开口了,声音非常沙哑,他清了清喉咙,又重新说,"那不会……造成什么损害吧?我想我还是很喜欢她的脑子的,我希望看到它安然无恙。"

"哦,别说废话了,"仙婆婆笑着责备他说,"她的脑子以后会好起来的。至少我相当确定它会好起来的。"

"阿仙！"

"哦，我开玩笑的！她当然会安然无恙。我们这样做只是为了多争取一些时间，保证让她获得很好的认知，等到魔法一旦释放出来，她要知道如何去正确地处理。她需要接受教育。因此，她需要知道这些书的内容，也需要理解星星的运动、宇宙的起源，以及对于仁慈的要求。她需要了解数学和诗歌，也必须学会提出问题，必须寻求理解。她必须了解因果关系和必然产生的后果，她必须学会同情、好奇和敬畏。所有这些东西都得学，我们得教导她，格勒克，我们三个都得教她。这是一个非常重大的责任。"

房间里的空气突然变得凝重起来，仙婆婆气喘吁吁地用粉笔勾画完了十三角星的最后几条边。格勒克虽然平时不大会受到魔法的影响，但现在也发现自己身上正在出汗，感觉恶心。

"那你呢？"格勒克问，"你汲取魔法的能力会停止吗？"

仙婆婆耸耸肩膀。"我想，会慢下来，"她抿了抿嘴唇，"一点点、一点点地慢下来。等她到了十三岁，我身体里的魔法会一下子全部流光，不再有魔法了。我将是一个空空的容器，什么东西都不剩，这把老骨头也动弹不得了。然后，我就该走了。"仙婆婆的声音平静而安详，就像沼泽的表面——那么可爱，因为沼泽是可爱的。格勒克感到他的胸口很痛。仙婆婆想要让自己笑一笑。"尽管如此，要是我可以选择的话，最好在我教会她一两样东西之后，再让她成为孤儿。把她好好地养大，帮她准备好面对生活。其实我宁愿立刻就走，而不是像可怜的佐斯摩那样，日益消瘦下去。"

"死亡总是突然的，"格勒克说，他的眼睛开始发痒，"即便不突然也是突然的。"他很想用他的第三和第四条手臂去拥抱阿仙，但他知道女巫受不了这样，于是他就把卢娜抱得更加靠近自己的身体，正好这时仙婆婆开始松开魔法茧了。小女孩吧嗒了几下嘴唇，紧紧地依偎在他潮湿的胸口，让他感到全身温暖。她的黑头发像夜空一样闪闪发光，她睡得很深、很沉。格勒克看着地上的图形，还留了一个开放的通道。仙婆婆让他抱着孩子进去，一旦把卢娜放到她的位置上，格勒克安全地留在粉笔画的线外，仙婆婆把这个圆圈封口完成，魔法就启动了。

他犹疑不定。

"你确定要这样做吗，阿仙？"他问，"你非常、非常确定吗？"

"是的。假设这件事我做得正确无误，魔法的种子将在她十三岁生日的时候激活。当然我们不知道确切的日子是哪一天，但我们可以猜测。那就是她的魔力来临的时刻，那就是我要离去的时刻。足够了，我的生命已经超出了地球上合理的分配，而我从来没有像现在这样好奇地想知道接下来会发生什么。来吧，让我们开始吧。"

空气中弥漫着羊奶、汗水和烤面包的味道，然后是刺鼻的香料味、擦破皮的膝盖和潮湿的头发味，然后是运动中的肌肉、涂了肥皂的皮肤和清澈的山泉味，还有其他一些东西，一种黑暗的、奇特的、泥土的气味。

卢娜大叫一声，只有一声。

而格勒克感觉自己的心脏裂开了一条缝，像铅笔道一样细。他把四条手臂紧紧地压在胸口上，以免他的心破成两半。

12. 给孩子讲讲沼泽的事

不，孩子。沼泽里没有女巫。你这是什么话？！所有的好东西都是从沼泽来的。除了沼泽，我们还能去哪里采集我们的孜林梗、我们的孜林花，还有我们的孜林球茎啊？我去哪里找空心菜和泥鳅给你们做晚饭，去哪里找鸭蛋和青蛙卵给你们当早餐啊？如果没有沼泽，你的父母根本就不会有工作，你就会饿肚子的。

再说，如果沼泽里有女巫，我肯定会看见她的。

嗯，没有。当然，我没有看到整个沼泽，没有人看到过。沼泽覆盖了半个世界，森林覆盖了另一半。谁都知道。

但是，如果女巫在沼泽里，我一定会看到水里翻动着她被诅咒的脚步，也会听见芦苇低声提到她的名字。如果女巫真的在沼泽里，沼泽一定会把她咳出来，就像一个垂死的人咳出他的生命。

另外，沼泽也爱着我们，它一直爱着我们，我们的世界是从沼泽里面创造出来的。每座山、每棵树、每块岩石、每种动物和每只昆虫都来自沼泽，就连风都是沼泽梦想出来的。

噢，你当然知道这个故事。每个人都知道这个故事。

好吧。如果你想要再听一遍，我就再给你讲一遍。

起初，只有沼泽、沼泽和沼泽。没有人，没有鱼，没有飞鸟或野兽，也没有高山、森林或天空。

沼泽就是一切，一切都是沼泽。

沼泽的淤泥从现实的一端流动到另一端，它曲折震颤地穿越过时间。没有语言、没有学术、没有音乐、没有诗歌或思想，只有沼泽的叹息和沼泽的震动，还有芦苇丛中无休无止的沙沙声。

沼泽是孤独的。它想要有眼睛来看世界，它想要一个强壮的后背把自己从一个地方带到另一个地方。它想要有腿能走路，有手能触摸，有嘴能唱歌。

于是，沼泽创造出一个身体：一头伟大的怪兽，用自己强壮的沼泽般的腿从沼泽中走了出来。怪兽就是沼泽，沼泽就是怪兽。怪兽爱沼泽，沼泽爱怪兽，就像一个人喜欢用温柔的眼光望着自己在平静的水面上的倒影。怪兽的胸中充满了温暖、赋予生命的同情和关爱。他感觉到心中爱的光芒向体外放射，怪兽想用言语来表达他的感受。

于是就有了词语。

怪兽希望这些词语能恰当地组织在一起，清楚地表达他的想法。于是他张开嘴巴，出来了一首诗歌。

"圆的黄的，黄的圆的。"怪兽说。于是太阳诞生了，挂在头顶上。

"蓝的白的，黑的灰的，迸发出黎明之光。"怪兽说。于是天空诞生了。

"树木嘎吱吱，青苔软绵绵，树叶低语绿、绿、绿。"怪兽吟唱着。于是就有了森林。

你所看到的世间万物，你所知道的一切事情，都是应沼泽的呼唤而来。沼泽爱我们，我们爱沼泽。

沼泽里的女巫？拜托，我这辈子从来没听说过这样的奇谈怪事。

13. 安坦重访塔楼

星星姐妹会里总是有一个学徒——她们一直都用小男孩。嗯，其实也算不上什么学徒——更像是一个小仆人，真的。当他九岁的时候，她们雇用了他，使唤他，而到最后给了他一纸解雇通知。

每个当学徒的男孩最终都会收到一张同样的纸条，每次都是这样。

"我们期望很高，"这张纸上总是这样写，"但此人令人失望。"

有些男孩只服务了一两周就被解雇了。安坦认识一个他们学校的男孩，只待了一天就被解雇了。多数男孩在满十二岁的时候就会被送回家——正当他们刚刚开始感到比较自如的时候。一旦他们意识到在塔楼的图书馆里有多少可以学习的东西，开始渴求获得知识了，他们就被打发走了。

安坦收到解雇通知的时候，正好是十二岁——就在他被批准（经过多年的请求）进图书馆看书的第二天。这是一个毁灭性的打击。

星星姐妹们都住在塔楼里，这是一个巨大的建筑，让人眼花缭乱，心神不定。塔楼矗立在保护区的中央——它投射的阴影无处不在。

星星姐妹们把她们的茶水间、辅助图书馆、武器军械库都设置在不知有多少层的地下室里。另外还有专门的房间用来进行书籍装订、药草配制、大刀训练和空手格斗操练。姐妹们精通所有的已知语言、天文学、毒药技艺、舞蹈、冶金术、武术、剪纸装饰，以及更为精密的暗杀术。地面上的楼层用作姐妹们的集体宿舍（三人一个房间）、开会和反思的空间、坚固的牢房，以及一间折磨犯人的酷刑室，还有一个天文观测台。塔楼中所有的房间都被连接在一个错综复杂的框架之中，角度奇怪的走廊、互相交错的楼梯，从塔楼的腹部转到最深层的地下，又通往楼顶的观测台，再绕回去。如果有人未经允许就贸然进入塔楼，他很可能会闯荡好几天都找不到出口。

在塔楼里的那些日子，安坦可以听到姐妹们在操练室里哼哈的吼声，可以听到牢房和酷刑室里偶尔传来的哭声，可以听见姐妹们热烈地讨论关于星星的科学、从孜林球茎中提炼的化妆品，或者是某一首特别有争议的诗歌的含义。他能听见姐妹们在搋面粉、煮药草、磨刀时大声唱歌。他学会了如何听写、打扫厕所、摆设餐桌、服侍用餐，并且熟练掌握了面包切片的艺术。他学会了如何烹制一壶好茶以及制作精美三明治的细节和诀窍，知道如何站在房间的角落里，用心倾听客人的交谈、记住每一个细节，同时不让讲话的人注意到你在场。他在塔楼服务的时候，姐妹会的成员们常常称赞他的书法、他的敏捷、他彬彬有礼的举止。但这还不够，远远不够，他学得越多，就越明白还有更多的东西需要去学。那么多落满灰尘的书卷静静地搁置在图书馆的书架上，书中是深深的知识海洋。安坦对所有的书籍如饥似渴，但他不被允许去喝知识之水。他努力工作，他竭尽全力，他尽量不去想那些书。

尽管如此，有一天他回到自己的房间，发现自己的东西已经被打成了包。姐妹会把纸条钉在他的衬衣上，把他送回给他的母亲。"我们期望很高，"纸条上说，"但此人令人失望。"

对此，他始终无法释怀。

现在，作为一个见习长老，他应该在长老议事厅准备当天的听证会，但他就是不愿意去。当他又一次找借口逃避献祭日仪式之后，安坦注意到他与长老们融洽的关系发生了明显的改变。不满的议论越来越多，不屑的侧目如影随形。最糟糕的是，他舅舅甚至拒绝正眼看他。

自从他的学徒生涯结束之后,他就再也没有踏进过塔楼一步,但是现在,安坦觉得是时候去看望星星姐妹们了,因为对他来说,她们曾经是一个短时期内的家人——尽管她们古怪、冷淡,而且不可否认的是,她们还会杀人。不过,家人毕竟是家人,当他走到老橡树门前去敲门的时候,他心中这样劝慰着自己。

(其实,安坦重访塔楼还有另外一个原因,但几乎连他自己都不敢承认。这个原因使他颤抖。)

他的弟弟鲁克出来开门,像往常一样,他还是拖着鼻涕,头发比上一次安坦见到她的时候又长了很多——已经有一年多了。

"你是来带我回家的吗?"鲁克问,他的声音里混合着希望和羞耻,"我也让她们失望了吗?""见到你很高兴,鲁克,"安坦说,揉搓着弟弟的脑袋,仿佛他是一条乖乖的小狗,"但我不是来带你回家的。你在这儿才待了一年,你还有足够的时间令她们失望。伊格纳莎姐妹在吗?我想跟她谈谈。"

鲁克打了个哆嗦,而安坦并不怪他。伊格纳莎姐妹是个非常难缠的女人,而且很可怕。但是安坦过去跟她相处得还不错,她似乎一直很喜欢他。其他的姐妹告诉他这是多么难得。鲁克带他哥哥来到了伊格纳莎姐妹的书房,其实安坦蒙着眼睛也能走到这里。他认识这里的每一个台阶,每一个古老墙壁上的破洞,每一片破裂的地板。而这么多年过去了,他仍旧梦想着回到塔楼里来。

"安坦!"伊格纳莎姐妹隔着她的办公桌叫道。看起来,她正在翻译与植物学有关的东西。在伊格纳莎姐妹的生命中,最大的激情是植物学。她的办公室里全都是不同种类的植物——大多来自森林或沼泽较阴暗的部分,还有些是来自世界各地,通过磐石路另一端城里的专门的经销商弄来的。

"你怎么来了,我亲爱的小男孩?"伊格纳莎姐妹招呼着,从办公桌后面站起身来，穿过香气浓重的房间，用她结实强壮的双手捧起安坦的脸。她轻轻拍打着他的脸颊，但还是让安坦感觉很疼。"你可比我们送你回家的时候帅多了。"

"谢谢您，主管姐妹。"安坦说，只要想到那可怕的一天，手里拿着解雇通知离开塔楼，他便感到刻骨铭心的耻辱。

"请坐吧。"伊格纳莎姐妹冲着门口，用很大的声音喊着，"**那孩子！**"她在叫鲁克，"**那孩子，你在听我说话吗？**"

"听着呢，伊格纳莎姐妹。"鲁克尖声答应着从门外奔过来，差点绊倒在门槛上。

伊格纳莎姐妹并不觉得好笑。"我们需要薰衣草茶和孜林花饼干。"她狠狠地瞪了鲁克一眼，小男孩转身就跑，仿佛身后有一只老虎在追他。

伊格纳莎姐妹叹了口气。"你弟弟恐怕不具备你的技能，"她说，"这真是可惜，我们对他抱有那么高的期望。"她示意安坦坐在一张椅子上——上面覆盖着一种带刺的藤蔓，但安坦还是坐了上去，强忍着扎腿的刺痛。伊格纳莎姐妹坐在他对面，探身过来仔细看他的脸。

"告诉我，亲爱的，你结婚了吗？"

"还没有，夫人，"安坦说，他的脸红了，"我还有点太年轻。"

伊格纳莎姐妹咂了咂舌头："但你已经爱上某个人了，我看得出来。你什么也瞒不了我，亲爱的孩子，想都别想。"安坦尽量不去想他学校里的那个女孩——伊珊，她这会儿就在这座塔楼的某个地方。但是他已经失去了她，他无能为力。

"我在长老会的职责不能给我很多时间。"他含糊其词地说。这倒是真的。

"当然，"她挥了挥手说，"长老会。"安坦觉得她说话的声音似乎带着冷笑，但这时她轻轻地打了个喷嚏，于是他以为一定是自己想象出来的。

"我做见习长老只有五年，但我已经学了……"他停顿了一下，"学了很多。"他用空洞的声音说完了这句话。

躺在地上的婴儿。

在橡子上尖叫的女人。

不管他怎么努力，还是无法从脑海中赶走这些图像。还有，长老们对他提问的态度，为什么他们要这样轻蔑地对待他的质疑呢？安坦不明白。

伊格纳莎姐妹把她的头侧过来，审视着他。"坦白地说，亲爱的，亲爱的孩子，我非常吃惊你决定加入那个特定的机构，我承认我根本不相信这是你自己的决定，而是你那……可爱的母亲的决定。"她不满地撇着嘴，仿佛是吃到了什么很酸的东西。

而这是真的，完全是真的。加入长老会根本不是安坦的选择，他本来想要去做木匠的。事实上，他已经对他的母亲说了那么多话——他常常说，而且说得很透彻——可她完全听不进去。

"木工，"伊格纳莎姐妹继续说着，并没有留意安坦在听她说出心里的想法时一脸震惊的表情，"这也许是我的猜测吧，你一直有这样的爱好。"

"您——"

她笑得眼睛眯成了一条缝。"哦，我了解得可不少呢，年轻人，"她张大鼻孔，眨了眨眼，"你会大吃一惊的。"

鲁克跌跌撞撞地端来了茶水和饼干，差点把这两样东西都洒到他哥哥的膝盖上。伊格纳莎姐妹用刀片一样锋利的眼光瞪了他一眼，他立刻惊慌失措地跑出了房间，仿佛身上已经在流血了。

"那么，"伊格纳莎姐妹说，微笑着啜了一口茶，"我能为你做什么呢？"

"嗯，"安坦赶紧回应，尽管嘴里还塞着饼干，"我只是想来拜访一下。

因为我很久没有来了，您知道的，联络联络，看看你们现在怎么样。"

地上躺着的婴儿。

尖声嘶叫的母亲。

噢，上帝，要是有什么东西在女巫之前来到该怎么办呢？那我们就成什么了？

噢，我的星星啊，为什么一定要继续这样做下去？为什么没有人去制止它呢？

伊格纳莎姐妹笑了笑。"撒谎。"她说。安坦垂下了头。她亲热地捏了捏他的膝盖。"别不好意思，可怜的小家伙，"她安慰着他，"不是只有你一个人想要睁大好奇的眼睛，来观赏我们笼子里的困兽，我正考虑是否收入场费呢。"

"啊，"安坦反驳道，"不是，我——"

她摆摆手让他住口。"不用解释，我完全明白。她是一只稀有的鸟，还有一点令人费解，一座悲伤的喷泉。"她轻声叹了口气，嘴角抽动了一下，就像蛇芯。安坦皱起了眉头。

"她还能治好吗？"他问道。

伊格纳莎姐妹大笑起来："噢，可爱的安坦！悲伤是无法医治的。"她的嘴唇咧得无法再大了，仿佛报出了最精彩的新闻。

"当然，"安坦坚持道，"不能永远这样悲伤下去吧。我们中间有那么多人都失去了孩子，并不是每个人都会悲伤成这个样子。"

她抿住了嘴唇："不，不，不是这样的。她的悲伤是被她的疯狂夸大了，或者说她的疯狂源自她的悲伤，或者可能完全是其他什么东西，这使她成为一个有趣的研究对象。我很感激她来到我们亲爱的塔楼里。我们正在充分利用从观察她的头脑中所获得的知识。毕竟，知识是一种很有价值的商品。"安坦注意到，伊格纳莎姐妹的脸颊比他过去在塔楼里的时候更加红润。"但是老实说，亲爱的孩子，虽然我这位老太太非常感激如此英俊的年轻人的关注，但你不需要和我那么客气。总有一天你会成为长老会的正式成员，亲爱的，你只需要叫看门的男孩给你开门就是了，你想看任何一个囚犯他都得带你去。这是法律规定。"她的眼睛里含着冰，但只有片刻。随即，她给了安坦一个温暖的微笑。"来吧，我的小长老。"

她站起身来，走到门口，脚下一点声响都没有。安坦跟在她身后，靴子重重地踏在地板上。

虽然牢房只在楼上一层，但要爬四层楼梯才能到达。安坦悄悄地窥视每一个房间，满心希望能看到伊珊，那个从他的学校来的姑娘的身影。他看到了许多见习生，但并没有看到她。他尽力不让自己感到失望。

楼梯转向左边，再转向右边，然后变成一个垂直的螺旋形向下延伸，到达牢房层的中央大厅旁边。中央大厅是一个圆形、没有窗户的空间，有三个姐妹背靠背地坐在房间最中心的椅子上，三个人的背部形成一个紧密的三角形，每个人的腿上都放着一把十字弓箭。

伊格纳莎姐妹傲慢地瞟了一眼离门口最近的姐妹，用下巴指指一间牢房的门。

"让他进去看五号，他要离开之前会先敲门的，你们小心别走了火射到他。"

说完，她微微地笑着，把目光转向安坦，拥抱了他一下。

"那么，我走了。"她欢快地说，然后走回到螺旋楼梯上，同时离门最近的姐妹站起身来，去打开标示着"5"的房门的锁。

她看到安坦的眼神，耸了耸肩膀。

"她不会为你做什么的。我们不得不使用特别的药水让她平静下来。

我们不得不剪掉她美丽的头发，因为她不停地往下揪。"她上上下下地打量着他，"你身上没带着纸吧？"

安坦皱了皱眉头："纸？没有。为什么？"

她用力抿了一下嘴唇，说："她是被禁止有纸的。"

"为什么呢？"

她的脸变得毫无表情，僵直得如同套上手套的手。"你自己会看到的。"她说。

她打开了牢门。

这个牢房是一片混乱的纸的世界。牢里的囚犯用纸折叠、撕扯、扭曲、装饰为纸鸟，成千上万只纸鸟，各种各样，大小不一。墙角里卧着纸天鹅，椅子上站着纸苍鹭，小小的纸蜂鸟悬挂在天花板上。还有纸鸭子、纸知更鸟、纸燕子、纸鸽子。

安坦第一个本能的反应是震惊。纸张是很昂贵的，非常昂贵。城里有造纸商，他们用木浆、芦苇、亚麻和孜林花混合在一起，制成用来写字的精细的纸卷，但大部分都卖给了商贩，被他们贩到了森林的另一边。保护区的人如果要在纸上写下任何东西，必须是经过深思熟虑和周密的规划之后才能下笔的。

这简直太疯狂了，*浪费昂贵的纸张*，安坦几乎无法遏制他的震惊。

然而——

这些鸟儿制作得非常复杂和精细。地板上挤满了纸鸟；床上堆满了纸鸟；床头柜上的两个小抽屉里也有纸鸟伸出头来往外看。而且它们非常美丽，他无法否认，它们美丽得令人窒息。安坦不由得用手捂住了胸口。

"哦，天哪！"他低声叫道。

囚犯正躺在床上，熟睡着，但被他的声音唤醒了。慢慢地，她伸了个懒腰。慢慢地,她用胳膊肘撑在床上,微微地欠了欠身子。

安坦几乎认不出她来了。那美丽的黑发已经不见了,头皮刮得光光的,她眼睛里的火焰和脸上的红光也都不见了。她的嘴唇扁平而下垂,仿佛它们沉重得挂不住了,她的脸颊蜡黄而呆滞。甚至她额头上的新月胎记都变成了过去的阴影——就像是抹在额头上的烟灰。她那小而灵巧的双手上全是被割破的伤口——大概是纸张割破的,安坦心想,而且每个指尖上都留有墨水的痕迹。

她的目光从他身体的一端滑到另一端,向上,向下,从左,到右,却找不到落点。她认不出他来。

"我认识你吗?"她缓缓地开口问道。

"不认识,夫人。"安坦说。

"你看着,"她吞咽了一下,"有点眼熟。"每一个字似乎都是从一口很深的井里捞上来的。

安坦环顾四周。牢房里还有一张小桌子,上面放着更多的纸张,但纸上画着图,是一些奇怪的、错综复杂的地图,写着他看不懂的字和标记。每一张纸的右下角都写着同样的话:"她在这里,她在这里,她在这里。"

谁在这里?安坦想要知道。

"夫人,我是长老会的成员。嗯,一个临时的成员,一个见习长老。"

"啊,"她说,她躺倒在床上,茫然地盯着天花板,"你,我记得你,你也是来看我笑话的吗?"

她闭上眼睛放声大笑。

安坦向后退缩。他在她的笑声中发抖,仿佛有人慢慢地把一罐冰冷的水浇在他的后背上。他抬头望着悬挂在天花板上的纸鸟。奇怪,所有的纸鸟看起来都像是悬挂在一股长长的、黑色的、波浪状的头发上。而且更奇怪的是：它们全都面对着他。它们原来是面对着他的吗？

安坦的手心开始冒汗。

"你应该告诉你的舅舅，"她说得非常、非常慢，一字一顿，每个字说出来都像是砸下一块沉重的圆石头，垒成一条笔直的长句，"他错了。她在这里，而且，她很可怕。"

她在这里，地图上写着。

她在这里。

她在这里。

她在这里。

但这究竟是什么意思呢？

"谁在哪里？"安坦不由自主地问道。他为什么要跟她说话？一个正常人不能去跟疯子讲道理，他提醒自己，这是不明智的。纸鸟们在头顶上沙沙作响。一定是风刮的，安坦心想。

"是他带走的孩子？我的孩子？"她空洞地笑了笑，"她没有死。你舅舅以为她死了。你舅舅，他错了。"

"他为什么认为她死了？没有人知道女巫对孩子们做了什么。"他又颤抖了一下。他听见左边有一种沙沙沙的响声，好像是纸翅膀拍打的声音。他转过身去看，但没看到有什么动静。他又听到右边有同样的声音。再看看，还是什么都没有。

"我所知道的就是这些。"那位母亲说，她摇摇晃晃地站起身来。纸鸟们开始飞舞、旋转。这只是风吹的，安坦心想。

"我知道她在哪里。"

是我想象出来的。

"我知道你们这些人都做了什么。"

76

什么东西在我脖子上爬？天哪，是一只蜂鸟。而且——**哎哟！**

一只纸渡鸦猛地穿过房间，用翅膀划过安坦的脸颊，割开一道口子，流出血来。

安坦惊讶得瞠目结舌，叫不出声来。

"但是没关系。因为审判的日子即将来临。它来了，它来了，它就要来到了。"

她闭上双眼，身体摇摇晃晃。她显然是疯了。事实上，她的疯狂就像云雾一样笼罩着她，安坦知道自己现在必须赶紧离开了，以免受到传染。他用拳头砸门，但没有发出一点声响。**"让我出去！"** 他对外面的姐妹喊道，但他的声音似乎从他嘴里一出来就消失了。他能感觉到他的话语砰的一声落在他的脚下。他被传染上疯病了吗？有可能吗？纸鸟们在空中穿梭往来，交错，集结，它们在空中掀起了巨浪。

"救命啊！" 他大喊着。因为有一只纸燕子去啄他的眼睛，两只纸天鹅咬他的脚。他拼命地拳打脚踢，但它们还是不停地来袭击他。

"你看起来像是个好孩子，"那位母亲说，"另选一个职业吧，这是我对你的忠告。"她爬回到自己床上。

安坦又猛敲牢房的门，他的击打依然发不出任何声响。

纸鸟们狂叫着，哀号着，尖叫着。它们把纸翅膀变成刀子的利刃，它们喧哗着集结成团——膨胀，收缩，再膨胀，暂时退后，再次进攻。安坦用双手护住了自己的脸。

紧接着，全部纸鸟都扑到他的身上。

14. 凡事总有后果

　　当卢娜醒来的时候，感觉与平日有些不同。她不知道为什么。她在床上躺了很久很久，听着鸟儿们唱歌。她不明白它们在说什么。她摇摇头。本来嘛，她怎么会听懂它们的话呢？它们只不过是些鸟儿。她用双手捂着脸，又听了听鸟儿的叫声。

　　"没人会跟鸟儿说话的。"她大声说道。这是真的。那为什么感觉不像是真的呢？一只鲜艳的小雀鸟落在窗台上，唱得那样甜美动人，卢娜觉得她的心都要碎掉了。事实上，她的心已经被感动得破了一点点，现在还在感动着。她把双手蒙在眼睛上，意识到自己在哭泣，而她不知道这是为什么。

　　"真傻呀！"她大声说道，发现自己的声音有些颤抖，"傻卢娜。"她是最傻最傻的女孩，大家都这么说。

　　她环顾四周，费里安蜷缩在她的床尾。那是很正常的，他很喜欢睡在卢娜的床上，但是仙婆婆不许他在床上睡。卢娜从来不知道这是为什么。

　　至少，她自认为不知道这是为什么。但在她内心深处，感觉自己从前似乎是知道的，但她不记得是什么时候了。

　　仙婆婆睡在房间另一头她自己的床上。她的沼泽怪兽六脚八叉地睡在地上，大声地打着呼噜。

　　好奇怪啊，卢娜心想。她从来不记得格勒克曾经在地上睡过觉，或者在屋里睡觉，或者是浮出沼泽来睡觉。卢娜摇了摇头。她侧过身去，用肩膀头堵上自己的耳朵——先是这一边，然后是另一边。整个世界都在奇怪地压迫着她，就像她穿着一件不再合身的外衣。而且，她的头也疼得厉害，脑子里面很疼。她用手掌跟敲打了几下前额，也不管用。

卢娜溜下了床，脱下睡袍，穿上一条有好多口袋的裙子，那是她让仙婆婆照着她的要求特别缝制的。她轻轻地把熟睡的小飞龙放进一个口袋里，很小心地怕吵醒他。她的床是用绳子和滑轮吊在天花板上的，这样在白天的时候就可以吊起来，给小小的房子腾出一些空间。但卢娜毕竟还是太小了，不能一个人把床吊上去。她就把床留在原地，转身走出了家门。

天色还早，太阳还没有爬上山脊，山里凉爽又湿润，生机勃勃。三个火山口飘出薄薄的烟雾，像丝带一样懒洋洋地从火山内部卷曲着扭动出来，然后向着天空蜿蜒而去。卢娜慢慢地朝沼泽的方向走。她看见自己赤裸的双脚微微陷入长满青苔的地里，留下了一个个的脚印。而她走过的地方并没有长出鲜花。

可这样想是很愚蠢的，不是吗？为什么她的脚步后面会长出东西？"真傻，真傻。"她大声说。后来，她觉得脑袋有点晕，就坐在地上，遥望着山脊，什么也不去想。

✲

仙婆婆发现卢娜独自坐在外边，凝视着天空。这很反常。平时，小女孩一睁眼就像刮起了一阵旋风，把身边所有的人全都吵醒。可今天不是这样。

是啊，仙婆婆想，现在一切都不同以往了。她摇摇头，不是一切，她告诉自己。尽管有尚未释放的魔法蜷缩在女孩体内，至今平安无事，她还是同一个女孩。卢娜仍然是卢娜。他们根本不用担心她的魔法会四处喷发。现在，她可以平静地学习了。今天，他们就将开始。

"早上好，宝贝儿。"仙婆婆招呼着，把手放在女孩的头顶，轻轻地抚摸着她的头发,长长的黑色鬈发缠绕着她的指尖。卢娜没有说话,她似乎有些恍惚。仙婆婆尽力让自己不要为此担忧。

"早上好,仙阿姨。"小飞龙费里安叫道。他从口袋里探出头来,打着哈欠,把他的小胳膊用力向外伸展。他眯着眼睛看看周围。"为什么我在外面啊?"

卢娜回过神来。她看着自己的祖母,笑了。"阿婆!"她叫道,连忙站起身来,"我觉得我都好几天没见到你了。"

"嗯,那是因为——"费里安刚开口,仙婆婆就打断了他。

"安静点儿,孩子。"她说。

"可是,仙阿姨,"费里安激动地继续说,"我只是想解释一下——"

"你的废话够多了,你这个小傻龙。去吧,去找你的怪兽吧。"

仙婆婆把卢娜拉起来,赶紧带她走开了。

"但是咱们要去哪儿啊,阿婆?"卢娜问。

"去工作室,亲爱的。"仙婆婆回答,又使劲瞪了小飞龙一眼,"快去帮格勒克准备早餐。"

"好的,仙阿姨。我只想告诉卢娜——"

"赶紧去,费里安!"她厉声说道,然后带着卢娜快速地离去了。

❊

卢娜很喜欢祖母的工作室,并且已经在里面学习了一些力学的基础知识——杠杆、楔状体、滑轮和齿轮。尽管她的年纪还那么小,但她已经对机械非常热衷了,而且她能够亲手建造各种可以快速旋转、嘀嗒作响的小机器。她喜欢找一些小木头,打磨光滑,拼凑起来,做成不同的东西。

而现在,仙婆婆把卢娜的各科作业都堆到了屋子的角落,并将整个工作室分成几个区域,每个区域都放着各自的书架、工具架和材料架。还有一个区域是发明创造的,一个区域是建筑房屋的,一个区域用作科学研究,一个区域是关于植物学的,一个区域专门研究魔法。她用粉笔在地板上画了很多的图。

"这里出什么事了啊,阿婆?"卢娜问道。

"没什么,亲爱的,"仙婆婆说,但后来她觉得还是讲清楚些更好,"嗯,事实上,我们有很多东西要学,但是有些是更重要的科目,需要我们优先去学。"仙婆婆坐在地上,面对着女孩,把魔法集中到自己的一只手上,让它飘浮到手指上方,就像一个明亮的、闪闪发光的球。

"你看,我的宝贝儿,"她讲道,"魔法从我身上流过,从地面到天空,但它同时也在汲取我身上的精力。它在我里面,像静电一样,它在我的骨头中爆裂,嗡嗡作响。当我需要额外的光亮时,我就摩擦我的双手,就像这样,让光在我手掌之间旋转,直到它足以承载着我去到我需要去的地方。你以前见过我这样做,有好几百次了吧,但我从来没有给你解释过。这是不是很漂亮,亲爱的?"

但是卢娜没有看到。她的眼中一片空白,她的脸上也是一片空白。她看起来好像灵魂已经去冬眠了,就像冬天的树一样。仙婆婆倒吸了一口冷气。

"卢娜?"仙婆婆说,"你还好吗?你饿了吗,卢娜?"女孩没有反应。空白的眼睛,空白的面孔,一个卢娜形状的空洞出现在宇宙当中。仙婆婆突然感到心中产生了一阵巨大的恐慌。

紧接着,仿佛这一片空白从来没有出现过,生命之光又回到了孩子眼中。"阿婆,我可以吃点甜的东西吗?"卢娜问。

"什么?"仙婆婆说。尽管生命之光已经回到孩子的眼睛里,她心中的恐慌却在增加。她凑近卢娜去仔细地观察。

卢娜用力地摇头,像是要把耳朵里的水甩出去。"甜的,"她慢慢地说,

"我想吃点甜的东西。"她皱起了眉毛。"请您给我。"她又补充了一句。女巫不得不把手伸进口袋,掏出一把干浆果。女孩若有所思地咀嚼着干浆果,同时环顾着四周。

"我们怎么会在这里,阿婆?"

"我们一直都在这里啊!"仙婆婆回答,她的眼睛打量着女孩的脸。这孩子是怎么了?

"但是为什么呢?"卢娜的眼睛看着周围,"咱们不是在外边吗?"她抿住了嘴唇,"我不……"她刚刚开口,又停了下来,"我不记得……"

"亲爱的,现在我想给你上第一堂课。"一片云雾蒙上了卢娜的脸。仙婆婆停顿下来,用手轻轻摸摸女孩的脸颊。魔法的浪潮不见了。假如仙婆婆非常努力地集中精力,会感觉到一种类似地球的万有引力拉出来了一个高密度的魔力硬块,像是一个光滑、坚硬、封闭着的坚果,或者说是像一个鸡蛋。

她决定再试一次:"卢娜,我亲爱的,你知道什么是魔法吗?"

再一次地,卢娜的眼睛变成一片空白。她一动不动,几乎没有呼吸,就好像卢娜体内的东西——心灵之光、动作能力、聪明才智,全都不翼而飞了。

仙婆婆又等了一会儿。这一次,生命之光回来得更慢,卢娜用了更长的时间来恢复自己。女孩一脸好奇地望着祖母,仔细地对着祖母左看右看。她皱起了眉头。

"我们什么时候到这儿来的,阿婆?"她问道,"我刚才是睡着了吗?"

仙婆婆站起身来,在房间里踱着步子。她在发明桌旁停下了脚步,审视着桌上那些齿轮、电线、木头、玻璃以及错综复杂的图解和说明书。她用一只手拿起一个小齿轮,另一只手拿起一个小弹簧——它的末端是如此锋利，居然把她的拇指扎出了血。她回头看着卢娜，努力想象着她体内的机械转动——它正在有节奏地嘀嗒作响，朝着女孩十三岁的生日迈进，像最精准的时钟一样，节奏均匀，势不可当。

或许，这个咒语就应该是这样开始生效的。在仙婆婆编制咒语的程序中，并没有表明会产生这种……空白状态呀。难道她的咒语程序编错了吗？

她决定去尝试另一种方法。

"阿婆，你在做什么？"卢娜问。

"没什么，亲爱的。"仙婆婆说着，匆忙走到魔法桌旁，组装了一个占卜仪——从地上取一块木头，玻璃是熔化的陨石，洒上一点水，在中间打一个洞让空气进来。这是她最成功的作品之一。卢娜好像根本就没有看见它。她的目光转过来转过去的，游移不定。仙婆婆把占卜仪放在她俩之间，透过它去观察卢娜。

"我想给你讲一个故事，卢娜。"仙婆婆说。

"我爱听故事。"卢娜笑了。

"从前，有一个女巫，在树林里发现了一个小宝宝。"仙婆婆说。透过占卜仪，仙婆婆可以看见她布满灰尘的话语飞进了孩子的耳朵。她注视着头骨里的词——宝贝这个词在记忆中心徘徊了一下，紧接着飞到想象的结构空间，最后来到大脑喜欢动听的词语的地方。宝贝，宝贝，b——b——宝宝——b——b——贝贝，一遍又一遍地闪现。卢娜的眼睛开始变暗。

"从前，"仙婆婆说，"当你还很小、很小的时候，我带你出门去看星星。"

"我们老到外边去看星星，"卢娜说，"每天晚上都去。"

"是的，是的，"仙婆婆说，"注意听。一天晚上，那是很久以前了，当我们在看星星的时候，我用手指采集星光，就像从蜂巢里面取出蜂蜜，喂给你吃。"

这时，卢娜的眼睛变成了空白，她摇着自己的头，仿佛要抖掉上面的蜘蛛网。"蜂——蜜——"她慢慢地说，仿佛这个词非常沉重。

但是仙婆婆继续坚持下去。"然后，"她加重了语气，"一天夜里，阿婆没有注意到天上刚刚升起的圆月亮挂在低矮的天边。我伸手去采集星光，结果错误地采到月光，喂你喝下去了。就这样，你变成了一个有魔法的孩子，我的宝贝儿。你的魔法就是从这里来的。你把月光喝进肚子，进入你身体的最深处，现在你体内的月亮已经变圆了。"

坐在地上的仿佛不是卢娜本人，而是一幅卢娜的画像。她的眼睛一眨不眨，她的脸沉静得像石头。仙婆婆在女孩的眼前挥手，但是她没有反应。一点反应也没有。

"噢，天哪！"仙婆婆叫道，"噢，天哪！噢，天哪！"

仙婆婆把小姑娘揽进怀里，跑出门外，一路哭泣着去找格勒克。

几乎用了整整一个下午的时间，这孩子才重新恢复原来的状态。

"嗯，"格勒克说，"这还真有些麻烦。"

"没什么好麻烦的，"仙婆婆烦躁地说，"我肯定这只是暂时的。"她又补充了一句，仿佛她只要这样说就会变成真的。

然而这并不是暂时的。这是仙婆婆那个咒语的后果：现在这个孩子无法学习魔法了。她听不见，说不出，连这个词是什么意思都不知道。每当她听到任何与魔法有关的事情，她的意识、生命的火花，以及她的灵魂，似乎就完全消失了。究竟这些知识是被吸入卢娜的大脑内核了，还是全部飞走了，仙婆婆也不知道。

"等她到了十三岁的时候，该怎么办呢？"格勒克问，"你将如何去教她呢？"因为那时候你肯定已经死去了，格勒克心里是这样想的，却没有说出口来。她的魔法将要启动,你的魔法就要全部倾泻出去,而你,我亲爱的,亲爱的五百岁的阿仙啊,不再会有魔法来支撑你的生命了。他感到心上的裂缝越来越深。

"说不定她不会长大,"仙婆婆绝望地说道,"说不定她会永远停留在目前的样子,我也永远不会跟她说再见。说不定我把咒语放错了地方,而她的魔法永远不会释放出来。也许她从一开始就没有什么魔法。"

"你知道这不是真的。"格勒克说。

"这有可能是真的,"仙婆婆反驳道,"你不知道,"说完她又停顿了一下,"还有另外一种选择,不过那太让人悲伤,就不必考虑了。"

"阿仙——"格勒克开口道。

"悲伤是危险的!"她厉声说,然后就气呼呼地走开了。

就这样,他们一次又一次地交谈,但永远没有解决的办法。最后,仙婆婆完全拒绝讨论这个问题了。

这孩子根本就没有魔法,仙婆婆开始这样告诉自己。确实是这样,仙婆婆越是对自己说这可能是真的,她就越能让自己相信这是真的。即使卢娜曾经是有魔法的,那么现在她所有的魔法也都齐刷刷地被阻隔住了,不会成为一个问题。说不定它永远地被困住了。

也许卢娜现在就是一个普通的女孩,一个普普通通的女孩。仙婆婆一遍又一遍地说,她说了那么多遍,那就一定是真的了。当自由城市的人们问起的时候,她也这样告诉他们——卢娜是一个普通的女孩。她还告诉他们说,卢娜对魔法过敏,只要听到就会打喷嚏、抽风、眼睛发痒、胃不舒服。她要求大家千万不要在女孩身边提到魔法这两个字。

所以,人们都不提这两个字,人们对仙婆婆向来是言听计从。

与此同时,卢娜要学习的范围是非常广泛的——科学、数学、诗歌、哲学和艺术。这样应该就够了。她会像其他女孩那样成长，仙婆婆也会继续做她自己——魔法依旧、不老也不死的阿仙。当然，仙婆婆永远也用不着说再见。

"不能再这样继续下去了，"格勒克一遍又一遍地说，"卢娜需要知道她身体里面有什么样的东西，她需要知道魔法是如何作用的，她需要知道什么是死亡，她需要做好准备。"

"我实在听不懂你在说什么，"仙婆婆说，"她只是一个普通的女孩。即使她从前不是，现在肯定是了。我自己的魔法是可以重新补充的——而且我根本就没怎么用过它。没有必要去让她心烦。为什么我们要谈论即将失去的东西呢？为什么我们要跟她讲那种悲伤的事情？悲伤是危险的，格勒克，还记得吗？"

格勒克皱起了眉头："我们为什么要想那事呢？"

仙婆婆摇了摇头："我不知道。"而她是真的不知道。她曾经知道，但是那段记忆已经消失了。

忘却比记忆更加容易。

于是卢娜就这样慢慢长大了。

然而她不知道关于星光、月光或前额里面隐藏的硬块。她不记得曾经将格勒克变成了兔子，不记得她的脚步生花，或者她曾经拥有的能量，至今还在推动着齿轮咔嗒咔嗒地转啊转啊转啊，不可阻挡地向着终点迈进。她不知道那颗坚硬的魔法的种子就要在她体内爆裂开来。

她完全不知道。

15. 安坦撒了个谎

纸鸟给安坦留下的伤疤一直也没有愈合——怎么也无法完全愈合。

"那些鸟儿只不过是纸的啊,"安坦的母亲伤心地说,"怎么可能把伤口划得这么深?"

问题不仅仅是划伤,划伤之后伤口的感染更严重,而且还流了那么多的血。安坦在地板上躺了很长时间,虽然那疯女人一直在用纸给他止血,但是没有什么效果。星星姐妹们在她身上使用的药剂使她变得恍惚而虚弱,她的意识时有时无。等到最后卫兵进来察看时,他和疯女人全都躺在血泊之中,地上流了那么多的血,她们花了好大工夫才最后确定,这血究竟是从谁身上流出来的。

"为什么会这样?"他的母亲气愤地质问,"当你大声叫喊的时候,她们怎么没有及时来救你呢?她们为什么不管你?"

没人知道这个问题的答案。星星姐妹们说她们完全不知道,她们说没听见他的喊叫声。后来,人们看到她们煞白的脸色,看到她们充血的双眼,才相信她们说的是真的。

人们纷纷议论,说是安坦自己把自己割伤的。

人们纷纷议论,说他讲的纸鸟的故事只不过是他的幻想。毕竟,没有任何人见到什么鸟儿,牢房的地上只有沾满了鲜血的纸。而且,有谁听说过竟然有攻击人的纸鸟呢?

人们纷纷议论,说像那样的男孩根本不配做见习长老。在这一点上,安坦是再同意不过了。当他的伤口愈合的时候，他已经向长老会正式辞职了。他的辞职被批准，立即生效。从学校解放出来，从长老会解放出来，同时从不断催逼他的母亲那里解放出来，安坦变成了一个木匠，这才是他擅长的职业。

由于长老会的长老们每次看到这个可怜的男孩脸上深深的疤痕，都无法心安，加上他的母亲一再坚持，他们给了这个男孩一笔数量可观的钱，让他能够从通过磐石路做生意的商人那里买到稀有的木材和精细的工具。（噢！那些疤痕！噢！他过去是多么英俊啊！噢！他原来那么有前途，真可惜啊！实在是巨大又可怕的损失！）

安坦开始工作了。

很快，凭着精湛的技艺，他的名气在磐石路的两端流传开来，他也赚到了足够的钱，让他的母亲和弟弟们过着快乐又满足的生活。他也给自己单独建造了一座房子——更小、更简单、更简朴，却是同样舒适。

尽管如此，他的母亲还是不赞成他离开长老会，并且明确地告诉了他。他的弟弟鲁克也不理解，尽管他的不满来得太迟了，是在他被赶出塔楼满脸羞愧地回家以后。（鲁克收到的纸条，跟他哥哥收到的不同，没有先说"我们期望很高"，而只是简单地说"此人令人失望"。他们的母亲却责怪安坦。）

安坦根本不去在意这些。他让自己的生活远离其他人，只与木材、金属和油料打交道。他醉心于木屑的气味，醉心于手指接触那光滑木纹的感觉。他所在意的只是要制造出美丽、完整，而且真实的东西。几个月过去了，几年过去了，他的母亲仍然跟他唠叨他不应该离开长老会。

"你说什么样的人才会离开长老会？"一天，在坚持要他陪着去当地的市场之后，这位母亲又开始大声地责怪自己的儿子。她穿梭在各种摊位之间，尖刻地挑剔这个抱怨那个，比较着不同的摊位上各种药用和具有美容功效的产品,诸如孜林蜂蜜、孜林果酱、干燥的孜林花瓣等,这些东西可以用来与牛奶调和,敷在脸上,可以防止长皱纹。但并不是每个人都能买得起这个市场上的东西。大多数人都是用自家的物品与邻居家的交换,好让家里的橱柜不会太空。即使是那些家里有点钱、能够到市场来买东西的人,也买不起安坦母亲购物篮子里成堆的货物。身为大长老的唯一的妹妹,是有其优势的。

她眯着眼睛认真地看了看孜林的干花瓣,然后狠狠地瞪着站在摊位上的女人:"你这东西是多久前收获的?不准说谎!"那卖花女子吓得脸色苍白。

"我不能说,夫人。"她小声说道。

安坦的母亲傲慢地看着她:"你要是不知道,那我就不付钱。"随后她转到下一个摊位。

安坦对这些事不加评论,而是任由他的目光飘移到塔楼上去,让他的手指在自己被毁容的脸上轻轻移动,就像是在抚摸着疤痕地图的山川和峡谷,追随着疤痕的河流。

"嗯,"他的母亲翻看着从磐石路另一端运来的一匹匹布料,说道,"我们只能希望,等这荒谬的木工业进入它不可避免的破产结局,你那尊贵的舅舅仍会让你回去的——即使不能做长老会的成员,那至少也可以做他的工作人员吧。然后,有一天,就会成为你弟弟的工作人员了。至少他还懂得听妈妈的话!"

安坦点点头,咕哝着,什么话也没说。他发现自己无意间朝着卖纸的货摊溜达了过去。很久以来,他几乎没有再碰过纸张了。然而,这并不是他自己可以控制的。

这些用孜林造的纸张很是招人喜爱。他让他的手指抚过一叠又一叠的纸张，让他的思绪飘向那纸翅膀扇动的沙沙声响，聆听它们飞过高山，渐渐地消失在远方。

❄

然而，安坦的母亲对儿子前途失败的预测是错误的。木工作坊仍然是成功的——不仅是在这个小小的、有钱的保护区，而且还被以吝啬著称的商人协会认可。他所制作的木雕、家具和巧妙的手工艺品，在磐石路的另一边，也都非常抢手。每个月，贸易商都会带来一批订单，而每个月，安坦都不得不谢绝其中一些订单，诚恳地向客户解释，说他只有一个人，只有一双手，而他的时间自然是有限的，实在忙不过来。

面对他的婉言谢绝，商人们反而愿意付给安坦更多的钱来购买他的手工艺品。随着安坦不断磨炼他的技能，他的眼光变得清晰和精明，他的设计也变得越来越精巧，他的名声也越来越响亮。不到五年的时间，他的名字即使在他从未听说过的、更没有去过的城镇里，都已经是家喻户晓了。远方城镇的市长们还盛情邀请他去做客。安坦在考虑答应这样荣耀的邀请——他当然会考虑。他从出生起就没有离开过保护区，也没听说任何人离开过，尽管他的家人肯定付得起旅费。不过，即使是他心里想做些什么也不可能，因为他现在除了工作和睡觉之外，就连偶尔在壁炉边读读书的时间都挤不出来。有时候，他会觉得世界是沉重的，空气里面带着浓浓的悲伤，就像是一层厚厚的雾，蒙盖住了他的头脑、身体和视线。

不管怎么说，得知自己的手工艺品找到了好人家，还是让安坦从内心感到欣慰。能够擅长做某些事情的感觉非常好。而让他感到最为心满意足的，还是在他熟睡的时候。

现在他的母亲坚持对外宣称，她早就知道自己的儿子会很成功，而又是多么幸运——她一遍又一遍地强调——她儿子一直避免跟长老会那些老气横秋的老枯燥们一起过单调乏味的生活，说一个人追随自己的才华和天赋有多么好，诸如此类，就好像她一直都是这样说的。

"是的，妈妈，"安坦强忍着不让自己笑出来，"您确实一直是这样说的。"

就这样，岁月慢慢流逝：一个孤独的作坊，许多坚固又精美的产品，还有对他的手艺赞不绝口的客户们——尽管他们在看到他的面孔时会将目光躲闪开来。事实上，生活还不赖。

✿

一天上午，安坦的母亲皱着鼻子站在作坊门口，她受不了锯木屑和孜林油强烈的气味。这种油可以让木头发出特别的光泽。安坦刚刚完成了一个摇篮床头板最后的雕刻细节——布满明亮星星的天空。这并不是他第一次做这样的摇篮，也不是第一次听到星星儿童这个称呼，但他并不知道这是什么意思。磐石路另一端的人真是很奇怪。虽然从来没人见过星星儿童，但每个人都听说过。

"你应该找个学徒工了。"他的母亲说，眼睛环顾着房间。这个作坊里面井然有序，设备齐全，而且很舒适。当然，是对大多数人来讲很舒适。比如安坦，就觉得在那里非常舒服。

"我不想收学徒工。"安坦一边说着，一边把孜林油揉搓到木头的曲线上。木头的纹路像金子一样闪闪发光。

"多一双手，你的生意会做得更好。你的弟弟们——"

"对木材一窍不通。"安坦温和地回答。这是真的。

"是吗？"他母亲理直气壮地说，"你想想，要是——"

"我现在这样就很好。"安坦说。这也是事实。

"那么——"他的母亲说着，把身体的重心从一只脚移到另一只脚上。

她整理了一下披风的裙摆。她一个人拥有的披风比多数大家庭全家人的披风加起来都多。"你的生活怎么样啊,儿子?你在这里为别人的孙子做摇篮,而不是给我自己的孙子做。没有一个漂亮孙子坐在我被祝福的膝头,你叫我如何继续忍受你进不了长老会的耻辱呢?"

他母亲的声音哽咽了。安坦知道,曾经有一段时间,他有可能已经能够挽着一个姑娘去逛市场了。但是他当时很害羞,从来不敢这样做;现在,安坦知道,如果当年的他想要去找一个姑娘,也不会很难。他曾经见过母亲托人给他画的素描和画像,并且知道,从前,他很英俊。

不管怎么说,他现在工作得很好,也很喜欢这个工作。他真的需要更多的东西吗?

"我敢肯定,有一天,鲁克会结婚的,母亲。阿韦也会,还有剩下的几个弟弟都会。不要烦恼,到时候,我会给每一个弟弟打一个衣柜,做一张婚床和一个摇篮。你的房梁上很快就会挂上孙子孙女的摇篮了。"

房梁上的母亲,她怀中的孩子,还有,哦!尖厉的叫声。安坦紧紧地闭上眼睛,努力驱赶脑海中的画面。

"我一直在和其他的母亲谈论这件事,她们也都非常欣赏你在这里创造的生活。她们很有兴趣把你介绍给她们的女儿,当然不是她们最漂亮的女儿,你明白的,但终归是她们的女儿。"

安坦叹了口气,站起身来,去洗手了。

"母亲,谢谢你,但是不用了。"他走过来,俯下身子亲吻母亲的面颊。当他被毁容的脸离得太近时,他看到她有点想要躲避的样子。他尽力不让这种情景伤自己的心。

"但是,安坦——"

"现在,我必须要走了。"

"但是你要去哪儿呢？"

"我有几件差事需要完成。"这是在撒谎。他每次撒谎之后，都会让自己更容易继续撒谎。"两天后我会去您那儿吃晚饭，我没有忘记。"这也是一个谎言。他根本不想在妈妈家吃饭，等到最后一刻他会找一个完美的借口，让自己不去参加。

"也许我应该跟你一起去，"她说，"陪陪你。"她在用她自己的方式爱他。安坦知道。

"还是我自己去吧。"安坦说。他披上披风，径直走开，把母亲留在身后的阴影中。

安坦在保护区里行走时，总是挑那些人比较少的小巷和街道。虽然那天的天气很好，但他还是用披风的帽子盖住额头，把脸藏在阴影里。安坦早就注意到，他遮挡自己的脸会让别人觉得更舒服，也能最大限度地减少被人盯着看的机会。有时候，一些小孩子会害羞地要求摸摸他的伤疤。如果有他们的家人在附近，孩子总是会被窘迫的家长立即赶走，而他和孩子间的这种互动也就结束了。不过，如果没有家人干涉的话，安坦会平静地蹲下来，眼睛看着孩子的眼睛。如果孩子不敢伸手的话，他会摘掉头上的帽子，说："你可以摸摸。"

"你疼吗？"小孩子会问。

"今天不疼。"安坦总是说。这又是一个谎言，他的伤疤总是会疼。尽管没有第一天那么疼，甚至没有第一个星期那么疼。但是伤疤总是那样疼——丧失了某种东西之后的钝痛。

小小的手指在他脸上的触摸——沿着高低不平的伤疤和皱褶——使安坦的心揪了起来，尽管只是轻微地揪着。"谢谢你！"安坦会这样说。他这是真心实意地感谢，每一次都是这样。

"谢谢你！"小孩子也总是这样回答。然后，两个人就分手了——孩子回自己的家，而安坦则独自一人默默地离去。

就像往常一样，不论他喜不喜欢，他随意的漫步总是会把他带到塔楼下面。这里曾经是他的家，在他年轻的时候，短暂而奇特。这是他的生活发生了永久性改变的地方。他把双手插进口袋，抬起头来，仰望着天空。

"哎哟，"一个声音叫道，"这不是安坦吗？终于回来看我们了！"这声音足够欢快，但是仍然有——安坦感觉到——一种咆哮的声音，深深地埋在里面，很不容易听出来。

"您好，伊格纳莎姐妹，"他问候着，深深地鞠了一躬，"见到您走出书房真让我惊讶。您那强盛的好奇心终于肯放您出门了？"

这是他受伤多年之后，他们第一次面对面说话。他们来往的书信，包括简短的笔记、信件很可能都是由其他的姐妹代笔，然后拿给伊格纳莎姐妹签字。自打他受伤以后，她从来不去费心了解他的境况究竟如何，一次都没有。他嘴里尝到了苦涩的东西，他把它强吞下去，而且不让自己做出难受的表情。

"噢，不，"她轻描淡写地说，"好奇心是聪明的诅咒，也许聪明是好奇的诅咒。不管怎么说，这两样东西我都不缺，恐怕这也让我非常忙。但我发现经营药草园给了我相当大的安慰——"她举起了一只手，"请不要碰任何叶子或鲜花，还有泥土，不戴手套绝不能碰。这些药草中有许多都含有致命的毒素，它们不是很漂亮吗？"

"非常漂亮。"安坦回答说，但是他并没有在考虑药草的问题。

"是什么风把你吹来了？"伊格纳莎姐妹眯起眼睛问道，而安坦的目光却游移到了疯女人住的房间的窗户。

安坦叹了口气，他回头看着伊格纳莎姐妹。她的工作手套上沾着厚厚的药草园泥土，汗水和阳光润滑了她的脸。她显得心满意足，仿佛刚刚吃了世界上最美味的饭菜，而且吃得很饱。那是不可能的，她一直在室外劳作。安坦清了清他的喉咙。

"我来是想亲自告诉您，我没有办法把您要的书桌在六个月，或者一年之内做好。"安坦说，这是个谎言。书桌的设计相当简单，所要用的木材也很容易从保护区西边的森林里得到。

"荒唐，"伊格纳莎姐妹说，"你当然可以重新做一些安排。姐妹们其实都是你的家人啊。"

安坦摇了摇头，他的目光飘到那扇窗户上。自从被鸟攻击以来，他并没有真的看到那个疯女人——没有近距离看过。但他每晚都在梦中见到她。有时她在房梁上，有时她在牢房里，有时她骑在一群纸鸟的背上飞，然后消失在黑夜里。

他对伊格纳莎姐妹冷笑了一声。"家人？"他说，"夫人，我相信您已经见过我的家人。"伊格纳莎姐妹假装对他的话并不在意，只是抿着嘴唇笑了笑。

安坦又瞥了一眼窗户。疯女人站在狭窄的窗边，她的身体比一个影子也强不了多少。他看见她把手伸出了铁窗，一只小鸟扑腾着飞过来，落在她的手掌上。这只鸟是纸做的，他站在那里都能听见纸翅膀扇动的沙沙声。

安坦哆嗦了一下。

"你在看什么？"伊格纳莎姐妹问。

"没什么，"安坦撒谎了，"我什么也没看。"

"我亲爱的孩子，你有什么要紧事吗？"

他的眼睛看着地上："祝你的药草园好运吧。"

"在你走之前，安坦，帮我们一个忙好吗？因为不管我们请求你多少次，都无法诱使你用聪明的双手给我们制造美丽的东西。"

"主管姐姐，我——"

"哎，你！"伊格纳莎姐妹呵斥道，她的声音突然变成了更加严厉的语调，"你收拾完行李了吗，女孩？"

"是的，主管姐姐。"花园里传来一个声音——清脆、明快的声音，像铃铛一样。安坦感到他的心脏在鸣响。那个声音，他想，我记得那个声音。这么多年了，自从她离开学校之后，他就再也没有听见过了。

"好极了，"伊格纳莎姐妹转过头来对着安坦，她的语调又变得甜蜜起来，"我们有一个新手，她决定要放弃高品位生活的学习和思考，并决定重新回到外面的世界去。蠢东西。"

安坦震惊了。"但是，"他结结巴巴地说，"从来也没发生过这种事啊！"

"确实，从来没有过，也不会再发生第二次。当她第一次来到我们面前，申请加入我们的组织时，我一定是被她迷惑了。下次我选人的眼光要更加锐利些才行。"

一位年轻女子从花园的小木屋里露出头来。她穿着朴素的工作服，那很可能还是在她十三岁生日刚过，初进入塔楼的时候发的，那时候穿着合适，但她现在长高了，裙子短得几乎遮不住膝盖。她穿着一双男式的靴子，补丁摞着补丁，鞋底是歪的，这一定是跟某个园丁借的。她的脸上洋溢着灿烂的笑容，就连星星点点的雀斑都在发光。

"安坦，你好啊，"伊珊温和地说，"好久不见了。"

安坦感到脚下的世界都倾斜了。

伊珊又转向伊格纳莎姐妹，说："我们在学校认识的。"

"她从来没跟我说过话，"安坦哑着嗓子低声说道，抬不起头来，他的伤疤都在发烧，"没有女孩子跟我说话。"

伊珊的眼睛闪闪发亮，她那玫瑰花蕾般的嘴唇展露出微笑："是这样的吗？我记得可不是这样。"她看着他，看着他脸上的伤疤。她直视着他，没有把目光移开，也没有躲避退缩。连他的母亲都退缩了，他的亲生母亲。

　　"嗯，"他说，"公平地说，我没有和任何女孩子说过话。我现在也不跟女孩子说话，是真的。你真该听听我母亲是怎么不停地唠叨我的。"

　　伊珊大笑起来。安坦觉得自己快要晕倒了。

　　"你能帮我们的'小失望'拿行李吗？她的哥哥们都病了，她的父母亲都死了。我想尽可能快地销毁这一失败案例的所有证据。"

　　即使这些话伤到了伊珊，她一点也没有显露出来。"谢谢你，主管姐姐，感谢你所做的一切，"她的声音像奶油一样光滑甜美，"我现在比我当年刚刚走进这扇门时，懂事多了。"

　　"但是比你本来可以学到的要少得多！"伊格纳莎姐妹厉声说。"年轻人！"她把手一甩，"如果连我们都不能忍受他们，他们怎么可能忍受自己呢？"她转向安坦，"你会帮这个忙的，是吧？这个女孩不懂礼仪，甚至从来不曾为她的行为表现出最微小的悲哀。"伊格纳莎姐妹的眼前一阵发黑，仿佛是饥饿得不行了。她眯起眼睛皱着眉头，黑暗消失了。也许这是安坦想象出来的。"我不能容忍她在我身边再多待一秒了。"

　　"那是当然，主管姐姐，"安坦低声说道，吞咽了一下，似乎嘴里有沙子，他尽力掩饰自己，"我会永远听从您的吩咐。"

　　伊格纳莎姐妹转过身去，昂首阔步地走开了，一边走，嘴巴里还一边嘟嚷着什么。

　　"如果我是你的话，会重新考虑你的立场。"伊珊小声对安坦说。他转过身来，她又给了他一个灿烂的笑容。"谢谢你帮助我。你一直是我认识的最善良的男孩。来吧，让我们尽快离开这里。都过这么多年了，姐妹会还是让我不寒而栗。"

她挽住安坦的胳膊，领他去花园小木屋里取她的行李。她的手指上长满了老茧，双手结实而有力。安坦感到有什么东西在他的胸口躁动不安——最初是颤抖，然后是强有力的跳动和拍打，就像鸟儿的翅膀，高高地飞越森林，一路飙升，冲向天际。

16. 用之不尽的纸张

塔楼里的疯女人不记得自己的名字。

她不记得任何人的名字。

而且,名字是什么?你不能用手拿着它,你的鼻子闻不到它,你不能摇着它哄它睡觉,你不能一遍又一遍地对它轻声诉说你的爱。曾经有一个名字,她对它的珍惜高于一切,但它像鸟儿一样飞走了,她无法将它召唤回来。

有那么多的东西飞走了,名字,记忆,关于她自己的一切。她知道,曾经有一段时间,她是很聪明的、能干的、善良的,心中有爱并且被人爱着。曾经有一段时间,她的双脚可以与地面的曲线完美吻合,她的思绪可以整齐均衡地码放——一个思绪摞在另一个思绪上——存进大脑的橱柜中。但是她的双脚已经很长时间没有感受到土地了,橱柜里所有的思绪也都已经被旋风和风暴席卷一空,很可能永远都将这样空着了。

她所能记得的只有触摸纸张的感觉。她如饥似渴地需要纸张。夜里,她梦见成捆成捆干燥光滑的纸张,梦见被锋利的纸边割伤的痛,梦见滴落的墨水渗入白色的纸张。她梦见纸做的鸟、纸的星星和纸的天空。她梦见一个纸的月亮高挂在纸的城市上空,照耀着纸的森林和纸的人。一个纸的世界,一个纸的宇宙。她梦见墨水的海洋,梦见羽毛笔的森林,梦见无尽无休的文字沼泽。她梦见所有的一切都是那么丰富。

她不但梦见纸张,她还拥有大量的纸张。没有人知道她是如何得到这些纸张的。每一天，星星姐妹们都会走进她的牢房，看也不看地清理她画的地图，还有她写的所有文字。她们骂骂咧咧地打扫着。但是每一天，她都会发现自己再次淹没在大量的纸张、羽毛笔和墨水之中。她所需要的一切都能得到。

地图，她画了一张地图。她可以像白天一样把它看得清清楚楚。她在这里，她写道。她在这里，她在这里，她在这里。

"谁在这里？"那个年轻人问她，反复地问。刚开始，他的脸是年轻的、美好的、干净的；后来，它变成红色的、愤怒的、血淋淋的。最终，纸鸟割伤的地方愈合了，变成了疤痕——先是紫色的，然后是粉红色的，最后是白色的，构成了一张地图。疯女人想知道他是否能看到地图。或者说，他是否理解地图的含义。她想知道会不会有人能够理解——还是说，这样的事情只有她一个人能够理解。她是一个人疯了，还是整个世界跟她一起疯了？她无从说起。她想把他压住，在他的颧骨和耳垂之间写上她在这里。她想让他明白。

谁在这里？当他站在地面凝视着塔楼的时候，她能够感应到他的疑惑。

你还不明白吗？她想对他大声喊叫。但她没有。她的词汇混乱跳跃，她不知道从她嘴里说出去的东西是否具有意义。

每天，她都会把纸鸟放出窗外。有时候放一只，有时候放十只。每只鸟的心中都有一幅地图。

她在这里，在知更鸟的心里。

她在这里，在鹤的心里。

她在这里，她在这里，她在这里，在猎鹰、翠鸟和天鹅的心里。

她的鸟儿并没有飞得很远。起初不是很远，她从塔楼的窗户上，看着人们从附近的地上捡起这些鸟儿。她看见人们凝视着塔楼。她看见他们摇头,她听见人们叹息"可怜的,可怜的家伙",然后把他们怀里的宝贝儿抱得更紧些,仿佛疯狂是会传染的。也许他们是对的,也许疯狂就是会传染的。

没有人去看纸上涂写着什么字、画着什么地图。他们只是把这些纸揉成一团——也可能是变成纸浆,然后再做成新的纸张。疯女人不能怪他们。纸张是很昂贵的,或者对大多数人来说是昂贵的,她却可以轻而易举地获得。她只要透过世界的缝隙,把叶子一片片地揪下来,每一片叶子都是一张地图,每一片叶子都是鸟,每一片她投向天空的叶子都变成了纸。

她坐在牢房的地板上。她的手指找到了纸,她的手指发现了羽毛和墨水。她不去问这是怎么来的,只是一个劲儿地画地图。有时候,她睡觉的时候也还在画地图。那个年轻人走得越来越近了,她能感觉到他的脚步声。很快他就会停下脚步,向上凝视,一个问号在他的心上卷曲着。她眼看着他从一个青年成长为一个工匠,再到一个商人,再到一个恋爱的男人。尽管如此,他心里还是在问着同样的问题。

她把纸折成老鹰的形状,让它在自己手上休息了一会儿,看着它开始全身颤抖,产生飞翔的渴望,然后让它主动地冲向天空。

她凝视着窗外,纸鸟的腿摔跛了。她太心急了,折得不够好。这个可怜的东西无法存活了。它跌落在地上,拼命挣扎,正好掉在那个脸上有伤疤的年轻人面前。他犹豫了一下,把脚踩到鸟脖子上。是同情还是报复?有时两者是一样的。

疯女人用手捂住自己的嘴巴,手指的轻触就像一张纸。她想看看他的脸,而他却被遮挡在阴影中。但这不要紧,她熟悉他的面孔,如同熟悉自己的面孔。她可以在黑暗中用手指抚摸他脸上每一条伤疤的曲线。她看着他停下脚步,将纸鸟打开,注视着她在纸上画的地图。她看着他的目光投向塔楼，然后缓缓地划过天空，又降落在森林中。然后，他又看了一下地图。

她把手放到胸前，感受着内心的悲伤。它被残酷无情地压缩在里面，就像是心中的一个黑洞，吞噬着光明。或许它从来就是这个样子。她在塔楼里苦难的生活似乎是无边无沿、没有尽头的。有时她觉得她从世界伊始就被关在这个监狱里。

突然，一道强烈的闪光，让她感受到了生命的改变。

希望，她的心说。

希望，天空说。

希望，年轻人手中的小鸟和眼中的目光说。

希望、光明和行动，她的灵魂轻轻对她说，希望、重建和融合，希望、热度和吸积。万有引力的奇迹，转型的奇迹。每件珍贵的东西都被毁了，每件珍贵的东西都被拯救了。希望，希望，希望。

她的悲伤消失了，只有希望留在心中。她感到希望之光向外发射，充满了塔楼、城镇和整个世界。

就在那一刻，她听见星星姐妹会主管痛苦的喊叫声。

17. 硬壳上的裂缝

卢娜认为自己是一个普通的女孩，也认为大家都爱她。她说对了一半。

她曾经是一个五岁的女孩；后来，她七岁了；再后来，她居然十一岁了。卢娜觉得，十一岁真好。她喜欢十一的对称美和不对称美。十一是一个数字，视觉上是平衡的，但功能上却不是——它看起来是一种样子，而行为上却很不一样。就像大多数十一岁的孩子一样，她是这样假定的。她与其他儿童的交往很有限，只是在祖母去走访自由城市的时候，而且只限于允许卢娜跟她去的时候。有时候祖母不带她，自己一个人去。这让卢娜很不高兴，一年比一年不高兴。

她毕竟十一岁了，既普通又特别。她已经准备好同时扮演多种角色——小孩、大人、诗人、工程师、植物学家、龙等等。这个清单可以不断加长。有些旅行带她去，又有一些不带她去，这种做法令她越来越烦恼。她是这样说的，不仅常常这样说，还大声地说。

当祖母出门的时候，卢娜大部分时间都是在工作室里度过的。那里面全都是关于金属、岩石和水的书籍；关于花卉、青苔和食用植物的书籍；关于动物生物学、动物行为学和畜牧业的书籍；关于力学理论和机械原理的书籍。但卢娜最喜爱的书籍是关于天文学方面的——特别是有关月亮的。她非常喜欢月亮，她好想用她的双臂来拥抱月亮，还要唱歌给它听。她想把所有的月光都收集到一个大碗里，一口气喝干。她有一个饥饿的头脑，一颗无法满足的好奇心，还有绘画、建筑和雕塑的天赋。

她的手指头似乎都拥有各自的想法。"格勒克，你看到这个了吗？"她炫耀着她的机器蟋蟀。这是她用抛光的木头制作的，玻璃的眼睛，带弹簧的金属小细腿。它会蹦、会跳、会够、会抓，甚至还会唱歌。现在，卢娜刚刚给它设置了一项新的功能，蟋蟀就开始一页一页地翻书了。格勒克皱起了他巨大而湿润的鼻子。

"它会翻篇了哎，"她说，"翻的是一本书。还有比它更聪明的蟋蟀吗？"

"但它只是在盲目地翻动页面，"他说，"并不是在*阅读*这本书。就算是，它也不会跟你在同一时间同步读书。它怎么知道什么时候应该动手去翻书了呢？"当然，他只是在给她挑刺。事实上，他心里非常佩服。但是，正如他对她说过一千次的话，他不可能对她所做的每一件令人惊叹的事情惊叹不已。否则，他可能会发现自己心脏的膨胀超过了它的极限，然后把他从这个世界上完全除去。

卢娜跺着脚说："它当然不会*阅读*了。我叫它翻篇时，它就会翻啊。"她把双臂交叉，抱在胸前，想要向她的沼泽怪兽做出一副强硬的姿态。

"我认为你们俩都是对的，"费里安在他们中间和稀泥，"我爱蠢笨的东西，也爱聪明的东西，我爱所有的东西。"

"你闭嘴吧，费里安！"女孩和沼泽怪兽异口同声地说。

"设置机器蟋蟀帮你翻书，比你自己动手翻书要花更多的时间。为什么不干脆自己动手翻呢？"格勒克担心自己的玩笑开得有点太过了，便用他的四条手臂抱起卢娜，让她坐在自己的右肩头上。卢娜翻了个白眼，又从上面爬了下来。

"因为那样就不会有*机器蟋蟀*了。"卢娜觉得胸口里面很难受，她觉得全身都很难受，她整天都觉得浑身难受。"阿婆去哪儿了？"她问。

"你知道她去哪儿了，"格勒克说，"她下周就回来了。"

"我不喜欢下周,我想让她今天就回来。"

"诗人告诉我们,急躁属于小东西——诸如跳蚤、蝌蚪和果蝇。而你,我的宝贝,比一只果蝇可要大多了。"

"我也不喜欢诗人。去他的吧!"

这话深深地伤到了格勒克的心。他把他的四条手臂紧紧地压在胸口上,沉重的大屁股一下子坐到地上,卷起尾巴,包住了整个身体。"你说的这叫什么话啊!"

"我就想这么说话。"卢娜说。

小飞龙费里安从女孩身上飞到沼泽怪兽身上,又从沼泽怪兽身上飞到女孩身上。他不知道在哪儿落脚才好。

"来吧,费里安。"卢娜说,打开她侧面的一个口袋,"你可以先睡一会儿,然后我带你到山脊上去,看看能不能见到阿婆走在回家的路上,在山脊上可以看得很远。"

"你们看不到她的,离她回家的日子还有好几天呢。"格勒克仔细地观察着女孩。她今天有点……怪怪的。他想不出来。

"那可说不定。"卢娜说着,站起身来,踏上山间小径,向山脊走去。

格勒克在她身后吟诵道:

耐心没有翅膀,
耐心不会奔跑,
不狂吹,不猛冲,也不动摇。
耐心是海洋的胸怀,
耐心是大山的叹息,
耐心是沼泽的波纹,

耐心是星星的合唱，

亘古不变的歌唱。

"我才不要听！"卢娜头也不回地大声喊着。但是她在听，格勒克知道。

❋

当卢娜走到山坡下面的时候，费里安已经睡着了。这条小飞龙可以在任何地方和任何时间睡觉，他是个睡觉大王。卢娜把手伸进衣服兜里，轻轻拍了拍他的脑袋，他也没有醒来。

"龙就是这样！"卢娜嘟囔了一句。这是她对许多问题所给出的标准答案，尽管并不一定能够说明问题。当卢娜很小的时候，费里安比她的年龄大，这是显而易见的，他教她数数，做加减法、乘除法。他教她如何把数字变成比数字本身更大的东西，应用到更大的概念当中，诸如运动和力量、空间和时间、曲线、圆圈和压紧的弹簧。

但是现在，情况不同了。费里安似乎每天都在变得越来越年轻。有时候，在卢娜看来，他的时间是倒退着走的，而卢娜在原地不动；还有的时候，情况恰恰相反：是费里安站在原地不动，而卢娜拼命地向前跑。她想知道为什么会是这样。

龙就是这样！格勒克解释说。

龙就是这样！仙婆婆也同意这种解释。他们两个都耸了耸肩。龙，它天生就是这样的。你能把它怎么样呢？

实际上这个答案从来没有真正回答任何问题。至少费里安从来也没有企图转移或混淆卢娜提出的许多问题。首先是因为他不知道混淆是什么意思。其次是因为他很少知道问题的答案。除非这些问题与数学有关，那他就会变成一个答案的喷泉。而除此之外，他只是小飞龙费里安，这就够了。

卢娜在正午之前就到达了山脊的最顶端。她手搭凉棚，遮在眼睛的上方，尽可能地往远处看。她以前从来没有上过这么高的地方。她没想到格勒克这次就这么放她走了，心里感到非常诧异。

自由城市坐落在森林的另一边，在平缓的南山坡底下，那里的地面既稳定又平坦。在那里，地球不再试图夺人性命。而在更远一点的地方，卢娜知道，还有农场和更多的森林、更多的山脉，最终到达海洋。但卢娜从来没有去过那么遥远的地方。在她这座山的另一边——朝北的方向——除了森林以外什么都没有，森林的北边是一片沼泽，覆盖了半个世界。

格勒克曾经告诉她，世界就是从那片沼泽中诞生出来的。

"是怎么诞生出来的？"这个问题卢娜问了有一千次。

"一首诗。"有时候格勒克这样说。

"一首歌。"还有的时候他这样说。然后，他并不进一步去解释，而是告诉她，有一天她就会明白。

卢娜觉得，格勒克好可恶，每个人都很可恶，最可恶的是她的头痛越来越厉害。她坐在地上，闭上眼睛。在她眼睑后面的黑暗中，她可以看到一片蓝颜色带有闪光的银色边缘，还有其他一些完全不同的东西。坚硬的、高密度的东西，类似坚果。

而且，这东西似乎在搏动——好像里面装有复杂的钟表装置，嘀嗒、嘀嗒、嘀嗒。

每一次的嘀嗒声都让我更加接近结局了，卢娜心想，她摇摇头，她为什么会这么想？她不知道。

到底是什么结局？她想知道，但是没有答案。

突然间，她的脑海中出现了一栋房子的图像，屋里的椅子上搭着手工缝制的被子，墙上挂着艺术品，一排排五颜六色的罐子整齐、诱人地陈列在架子上。屋子里有一个长着一头黑发、额头上有新月形胎记的女人。一个男人的声音温柔地说，你看见妈妈了吗？看见了吗，我的宝贝？那个词在她头脑中回荡，从头骨的这边回响到那边，妈妈，妈妈，妈妈，一遍又一遍的，像一只小鸟在遥远的地方啼哭。

"卢娜？"费里安叫道，"你为什么哭呀？"

"我没哭，"卢娜说着，拭去她的眼泪，"嗯，我就是想我的阿婆了，没别的。"

这是真的。她的确很想念她。久久地站立等待、望眼欲穿都不会改变从自由城市步行回到他们在沉睡的火山顶部的家所需的时间。这是肯定的。但是那栋房子、被子和黑头发的女人——卢娜以前肯定是见过的，但她不知道是在哪里。

她低头俯瞰着沼泽、谷仓、工作室和小树屋，树屋圆形的窗户在粗大的树干侧面窥视着外界，就像是充满了惊讶的、一眨不眨的眼睛。在这栋房子和这个家之前，还有另一栋房子，另外一个家。她对此确信无疑。

"卢娜，你怎么了？"费里安问道，他的声音中带有痛苦的音符。

"没什么，费里安。"卢娜说着，用两只手轻轻地捧着他的身体，把他拉到跟前，吻了吻他的头顶，"真的没什么。我只是在想，我是多么爱我的家人。"

这是她第一次撒谎，尽管她说的话是真的。

18. 女巫被发现了

　　仙婆婆不记得自己什么时候旅行的速度像现在这么慢。这些年来，她的魔法一直在减退，但不可否认的是，如今减退的速度越来越快了。现在，她的魔法似乎已经稀释成微小的点滴，慢慢地穿过她疏松的骨头中那狭窄的通道。她的视力退化了，她的听力下降了，她的臀部疼痛（还有她的左脚、她的后背、她的肩膀和手腕，奇怪的是，她的鼻梁骨都在疼）。她的身体状况一路恶化。用不了多久，她就要最后一次握住卢娜的手、最后一次摸着她的脸——用最沙哑的声音说出她心里对她的爱。这实在让人受不了。

　　事实上，仙婆婆并不怕死。她为什么要怕死呢？她曾经帮助了成百上千的人，缓解了他们准备到一个未知世界前的痛苦。她已经多次见过人们在生命最后的时刻，脸上显现出来的突然的惊喜——还有那种无所顾忌的疯狂的喜悦。仙婆婆确信自己没什么要害怕的。不过，在那一刻到来之前的日子让她心中生畏。她知道，生命结束之前的几个月，将是非常没有尊严的。当她能够勉强唤起对佐斯摩的记忆时（不管她怎么努力，还是很困难），想到的全都是他那张扭曲的脸、那颤抖的身躯、那惊人的消瘦。她记得他曾经的痛苦，她不想步他的后尘。

　　这都是为了卢娜，她告诉自己，一切、一切都是为了卢娜。这是真的。她用后背上的每一点疼痛爱着她；她用每一次止不住的咳嗽爱着她；她用每一声风湿病痛的叹息爱着她；她用每个关节的裂缝爱着她。为了那个女孩，她没有任何痛苦不能忍受。

而她需要去把这些都告诉她,她当然需要告诉她。

很快就去,她对自己说,但不是现在。

✻

保护区位于一个长长的、平缓的山坡底部,就在坡底和孜林沼泽交会的开阔区域。仙婆婆爬到一块凸出的大岩石上,在她走上最后一段下坡路之前,把那座小镇的全景尽收眼底。

那座小镇是有问题的。在城镇的上空,有大量的悲伤在徘徊,久久不去,像雾霾一样执着。仙婆婆高高地站立在那愁云惨雾之上,头脑清醒的她不由得自责起来。

"老傻瓜,"她喃喃地说,"你曾经帮助了多少人,你曾经治愈了多少人的伤口、安抚了多少人的心啊!你为多少灵魂指引了他们的道路!然而,对于住在这个地区的可怜人——男人、女人和儿童,你却拒绝去帮助他们。你怎么解释这件事呢,你这个傻女人?"

她无法为自己辩护。

她自己也不知道究竟是什么原因。

她只知道她越是靠近这个地方,就越是想要尽快离开。

她摇摇头,拂去裙子上的沙土和树叶,继续沿着山坡向坡底的城镇走去。她走着走着,脑海里浮现出一个记忆。她想起了她在古城堡里的房间——她最喜欢的那个房间,壁炉两边雕刻着两条龙,天花板破了个洞,可以从里面看到外面的天空,但很神奇,雨水进不来。她还记得自己爬到临时搭建的小床上,合起双手,向星星祈祷,希望这个晚上不要做噩梦,她从来没有一个夜晚是不做噩梦的。而且她还记得自己趴在床垫上哭泣——泪水像河水一样哗哗地往下流。而且她还记得门外的一个声音,一个又轻又干又沙哑的声音,低低地说:"*再多些,再多些,再多些。*"

仙婆婆用她的披风紧紧地裹住身体,她不喜欢寒冷,也不喜欢回忆往事。她摇摇头,清除掉头脑中的思绪,走下山坡,走进了愁云惨雾之中。

❋

塔楼里的疯女人看到女巫蹒跚地穿过树丛,她在离她还很远——远到凡人看不见的地方,而只要是那疯女人的眼睛想看,就可以看到世界各地。

她在变疯之前也有这个特异功能吗?也许有。也许她根本就没有注意到这些。她曾经是个很听话的女儿,然后成为一个恋爱中的女孩,然后成为一个数算着宝宝出生日期的孕妇。而等到她的宝宝降临人世之后,一切就都不遂人愿了。

疯女人发现,她有可能知道各种事情,知道那些不可能知道的事情。她在她犯疯病的时候可以看到,世界上到处都撒满了闪闪发亮的碎片。如果一个人把硬币掉在地上,可能就再也找不到了,但是乌鸦一眼就能发现它。知识,实质上,是一颗闪闪发光的宝石——而疯女人就是一只乌鸦。她按住,她伸手,她拾起,她收藏,因而她知道*很多很多事情*。比如说,她知道女巫住在哪里。如果她能从塔楼里出来,给她足够的时间,她蒙上双眼都能找到那里;她知道女巫把孩子们带到哪儿去了;她知道那些城镇是什么样子的。

"我们的病人今天早晨怎么样啊?"主管姐妹每天早上在黎明时分都会来问她,"今天有多少悲伤压迫着她那可怜的灵魂啊?"她肚子饿了。疯女人能够感受到她的饥饿。

"我没有悲伤。"如果疯女人想回答的话,她一定会这样说。但她没有说话。

多年来,疯女人的悲伤已经喂饱了主管姐妹。多年来,她感受到的都是掠夺性的突袭。(悲伤魔女,疯女人发现自己竟然知道这个星星姐妹会主管的名字。这不在她所学过的术语之列。她发现它的方式，是她用来发现任何有用的东西的方式——她从世界的裂缝和间隙里，绞尽脑汁地探索出来的。）多年来，她静静地躺在牢房里，任凭主管姐妹贪婪地吞食自己的悲伤。

然后终于有一天，悲伤没有了。疯女人学会了把悲伤紧锁起来，用某种东西把它密封起来。她所用的是希望，日益增加的希望。伊格纳莎姐妹只好饿着肚子离开了。

"聪明，"主管姐妹说，她的嘴唇紧紧地闭成一条冷酷的细线，"你把我关在外边，这只不过是暂时的。"

你把我关在里面，这也不过是暂时的。疯女人这样想着，一粒希望的火花点燃了她的灵魂。

疯女人把脸靠在铁窗的栏杆上。女巫已经离开了那块凸出的岩石，正在一跛一跛地朝着城墙走去。而在这一刻，长老会正好把刚刚到手的婴儿带到大门口。

没有母亲的哭泣，没有父亲的喊叫，他们没有为他们注定要死的孩子而战。他们麻木地、眼睁睁地看着小婴儿被带入恐怖的森林中，相信他们这样做会使恐怖远离城镇。他们呆呆地看着森林，无奈地盯着恐惧。

傻瓜，疯女人真想要告诉他们，*你们看错方向了。*

疯女人把一张地图折叠成猎鹰的形状。她可以让某些事情发生——那些她无法解释的事情。在他们带走她的婴儿之前，在她被关进塔楼之前，她就具有这个能力——一份小麦在她手中可以变成两份；磨损如薄纸的布料在她手中可以变得厚实又豪华。在塔楼漫长的牢狱岁月里，慢慢地，她的天赋显现，她居然变得愈发敏锐和清晰。她在世界的缝隙中找到了零零星星的魔法碎片，并且储存了起来。

疯女人瞄准了目标。那女巫正朝着林中空地走去，长老们也朝着林中空地走去。而那纸折的猎鹰将直接飞往婴儿所在的地方，她对这事了如指掌。

❀

赫兰德大长老这几年真是上了年纪，他每周从星星姐妹会那里收到的魔力药水确实能够帮助他保持年轻，但是最近药水的效果似乎小了。这使他很恼火。

而且做小婴儿们的生意也让他厌烦了——这不是*概念*的问题，真的，也不是*结果*的问题。他根本就不喜欢碰婴儿。他们大声哭叫，又粗野，而且坦率地说，很*自私*。

另外，他们身上很臭，他现在抱着的这个婴儿特别臭。

大长老的行动举止都很庄严，保持一个好外表是非常重要的，但是——赫兰德把婴儿从一只手换到另一只手上，他实在是太老了，做不动这类事情了。

他想念安坦。他知道他是在犯傻，那个男孩走了其实还更好。毕竟，处决小生灵是一个难以面对的营生，特别是当有家人参与的时候。但是，安坦对献祭日不理智的抵抗最终还是激怒了赫兰德，他认为安坦的辞职使他们损失了一些东西，尽管他说不出究竟是什么东西。安坦走了，长老会显得很空虚。他告诉自己，他只是想让别人来抱这个不断蠕动的小婴孩，但赫兰德心里明白，这其中还掺杂着更多更复杂的情感。

当长老会的队伍庄严走过的时候，排列在道路两旁的人都低头致敬，一切都很好。婴儿的身体扭动着，局促不安。他吐奶了，弄脏了大长老的长袍。赫兰德深深地叹了口气。他不愿在这里出洋相。他对他的百姓负有责任和义务，必须要泰然自若地应对这些令人不适的场景。

这是很难做到的——没有人知道这有多么困难——要做到如此有爱心、可尊敬而又无私。等到长老会的队伍走过最后的堤道，赫兰德一定要好好地赞叹自己仁慈和人道的天性。

婴儿的哀号声渐渐转变为止不住的打嗝声。

"不识好歹。"赫兰德嘟囔了一声。

※

安坦要确保在游行路上的长老会能够看到自己。他跟他的赫兰德舅舅——那个可怕的人，一想到他都会打哆嗦——有过短暂的眼神接触以后，赶紧溜到人群后面，趁着没人看见，溜出了城门。待树木遮掩住他的身影，他立刻撒开腿，朝着森林中那块空地拼命奔跑起来。

伊珊仍然站在路旁。她为那悲伤的家庭准备了一篮食物。她是一个天使，一块珍宝，并且现在居然出人意料地成为安坦的妻子——她离开塔楼才一个月就结了婚。他们两人不管不顾地彼此相爱着，他们想要建立一个家庭。但是——

那房梁上的女人。

那哭泣的婴儿。

那笼罩在保护区上空的愁云惨雾。

安坦曾目睹了这一恐怖事件的全过程，但他没有做出任何举动。当婴儿一个接着一个被带走，然后又被遗弃在森林里的时候，他却站在那里袖手旁观。胳膊拧不过大腿，我们即使要阻止也阻止不了，他这样对自己说。每个人都是这样对自己说的。安坦也始终是这样认为的。

但安坦也曾经相信他会独自一人孤独地度过自己的一生。然而他和伊珊的爱情证明，他是错的，他的世界比过去光明了许多。如果这一信念可以被证明是错的，那么其他的信念不也可能是错的吗？

假如我们误解了女巫的意思怎么办？假如我们用婴儿献祭是错的怎么办？安坦想要知道。这个问题本身就是颠覆性的，而且是惊世骇俗的。如果我们尝试去阻止，结果会怎么样？

为什么他以前从来没有起过这个念头？他想，把一个孩子带进一个美好、公平和善良的世界，难道不是更好吗？

有没有人曾经尝试和女巫说过话？他们怎么会知道她不讲道理？毕竟，任何一个上了年纪的人，必然会拥有一些智慧的，这才说得过去。

爱情使他激动，爱情使他勇敢，爱情使模糊的问题变得清晰。安坦需要答案。

他快步穿过那些古老的梧桐树，躲在灌木丛中，等待那些长老离开。

在那里，他发现了一只纸猎鹰，悬挂在红豆杉的灌木丛中，就像是一件装饰品。他抓住它，拿到自己的胸前。

❅

当阿仙抵达林中空地时，已经迟到了，在几公里之外她就能听见那婴儿的哭声。

"仙阿姨来了，小宝贝！"她高声喊道，"请不要着急啊！"

她简直不敢相信。这么多年来，她从来都没有迟到过，从来没有过。可怜的小东西。她紧紧地闭上眼睛，试图把魔法的洪流送到她的腿上，让它们移动得更快一点。哎哟，这魔法完全不是洪水，而更像一个水洼，但它确实还有点帮助。阿仙借着手杖向前飞跃，冲过绿色的树林。

"噢，谢天谢地！"她终于看到了那个小婴儿——脸涨得通红，充满了愤怒，但他还活着，安然无恙。阿仙气喘吁吁地说："我好担心你啊，我——"

这时，一个男人出现在她和孩子之间。

"住手！"他大喝一声。这人的脸上疤痕累累，手中拿着武器。

那魔法的小水洼，混合着恐惧、惊吓，以及对这个危险的陌生人背后的婴孩的担忧，立即变成了汹涌澎湃的魔法大潮。它轰鸣着穿过阿仙的骨骼，照亮了她的肌肉、组织和皮肤，就连她的头发也激动得噬噬作响。

"你给我滚开！"阿仙厉声喝道，她的声音隆隆地穿透了岩石。她可以感受到她的魔力从地球的中心，通过她的双脚，直冲她的头顶，一路冲向天空，再折回来，再冲上去，就像大海的巨浪不停地冲刷着海岸。她伸出双手，一把抓起那人。他大喊一声，似乎被突然击中了腹腔神经丛，呼吸一下子中断了。阿仙把他扔到一边，如同扔掉一个布娃娃。她把自己变成了一只巨大凶猛的老鹰，俯冲到孩子上方，双爪紧紧抓住褛褴外层的棉布，带着婴儿飞上了高空。

阿仙坚持不了太久——她的魔力实在不够了——不过至少，她还可以带着孩子在空中飞越两个山脊。然后，假如那时她还没有崩溃的话，会停下来哄哄孩子，给他吃点东西。褛褴中的小婴孩放开喉咙，大声哭喊着。

✿

塔楼里的疯女人看到了女巫变形的全过程。她眼看着她的老鼻子变硬，变成鹰嘴，心里并没有产生什么感觉。当她看到女巫的毛孔里长出了羽毛，也没有什么感觉。即便看到老妇人的手臂变宽、身体缩短，因魔法与疼痛而高声尖叫时，她都没有什么感觉。

疯女人想起了婴儿在她手臂上的重量，婴儿头皮的气味，一双新生的、欢乐踢蹬着的小腿，还有惊奇地挥舞着的小手。

她想起了她的背部用力抵靠着屋顶。

她想起了她的脚踩在房梁上。

她记得当时她好想飞。

"鸟儿，"她看着女巫起飞的时候低声说，"鸟儿，鸟儿，鸟儿。"

塔楼里没有时间，只有失去。

这是暂时的，她想。

她注视着那个年轻人——那个脸上有伤疤的年轻人。对那些伤疤，她感到愧疚，她不是有意这么做的。而他是一个友善的男孩——聪明、好奇、心地善良。他的仁慈是他最珍贵的价值。她知道，他的伤疤会让那些傻姑娘退避三舍。他值得一个非常特别的人去爱他。

她看着他仔细观察那只纸猎鹰。她看着他小心翼翼地展开每一个紧压在一起的皱褶，把纸放在石头上展平。这张纸上没有地图，而是写着字。

"不要忘记。"纸的一面写着。

"我是说真的。"纸的另一面写着。

在疯女人的灵魂中，她能够感觉到有一千只小鸟——纸折的鸟，有羽毛的鸟，有心灵有头脑还有血肉的鸟——全都飞上了天空，在梦幻的树木上翱翔。

19. 痛苦镇之旅

对那些疼爱卢娜的人来说，时间过得好快，仿佛是白驹过隙一般。然而，卢娜本人却着急自己老不到十二岁。每天都像是要把一块沉重的大石头背到很高很高的山顶上去。

同时，她的知识量也在与日俱增。每一天，这个世界都在不断地扩大，也在不停地收缩；卢娜懂得的东西越多，就越为自己还有很多不懂的东西而感到沮丧。她是一个学得快、做得快、跑得快的孩子，有时候脾气也来得快。她照顾山羊，照顾小鸡，还要照顾她的祖母、她的小飞龙，还有她的沼泽怪兽。她知道如何挤牛奶、收鸡蛋、烤面包、发明东西、制作新玩意儿、种植物、做奶酪、用小火炖出滋养智慧和灵魂的汤。她知道如何把房间打理得整齐又干净（尽管她不喜欢做这种家务事），还知道如何在裙子的下摆绣几只小鸟，让裙子看起来更加赏心悦目。

她是一个聪明的孩子，一个多才多艺的孩子，一个心中有爱又被宠爱着的孩子。

然而——

她还是缺少了某些东西。她在知识上的缺口，她在生活中的缺口，卢娜能够感觉得到。她希望到自己十二岁的时候，建起一座跨越这个缺口的桥，这些问题就能够得到解决。但是问题没有得到解决。

相反，等她终于到了十二岁，卢娜发现自己的确发生了一些新的变化——但并不是所有的变化都是令人愉快的。她的身高，有生以来第一次，比她的祖母还高了。她更容易分心了。她变得没有耐性，爱发脾气。她大声斥责她的祖母，她对她的沼泽怪兽恶语相向，她甚至还会对她的小飞龙发脾气，那是跟她的双胞胎兄弟一样亲的亲人啊。当然，事后她会向所有的人道歉，但发生这些变化的事实本身就非常令人恼火。为什么每个人都让她心烦？卢娜自己也很纳闷。

还有一件事。虽然卢娜一直认为她已经读遍了工作室里的每一本书，而她开始意识到，有几本书是她从来没有读过的。她知道它们是什么样子的，她知道它们放在书架的哪个地方。然而，不管她怎么努力，都说不出书名叫什么，也记不住书中的内容。

而且，她还发现，她居然读不出某些书脊上的单词。她原本是应该能读的。这些单词并不是外文，而且字母的组合都是合理的。

还有——

每次当她试着去看这些书脊时，她的目光就会从书脊一侧滑落到另一侧，仿佛这些书不是用皮革和油墨制成的，而是用抹了油的玻璃做的。这样的情形绝不会发生在她读《一颗星星的生命》或者她最喜欢的《机械原理》时。那些书就像黄油里的弹球那么滑溜。还有，每当她拿到其中一本，就会发现自己莫名其妙地迷失在记忆或梦境中。她会发现自己变成了斗鸡眼，头昏眼花，要不就是低声吟诗，或者编造故事。有时候，她会需要几分钟、几小时，或者半天时间，才能晃晃自己的脑袋，恢复知觉。她不知道自己究竟在做什么，或者已经过了多长时间。

卢娜没有把这些怪现象告诉任何人，没有告诉她的祖母，没有告诉格勒克，当然更没有告诉小飞龙费里安。她不想让他们当中的任何一个人担心。这些变化太尴尬了，也太诡异了。所以她保守着秘密。即便如此，他们有时候也会用奇怪的表情看着她，或用奇怪的方式来回答她的问题，仿佛他们已经知道她有什么不对劲了。那怪现象紧紧缠住她不放，就像是怎么也甩不掉的头疼病。

卢娜年满十二岁以后还发生了一件事：她开始画画了，一天到晚不停地画。有时她是随意地画，有时是非常用心地画。她画人的面孔，画各种不同的地方，画植物和动物的微小细节——这里是雄蕊，那里是爪子，画老山羊腐烂的牙齿。她画星空图，画自由城市的地图，还画她想象出来的各个地方的地图。她画了一个坐落在云雾笼罩的城镇里的塔楼，里面挤满了令人不安的石雕、纵横交错的走廊和楼梯，她画了一个头上有黑色长发的女人，还画了一个身穿长袍的男人。

仙婆婆所能做的就是让纸和羽毛笔终日陪伴着她，费里安和格勒克整天都忙着用木炭和坚硬的芦苇给她制造画笔，她的画笔永远都不够用。

❖

那一年的下半年，卢娜又跟祖母去走访自由城市了。那里总是有好多人需要祖母帮忙。她不光要给孕妇们做检查，还要给助产士、医师和药剂师提供建议。尽管卢娜很喜欢去走访森林那一侧的城镇，这一次的旅行却令她十分困惑。

她的祖母——在卢娜的生命中如同磐石般坚固的祖母——身体开始虚弱下来了。卢娜感到自己对祖母的担忧刺痛着全身的皮肤，就像穿着一条荆棘制成的连衣裙。

一路上，仙婆婆都是一瘸一拐地走着，而且身体状况越来越不好。"阿婆，"看着祖母如此痛苦，步履维艰，卢娜忍不住说，"你为什么还要不停地走啊？你应该坐下来休息。我觉得你应该马上就坐下来。噢，你看，这儿有根粗木头，就在这儿坐坐吧。"

"哦，别废话了，"仙婆婆说，沉重地拄着手杖，又趔趄了一下，"我坐得越多，咱们的路就会越长。"

"你走的路越多，你就会越疼。"卢娜反驳道。

每天早晨，仙婆婆的身上似乎都会增添新的疼痛。她的眼球上蒙着云翳，腰也直不起来。卢娜守在她身旁。

"阿婆，你想让我坐在你脚边吗？"她问仙婆婆，"你想让我给你讲故事还是唱个歌呢？"

"你这是怎么了，我的孩子？"仙婆婆叹了口气。

"也许你应该吃点东西，或者喝点什么。也许你应该喝点茶。你想让我给你泡茶吗？也许你应该坐下来，喝杯茶。"

"我很好。这条路我走了多少次都记不清了，并且从来也没有出过任何麻烦。你这是在瞎担心，别大惊小怪的。"但是她的身上的确发生了很多变化。她的声音颤抖，她的双手也在发抖，而且她是那样消瘦！卢娜的祖母曾经是矮胖圆润的——她那熊式的拥抱永远是那么柔软舒适。而现在的她竟然如此弱不禁风——就像一把包在纸中的干草，一阵风吹过就可能四散纷飞。

✿

当她们来到这个名叫"痛苦"的小镇时，卢娜独自一人先跑到城边的一个寡妇家里。

"我的祖母好像病了，"卢娜对那妇人说，"千万别告诉她是我说的。"

那妇人赶紧让她快成年的儿子（像许多其他的优秀儿童一样，他也是一个星星儿童）去告诉医师，医师又跑去告诉药剂师，药剂师又跑去告诉镇长，镇长通知了"妇女联盟"，"妇女联盟"又通知了"绅士协会""钟表匠联盟""拼布匠联盟""补锅匠联盟"和镇上的学校。因此，当仙婆婆步履蹒跚地走进寡妇家的花园时，半个镇子的人都已经等候在那里了。

人们在忙着摆桌子、搭帐篷，想要尽自己的力量，好好地照顾这位老妇人。

"多此一举。"仙婆婆抽了一下鼻子，但还是心怀感激地坐了下来。她坐的椅子是一个青年女子特别为她摆放在药草花园边上的。

"我们觉得请您坐在这个地方对您是最好的。"那位寡妇说。

"是我说最好坐在这儿的。"卢娜更正道，此时似乎有一千只手在抚摸着她的脸颊、头顶和肩膀。"多好的姑娘啊！"人们都对她赞不绝口，"我们就知道她是最好的女孩里面最好的，最好的孩子里面最好的，将来有天，她必定是最好的女人当中最好的。我们这么说，绝对错不了。"

人们对卢娜的这种关注并不稀奇。每次卢娜跟仙婆婆来走访自由城市的时候，都会发现自己受到人们热情的接待和恭维。她不知道为什么城里人如此喜爱她，也不知道为什么他们对她说的每句话都言听计从，但她很享受这种仰慕。

人们夸奖她标致的眼睛，说这双眼睛就像夜空般漆黑发亮，说她乌黑的头发放射着金光，说她额头上的胎记如同一轮新月。人们称赞她灵巧的手指、强壮的手臂和敏捷的双腿。人们赞美她讲话的精准、舞蹈的优美，还有她那可爱的歌喉。

"她的声音就像带有魔法。"城里的主妇们赞叹道，不料仙婆婆立刻狠狠地瞪了她们一眼，她们赶紧转移话题，叽叽咕咕地谈论起了天气。

听到这个词，卢娜皱起了眉头。那一刻，她知道自己过去一定听说过这个词——她肯定听说过。但是不一会儿，这个词就像蜂鸟一样，从她脑海里飞出，然后就消失了。只有一个空白的地方留在了这个词的位置，如同一个稍纵即逝的想法擦过了梦的边缘。

卢娜坐在一群星星儿童中间，他们的年龄各不相同——从一个小婴儿，到几个学步儿，一直到老得不像样的老人。

（"他们为什么要叫星星儿童？"这个问题卢娜大概问过上千次了。）

（"我真不知道你在说什么。"仙婆婆含糊其词地回答。）

（然后她会改变话题，然后卢娜就忘记了，每次都是这样。）

（直到最近，她才又想起了自己忘掉的问题。）

星星儿童们正在讨论他们最早的记忆。这是他们经常做的一件事——看看谁能够回忆起最接近仙婆婆最初把他们带给新的家人并成为最被疼爱的人的那一刻。因为没有人能真正记住这样的事情，他们当时毕竟都太年幼了，他们只能进入记忆的最深层，尽量找到记忆中最早的印象。

"我记得有一颗牙齿，记得它是如何晃动和掉下来的，恐怕在那之前发生的事情都有点模糊了。"那位年纪最大的星星儿童说。

"我记得我妈妈过去唱的一首歌，但她现在也还在唱这个。所以也许这根本就不是记忆。"一个女孩说。

"我记得一只山羊，一只卷毛的山羊。"一个男孩说。

"你确定那不是仙老婆婆吗？"一个女孩咯咯傻笑着问他，她是最年幼的星星儿童。

"噢，"男孩说，"也许你说得对哦。"

卢娜皱起了眉头，她的脑海中潜藏着一些挥之不去的画面，那是记忆，还是梦境，还是记忆梦境里的记忆？也许这只是自己臆造的。她怎么会知道呢？

她清了清喉咙。"曾经有一个老人，"她说，"他穿着深色的长袍，一甩起来嗖嗖的像刮风，他的脖子摇摇晃晃的，鼻子像秃鹰，而且他不太喜欢我。"

星星儿童们的脖子都竖了起来。

"真的吗？"其中一个男孩说，"你确定吗？"他们全神贯注地盯着她，把嘴唇嘬进嘴里，用牙齿咬住。

仙婆婆不屑一顾地挥了挥左手，而她的脸却变红了，从浅红变成了深红。

"别听她瞎说，"仙婆婆翻了个白眼，"她不知道自己在说什么，根本没有这样的人。我们做梦的时候，会看见很多荒诞的事情。"

卢娜闭上了双眼。

"还有一个女人，她在天花板上，她的头发在空中飘舞，就像暴风雨中的梧桐树枝。"

"不可能的，"她的祖母嘲笑着反驳她，"你不可能认识任何一个我都没见过的人，你自打出生后就一直在我身边。"她眯起眼睛盯着卢娜。

"还有一个身上发出锯末味的男孩，他为什么会闻起来像锯末呢？"

"许多人身上都有锯末的味道，"她的祖母说，"樵夫、木匠、雕刻木勺的女士。我可以举出很多很多的例子。"

当然，她说得对，但是卢娜不得不摇头否定。那记忆是很久远的，又是遥远的，但同时，也是很清晰的。卢娜并没有太多的回忆能像这些一样持久——她的记忆，通常都是滑溜溜的，很难抓住，所以就都悬在那里，飘忽不定。这些记忆中的画面必定意味着什么，她确信不疑。

而她刚刚意识到，她的祖母从来也没有跟她谈到过记忆，从来都没有。

❈

第二天，在寡妇家的客房过夜之后，仙婆婆走进镇里，挨家挨户地为孕妇们做检查，根据她们的工作强度和饮食选择做出建议，还听她们的肚子。

卢娜跟在她屁股后面。"这样你可以学到一些有用的东西。"仙婆婆说。这话没错，但却刺痛了卢娜。

"我本来就很有用。"卢娜刚说完，就被鹅卵石绊了一跤。当时她们正在匆匆忙忙赶往城镇另一边的第一个病人家。

那个女人怀孕的时间太长了,她看起来好像可能会在任何一秒钟爆炸。她疲惫却安详地问候了祖孙俩。"我可以起床,"她说,"但是害怕会栽倒。"卢娜上前去亲吻了妇人的脸颊,又像往常一样,很快地摸了摸她凸起的肚子,感觉到胎儿在里面的跳动。突然间,卢娜感到喉头一热,像是被什么东西哽住了。

"我还是去煮一壶茶吧?"她快速地说了一句,就把脸转过去了。

我曾经有一个母亲,卢娜心想,我一定有。她皱起了眉头。当然,她肯定也问过这件事,但她似乎不记得自己这样做过。

卢娜在脑子里列出一张清单,记下了她所知道的东西。

悲伤是危险的。

记忆是狡猾的。

阿婆偶尔会撒谎。

我也一样。

当茶叶在沸水中上下翻滚时,这些念头也在卢娜的脑海中翻滚着。

"可以让小姑娘用手在我肚子上按一会儿吗?"孕妇问道,"也许还可以请她给孩子唱唱歌。我会非常感激她的祝福,带有魔法的鲜活的祝福。"

卢娜不知道为什么那女人会想要她的祝福,甚至不知道什么是祝福。而她说的那个带有什么的……听起来很耳熟。但卢娜想不起来。就像这样,她几乎不记得那个词是什么——只知道她的头骨里面有一种律动的感觉,就像时钟在嘀嗒作响。不管怎样,反正卢娜的祖母急忙把她赶了出去,然后她的想法变模糊了。等到她再次回到屋里,把煮好的茶从壶里倒出来,茶已经凉了。她在外面待了多长时间啊?她用手拍了几下脑袋,试图回想起来。但似乎没什么作用。

到了下一个人家，卢娜为了证明自己是有用的，给孕妇重新整理了药草，还把屋里的家具重新布置了一下，好方便大肚子孕妇在室内走动，并且重新摆放了厨房的锅碗瓢盆，这样孕妇取用的时候就不那么吃力了。

"啊，看看你，"孕妇说，"真是太管用了！"

"谢谢你。"卢娜害羞地说。

"而且还那么聪明伶俐！"她又补充了一句。

"当然了，"仙婆婆立刻表示赞同，"她是我的，对吧？"

卢娜身上一阵发冷。再一次，她回忆起那在空中飘舞的黑头发、强有力的双手、奶香、百里香和黑胡椒的气味，伴随着一个女人的尖叫声。她是我的，她是我的，她是我的。

这画面是如此清晰，如此有现场感，卢娜觉得自己的呼吸变得急促，心脏狂跳起来。怀孕的妇女并没有注意到这些，仙婆婆也没有注意到。卢娜感觉到，那女人尖叫的声音就在她耳旁，她能感觉到，那乌黑的头发就在她的指尖上。她抬头注视着屋顶的椽子，但是上边没有人。

接下来到各家的巡诊都没有任何问题，卢娜和仙婆婆开始了漫长的回家之旅。她们没有开口谈论那个关于穿长袍的人的记忆，也没有谈到任何其他的记忆。她们没有谈到悲伤或忧虑，也没有谈到在屋顶上的黑发女人。

然而她们没有谈到的事情开始变得比她们所谈到的事情沉重。每一个秘密、每一件没有说出口的事情，都是圆滑的、坚硬的、沉重的、冰冷的，就像一块大石头挂在祖孙二人的脖子上。

沉重的秘密，压得她们直不起腰。

20. 卢娜讲的故事

听着，你这可笑的小飞龙。别老扭来扭去的，要不我就一辈子也不给你讲我的故事了。

你还在扭动。

可以，拥抱是可以的，你可以抱抱我。

从前，有一个女孩，她没有记忆。

从前，有一条小飞龙，他永远也长不大。

从前，有一位老祖母，她不跟人说实话。

从前，有一个比世界更古老的沼泽怪兽，他爱这个世界，爱这个世界上的人，但他老是不知道该怎么好好说话。

从前，有一个女孩，她没有记忆。等一下，这个我已经说过了吧？

从前，有一个女孩，她不记得自己失去了记忆。

从前，有一个女孩，她的记忆就像她的影子一样追随着她。记忆像幽灵一样低语，她看不到幽灵的眼睛。

从前，有一个穿长袍的男人，他的脸长得像秃鹰。

从前，有一个女人在屋顶上。

从前，有一头乌黑的长发、一双黑色的眼睛和一声正义的怒吼。

从前，有一个头发像蛇一样舞动的女人说，她是我的，她是说真的。然后他们把她带走了。

从前，有一座黑暗的塔楼刺破了天空，把一切都变成灰色。

对，这一切就是一个故事。这是我的故事，我只是不知道故事的结尾。

从前，有一种可怕的东西生活在森林里。也许可怕的东西就是森林。也许整个世界都被邪恶和谎言污染了，我们最好现在就知道。

不，费里安，亲爱的，我也不相信最后那一点。

21. 费里安的新发现

"卢娜，卢娜，卢娜，卢娜。"小飞龙费里安唱着歌，在空中做了一个皮鲁埃特旋转①。

卢娜回到家里已经有两个星期了，费里安还是那样高兴。

"卢娜，卢娜，卢娜，卢娜。"他的舞蹈以一种夸张的华丽姿势结束，用单脚的一个脚趾落定在卢娜的掌心，然后深深地向观众们鞠躬行礼，卢娜不由得笑了起来。仙婆婆仍然卧病在床，自打她们到家以后，她就病倒了。

到了该上床睡觉的时候，卢娜亲吻格勒克，跟他说晚安，然后与费里安一起回到自己的房间。其实费里安不该睡在卢娜的床上，但他肯定是要跑上去的。

"晚安，阿婆。"卢娜说着，向正在熟睡的祖母俯过身去，轻轻地亲吻她那像纸一样的脸颊。"祝您做个好梦。"她又加了一句，并且注意到自己的声音有点被卡住了。仙婆婆一动也没动。她张着嘴继续睡觉，眼皮都没有动一下。

由于仙婆婆现在已经无法出面反对了，卢娜对费里安说，他可以睡在她的床尾，就像从前一样。

"噢，好快乐的快乐啊！"费里安长长地吐了一口气，把两只前爪十指交叉按在胸前，乐得差点要晕过去了。

"但是，费里安，如果你敢打呼噜的话，我会把你踢出去的。上一次

---

① 芭蕾舞的专用名词，特指用单脚的脚尖着地的身体旋转动作。

你打呼噜，差点把我的枕头烧着了。"

"我永远也不打呼噜了，"小飞龙答应着，"龙是不打呼噜的。我确信，也许只是小龙崽不打呼噜。你就记住我这个天生巨龙的话吧。我们是一个古老而光荣的物种，我们是说话算话的。"

"你净瞎编。"卢娜说着，把她乌黑的头发编成一根长长的辫子，躲在窗帘后面换上了睡袍。

"我没瞎编，"小飞龙气呼呼地说，然后又叹了口气，"噢，也可能是我编的吧。要是我妈妈在这里该有多好啊，有另外一条龙还可以说说话。"他的眼睛睁得大大的。"不是说有你还不够，卢娜，我的卢娜。格勒克教给了我这么多东西，仙阿姨爱我和任何一个母亲一样多。不过还是……"他叹了口气，不再说了，一个跟斗翻进卢娜的睡衣口袋里，把他火热的小身体蜷缩成一个紧紧的球。这就像——卢娜觉得，就像把一块石头从燃烧的壁炉里拿出来，直接放进了她的口袋里，滚烫得令人难受，但也同样令人感到安慰。

"你是一个谜语，费里安，"卢娜喃喃地说着，用手摸着小飞龙身体的曲线，弯曲的手指感受着他的热量，"你是我最喜欢的谜语。"费里安至少还有亲生母亲的记忆，而卢娜所有的全都是梦境，而且她无法肯定这些梦境的准确性。费里安看到他妈妈死了，至少他知道了。更重要的是，他能够全心全意地爱他的新家庭，也没有什么疑问。

卢娜爱她的家人，她热爱他们。

但她有许多需要解答的问题。

卢娜就这样带着满脑子的问题，紧紧地裹在被子里面睡着了。

当一轮新月滑过窗台，往房间里面窥视时，小飞龙正在呼呼地打鼾。等到月光全部从窗户照进房间时，他喷出的火已经把卢娜的睡衣烧着了。

等到月亮的曲线碰到了对面的窗边时，小飞龙的气息把卢娜身体一侧的髋部都烫红了，还烫出了水疱。

卢娜把他从口袋里掏出来，放在床头。

"费里安，"她迷迷糊糊、口齿不清、半睡半醒地叫道，**"出去。"**

于是小飞龙就消失了。

卢娜环顾四周。

"嗯。"她低声说道。难道他飞出窗外去了？她不知道。"真够快的。"

她把手掌按在她的伤口上，想象着有一块冰在伤口上慢慢融化，把疼痛带走。过了一小会儿，疼痛真的消失了，卢娜又睡着了。

❀

费里安并没有被卢娜的叫声吵醒。他又在做那个梦了：他妈妈想要告诉他什么事情，但她离他那么远，而且空气中充满了巨大的轰鸣声和浓重的烟雾，他听不见妈妈的声音。但是如果他眯起眼睛就可以看见——当城堡周围的城墙崩溃倒塌的时候，妈妈同其他几位巫师站在中间。

"妈妈！"费里安用他梦中的声音呼唤着，但他说出的话被浓烟冲散了。他妈妈让一个老得不成样子的男人爬到她闪光的后背上，他们一起飞进了火山。那火山——狂怒的、咄咄逼人的火山；高声咆哮着，隆隆作响，喷吐着，想要把他们吐出去。

"妈妈！" 费里安再一次呼唤着，抽泣着，把自己哭醒了。

他发现自己并没有在卢娜身边，而他是在她身边睡着的。他也没有在他平时飘在沼泽上的龙麻袋里，他有可能是跟格勒克一遍、一遍又一遍地道过了晚安。确实，费里安根本不知道自己身在何方。他只知道，他的身体有一种怪怪的感觉，就像一个发酵膨胀得很大、需要被揉搓的面团。连他的眼睛都浮肿起来了。

"这是怎么回事啊?"费里安大声问道,"格勒克在哪儿?**格勒克!卢娜!仙阿姨!**"没有回音。他独自一个人在树林里。

他猜想自己一定是飞行梦游到这里来了,尽管他以前从来没有飞行梦游过。不知道为什么,他现在飞不起来了。他拍打着翅膀,但身体却留在原地不动。他拼命地扇动着翅膀,把两边的树木都扇得弯下腰,落叶满地。(过去也总是这样吗?一定是的,他想。)地上的尘土在他翅膀扇起的旋风中盘旋。他感觉自己的翅膀那么沉重,身体也那么沉重,他飞不起来了。

"我疲劳的时候会有这种感觉。"小飞龙坚定地告诉自己,尽管这也并不是真的。他的翅膀向来很好用,就像他的眼睛总是很好用,他的爪子总是很好用一样,他总是能走会爬,会剥成熟的谷枷[①]果皮,会爬树。他全身所有的部位都处于良好的运作状态。为什么这会儿翅膀不管用了呢?

他做的梦让他的心好痛。他的母亲是一条非常美丽的龙,美得让人难以置信。她眼皮上镶嵌着一排珠宝,每颗珠宝的颜色都不相同。她腹部的颜色就像新鲜的鸡蛋。费里安只要闭上双眼,就觉得自己仿佛能够触摸到妈妈身上奶油般光滑的鳞片,以及像刀片般锋利的龙刺。他觉得好像能够闻到妈妈发出的甜甜的硫黄气息。

从那时到现在有多少年了?没有很多年,肯定的。他还只是个年幼的小龙崽啊!(每当他想到时间的问题,就开始头疼。)

"喂!"他叫道,"有人在家吗?"

他摇了摇头。当然没有人在家,这根本就不是谁的家。这个黑暗的密林深处,他是不允许到这里来的,他有可能会死在这里。这都是他自己愚蠢的过错,尽管他完全不确定自己到底做了什么,让事情变成这样。很明显,是"飞行梦游"把他带到这里来的。他觉得这个词也许是他自己编造出来的。

[①] 原文 guja,一种童话中的水果。

"当你感到害怕的时候,"那么多年以前,妈妈曾经这样对他说,"用唱歌赶走你的恐惧。龙可以创作出世界上最美妙的音乐,人人都这么说。"尽管格勒克信誓旦旦地说这绝不是真的,说龙族都是自欺欺人的高手,费里安还是要利用每一个机会,把心里想说的话都唱出来。这样一来,确实会让他感觉好多了。

"我来到这里啦!"他大声唱着,"来到这可怕的森林里。特啦啦!"

砰、砰、砰,他听到自己沉重的脚步声。他的脚步声一直都是这么重的吗?应该是这样的吧。

"可我不害怕,"他继续唱道,"一点儿也不害怕。特啦啦!"

他说的不是真的,他心里害怕极了。

"我这是在哪里啊?"他大声地问道。仿佛是要回答他的问题,一个黑影出现在阴暗处。一个怪物,费里安心想。怪物并不是那样可怕,费里安喜欢格勒克,而格勒克就是个怪物。尽管如此,这个怪物比格勒克要高得多,而且是躲在阴影中。费里安向前迈了一步,他的大脚爪在泥里陷得更深。他用力扇动翅膀,但翅膀并没有带他离开地面。怪物没有动,费里安继续向它靠近。树木沙沙作响,粗大的树枝在风的推动下摇曳着。费里安眯起了眼睛。

"噢,你根本就不是个怪物,只是个烟囱,一个没有房子的烟囱。"

他说的是真的。一个烟囱竖立在空地的一侧,房子似乎是在很多年前烧毁了。费里安察看着烟囱:最上层的石头上装饰着雕刻的星星,烟灰使炉膛发黑。费里安低下头来,想从烟囱的顶端往下看,却发现里面有一只愤怒的鹰妈妈,伏在惊恐不安的鹰宝宝身上。

老鹰一口啄破了他的鼻子,鼻子流出血来。"对不起啊。"他尖声叫着,转身离开了烟囱。"这只老鹰可真小啊。"他沉思着。虽然他离开了巨人的土地,但这里的一切还都是正常大小的。事实上,他要想看烟囱,只要用两条后腿站着,伸长脖子就可以看到了。

他环顾四周,发现自己所站立的地方是一个破败的村庄。在许多房子的废墟中央,有一座塔楼,还有围墙,也许这是一个做礼拜的地方。他看到了一些图画,上面有龙和火山,甚至还有一个头发像星光般闪亮的小女孩。

"这是阿仙,"妈妈告诉他,"我走了以后,她会好好照顾你的。"他从看到阿仙的第一眼就爱上了她。她的鼻子上有雀斑,嘴巴里缺了一颗牙,她闪耀着星光的头发编成了两条长长的辫子,辫子的末端系着丝带。但这是不可能的。阿仙是一个老妇人,而他是一条年轻的小龙,他不可能在阿仙那么小的时候就认识她,不是吗?

当时阿仙把他抱在怀里,她的脸上还沾着泥土。他们俩刚刚还一起溜进了城堡,去偷储藏室里的糖果呢。"可我不知道怎么照顾他呀!"阿仙说。然后她哭了,像个小女孩似的抽泣着。

但她不可能是一个小女孩啊。可能吗?

"你会知道的,你可以学会的,"费里安的母亲用她温柔的龙的嗓音说,"我对你有信心。"

费里安突然觉得喉头发紧,两颗巨大的泪珠涌出他的眼睛,滚落到地上,把两片青苔都烧光了。这已经过去多少年了?谁能说得出?时间是个非常狡猾的东西——像泥巴一样滑溜。

阿仙还告诫他要注意悲伤。"悲伤是很危险的。"她反复对他说这句话,但他不记得她是否解释过为什么。

位于中央的塔楼已经倾斜,歪向一边了。背风处的几块基石也已经倒塌,费里安可以蹲下身子往里面窥视。里面有个东西,实际上是两个——

他可以看到这两个东西边缘的闪光。他伸手进去把它们拉出来，放在手掌上。这两个东西很小，正好可以放在掌心里。

"一双靴子。"他念叨着。黑色的靴子，银扣子。这双靴子很老旧了——肯定的。然而它们却非常光亮，仿佛刚刚擦过。"看起来很像旧城堡里的那双靴子，"他说，"当然，不可能是同一双。这双靴子太小了，而另外一双非常巨大，是巨人穿的靴子。"

很久以前，巫师们就一直在研究那双靴子。他们把靴子放在桌子上，用各种各样的工具，特殊的眼镜、粉末和布料等来检测。他们每天都在做实验、观察、记笔记。他们称这双靴子为"七里格靴"[①]。无论是费里安还是阿仙，都不许触摸靴子。

"你还太小。"当小阿仙想要去试靴子的时候，巫师们都这样对她说。

费里安摇了摇头。不对，阿仙那时候已经不小了，不是吗？不可能是那么久以前的事情。

森林里有什么东西发出咆哮声，费里安一下子跳了起来。"我不害怕……"他唱着歌，两个膝盖瑟瑟发抖，呼吸也变得急促了。那踩着软垫一样的脚步声越来越近了。树林里有老虎，他知道。或许那是很久以前的事了。

"我是一条非常凶猛的龙！"他叫喊着，可是声音却非常小。那黑暗又开始咆哮了。"请不要伤害我。"小龙崽恳求着。

这时候，他突然想起来，在他妈妈飞进火山口之后不久，阿仙这样对他说："我会照顾你，费里安，永远地照顾你。你是我的家人，我也是你的家人。我会给你施魔法，来保证你的安全。你千万不要到处乱跑，但是如果你真的跑丢了，害怕了，只要很快地叫三声'仙阿姨'，魔法就会像

---

① 走一步可以迈出七里格的魔法靴子。里格是欧洲和拉丁美洲一个古老的长度单位，一里格通常定义为三英里，大约等同一个人步行一小时的距离。

闪电一样快地把你拉回到我身边。"

"怎么把我拉回来呢?"小飞龙问。

"用一根魔法的绳子。"

"可是我看不见那根绳子呀。"

"你看不见某个东西,并不意味着它不存在。世界上有些最奇妙的东西是看不见的。但是你一定要相信它,相信那看不见的东西,能够使魔法的力量变得更强大、更神奇。你将来会看到这个奇迹的。"

费里安从来没有试过。

咆哮的声音更近了。

"仙——阿姨!仙阿姨!仙阿姨——"费里安大喊。他闭上眼睛,又睁开眼睛。什么事也没有发生。他心中的恐惧爬进了喉咙。

"仙阿姨!仙阿姨!仙阿姨!"

还是什么都没有发生,咆哮的声音更近了。两只黄色的眼睛在黑暗中发光,一个巨大的身影在黑暗中向他扑来。

费里安吓得大叫一声。他想飞,可是他的身体太大,翅膀又太小,一切都不对了。怎么这样啊?他好想念他的巨人、他的仙阿姨、他的格勒克和他的卢娜。

"卢——娜!"当野兽就要冲过来的时候,他大声喊,"**卢娜!卢娜!卢娜——!**"

他感到了一股拉力。

"**卢娜!我的卢娜——**"费里安扯着脖子尖叫。

"你叫唤什么呀?"卢娜问道。她把费里安从睡袍口袋里面掏了出来,他小小的身体紧紧地缩成了一个球。

费里安浑身止不住地颤抖。他安全了,开心得差点哭出来了。"吓死我了。"说着，他用牙齿咬住卢娜的睡袍。

"哼，"小姑娘咕哝着，"你打呼噜了，然后你把我给烧伤了。"

"是吗？"费里安吓了一大跳，"伤到哪儿了？"

"就在这儿，"她说，"你等一下。"她坐起身来仔细地看。灼烧的痕迹不见了，睡袍上的洞不见了，连髋部的烧伤也不见了。"应该就在这里啊！"她慢慢地说道。

"我去了一个奇怪的地方，然后那里还有一个大怪物，然后我的身体变得不正常了，我飞不起来了。然后我找到了一双靴子，然后我就在这里了。我想是你救了我，"他皱起了眉头，"但我不知道你是怎么救我的。"

卢娜摇了摇头："我怎么可能救了你？我想咱们俩都做噩梦了。我没有被烧伤，你也一直是安全的，所以咱们还是接着睡觉吧。"

小女孩和她的小飞龙钻进被子里面，几乎立刻就睡着了。费里安没有做梦，也没有打鼾，而卢娜也是一动都没动。

当卢娜再次醒来的时候，费里安仍然在她的臂弯中熟睡着。费里安的鼻孔里面飘出两条薄薄的烟雾，蜥蜴般的嘴角翘起来在睡梦中微笑。*再也没有比他更容易满足的龙了*，卢娜心想，她把手臂从小飞龙的脑袋下面抽出来，坐起身。费里安仍然没有醒。

"喂，"她低声叫道，"大懒虫，快醒醒，大懒虫。"

费里安还是没有醒。卢娜打了个哈欠，伸了个懒腰，在费里安温暖的小鼻子尖上轻轻地吻了一下。小飞龙鼻孔里冒出来的烟雾让卢娜打了个大喷嚏。费里安仍然没有醒来。卢娜白了他一眼。

"懒骨头。"卢娜不满地念叨了一句，然后从床上滑到冰凉的地板上，去找她的拖鞋和披肩。天气有点凉，但很快就会变暖。出去散散步是有益的。她伸手拉住升降绳，把她的小床吊到天花板上。费里安醒来的时候要是看见她的床已经收起来了，是不会介意的，而且新的一天从收好床开始，这种感觉更好。这是祖母教给她的。

但是，当小床被吊起来固定住以后，卢娜发现地上还有样东西。

一双大靴子。

靴子是黑色的，皮的，看起来很重，实际上更重。卢娜几乎拿不动。而且这双靴子有一种奇怪的气味——卢娜很熟悉的气味，但是她想不起来究竟是在哪里闻到过这种气味。靴子的底很厚，是用一种她无法一下子辨认出来的材料制成的。更奇怪的是，靴子的跟上都刻着字。

"不要穿我们。"左脚跟上刻着。

"除非你真的要穿。"右脚跟上刻着。

"这究竟是怎么回事啊？"卢娜大声地说。她提起一只靴子，想要更仔细地观察一下。但她还没来得及看呢，突然感到一阵剧烈的头痛，就在她额头正中间。她疼得一下子跪倒在地上。她用手掌根抵住头部用力往里压，仿佛要护着自己的脑袋别让它飞出去。

费里安仍然没有醒来。

她在地上蹲着，直到头痛稍微减轻一些。

卢娜抬头瞪了一眼吊在天花板上的床底，笑骂了一句："你看什么呀！"然后她站起身来，走到窗户下面的小木箱那儿，用脚把盖子掀开。那里面放着她收藏的宝贝——她曾经玩过的玩具、最心爱的毯子、奇形怪状的石头、压扁的干花，以及真皮封面的笔记本，那上面密密麻麻地写着她的想法和问题，还有她画的图画和速写。

而现在，又加上了一双靴子——一双上面刻着奇怪的文字，还会让她头痛得发出奇怪气味的黑色大靴子。卢娜关上箱盖，松了一口气。木箱盖子啪地一关，她的头就一点儿也不疼了。事实上，她几乎完全忘记了头痛的事。现在要赶快去告诉格勒克。

费里安继续打着呼噜。

卢娜渴了,也饿了,而且,她很担心她的祖母,她也想去看格勒克。另外还有些家务活要做。山羊需要挤奶,母鸡下的蛋需要捡回来,还有其他的家务活要做。

在去浆果地的路上,她停住了脚步。

她是打算问些什么的,可究竟要问什么呢?

生命中发生过的事情,卢娜全都不记得了。

22. 还有另外一个故事

我肯定给你讲过那双靴子的故事了，孩子。

嗯，那好吧。在女巫所拥有和使用的魔具中，最厉害的就是七里格靴了。说来，靴子本身，就像任何一种魔法一样，既不好也不坏。它们只是让穿靴子的人在一瞬间就跑出很远的距离，迈出去的每一步都让她动作的尺度翻一番。

这就是为什么她能够夺走我们的孩子。

这就是为什么她能够在全世界漫游，传播她的邪恶和悲伤。这就是为什么她能轻易地逃之夭夭。我们没有力量，我们的悲痛没有办法补救。

很久以前，你知道，在森林变得危险之前，女巫只是一个很小的东西。实际上也就是一只小蚂蚁。她的魔力是有限的。她的知识范围很小。她恶作剧的能力几乎不值得注意，比如让一个孩子在树林里不见了。她的魔力也就那么大，真的。

但是有一天，她找到了一双靴子。

而且，这双靴子，一旦穿在她的脚上，可以让她从世界的一端立刻到达另一端。然后她就可以找到更多的魔法。她从其他的巫师那里偷魔法，她从地里偷魔法，她从空气、树木和开花的田野里偷魔法。他们说，她甚至还从月亮上偷魔法。然后她就把魔法施加在我们所有人的身上——用一片巨大的悲伤之云，笼罩着整个世界。

是啊，当然是整个世界。这就是为什么世界变成了死气沉沉的灰色，这就是为什么希望只属于年龄最小的孩子。你最好现在就能明白。

23. 卢娜画了一幅地图

卢娜给祖母留下了一张纸条，说她想出去采些浆果，再画一幅日出的素描。很可能，等卢娜回来的时候，她的祖母仍然在睡着——她最近睡得实在太多了。尽管老太太向女孩保证，说她从来都是这样睡的，什么都没有改变，也不会改变，但卢娜知道她是在说谎。

我们俩都在对彼此说谎啊，她这样想着，心里觉得被一根粗大的针刺得好痛，而且我们俩都不知道怎样才能够不向对方说谎。她把纸条放在木板桌上，轻轻地关上了门。

卢娜把她的书包挎在肩膀上，穿上旅行靴，走上了沼泽后面一条长长的、弯弯曲曲的路，然后又走上了火山口南侧两个冒着烟的火山渣锥之间的小路。那天的天气很暖和，湿答答黏糊糊的，卢娜发现自己身上发出了难闻的气味，着实吓了一跳。近来发生了好多这一类的事情——身上散出难闻的气味，脸上爆发出奇怪的痘痘。卢娜觉得她身体的每一个部件都突然开始在密谋着改变自己——连她的声音都背叛了她。

但这还不是最糟糕的。

还有一些……其他的惊人现象爆发出来，一些她完全无法解释的现象。她第一次注意到这种变化是当她心里刚刚想要跳起来，去仔细看看一棵树上的鸟巢的时候，她突然发现，自己已经挂在大树最顶端的树枝上了。她吓得紧紧地抓住树枝，生怕自己会掉下来摔死。

"我肯定是被风刮上来的。"尽管这个想法显然是荒谬可笑的，她还是这样对自己说。谁听说过一阵风会把一个人刮到树顶上？但是既然卢娜实在找不到任何其他合理的解释，说是风刮的似乎也有一定的道理。她并没有把这事告诉她的祖母或是她的格勒克。她不想让他们担心。而且，她觉得有点不好意思——就好像她自己有什么毛病似的。

再说，这只不过是风太大而已。

后来，在一个月以后，当卢娜和她的祖母在森林里采集蘑菇的时候，卢娜再次注意到她的祖母是多么疲倦，多么瘦，多么虚弱，她的呼吸是多么急促和痛苦。

"我好担心她啊！"当祖母不在的时候，卢娜忍不住大声地把心里话说出来了。她感觉自己的声音被卡在了嗓子眼里。

"我也是。"一只棕栗色的松鼠回话说。他坐在最低矮的树枝上，俯视着她，尖尖的小脸上一副心照不宣的表情。

卢娜愣了好一阵子才意识到，松鼠不应该会说话。

又过了一阵子她才意识到，动物跟她开口说话并不是第一次了，这种情况以前也发生过。她确信这一点，她只是不记得那是什么时候了。

后来，当她想要告诉格勒克发生了什么事情时，脑子里却是一片空白。她不记得生活中曾经发生过什么事情了。她只知道有事情发生了，但她不知道是什么事情。

这事以前发生过，她脑子里的声音说。

这事以前发生过。

这事以前发生过。

这是一种有节奏的确定性，这种认知，如同钟表的齿轮一样可靠。

卢娜沿着第一个火山渣锥周围的小路往前走，很快就把沼泽抛在了身后。一棵古老的无花果树把树枝伸展到小路上，仿佛在欢迎所有漫步走过的人。一只乌鸦站在最低矮的树枝上,他是个精神抖擞的家伙,羽毛油光锃亮。他直视着卢娜的眼睛,仿佛专门在等她。

这事以前发生过,她想。

"你好。"卢娜说,目光落在乌鸦明亮的眼睛上。

"哇——"乌鸦说,但卢娜确信他的意思是说你好。

突然间,卢娜想起来了。

前一天,她去鸡舍里捡鸡蛋。鸡窝里只有一个蛋,而且她也没有带篮子,所以她干脆就把鸡蛋握在手中。进家门之前,她感觉到鸡蛋的外壳在扭动,而且它不再像平常的鸡蛋那样光滑、温暖,而是变得尖锐又瘙痒。然后它还咬了她一口。卢娜哭了起来,松开手把鸡蛋放走了。但这并不是一个鸡蛋,这是一只乌鸦,成年的大乌鸦。它在她头顶上盘旋了一阵,又落到最近的树上。

"哇——"乌鸦叫道。或许乌鸦应该这样叫,但他并没有这样叫。

"卢娜。"乌鸦是这样叫的,而且他也不飞走。他栖息在卢娜的树屋最低的树枝上,卢娜去哪儿他就去哪儿,整天都如影随形地跟着她。卢娜有些不知所措了。

"哇——"乌鸦叫道,"卢娜,卢娜,卢娜。"

"嘘,"卢娜喝止他,"我在思考。"

乌鸦的身体是乌黑闪亮的,作为乌鸦就应该这样,但当卢娜眯起眼睛,侧过身子去看他,还可以看到另外一种颜色:蓝色,镶有一圈银色的边。然而当她再睁大眼睛直视乌鸦时,这些附加的颜色就消失不见了。

"你是什么?"卢娜问道。

"哇——"乌鸦说,意思是我是乌鸦里的精英。

"是这样啊。小心别让我祖母看见你,"卢娜说,"还有我的沼泽怪兽,"她想了想又加了一句,"我想你会惹他们不高兴的。"

"哇——"乌鸦说,意思是我同意。

卢娜摇了摇头。

这只乌鸦的存在简直是莫名其妙,没有任何意义。而乌鸦却实实在在地在那里。他是确定无疑的、聪明灵巧的,而且是活力四射的。

有一个词可以解释这些,她想,有一个词可以解释我所不明白的一切。一定有,只是我记不起来是什么了。

卢娜让乌鸦离她远一点,好让她能够把这些问题想想清楚,乌鸦就顺从地离开了。他真的是一只很棒的乌鸦。

现在,他又回来了,栖息在无花果树最下面的一根树枝上。

"哇——"乌鸦应该这样叫,但他叫的却是卢娜。

"嘘,小点声,"卢娜说,"别人会听到的。"

"噢。"乌鸦不好意思地低声答道。

当然,卢娜原谅了乌鸦。她继续往前走着、走着,一不小心,被一块石头绊住了脚,跟跟跄跄地跌倒在地,压在自己的书包上。

"哎哟,"她的书包叫道,"快起开,别压着我。"

卢娜盯着书包。不过,此时此刻,什么事都不会令她惊讶了,即便是一个会说话的书包。

这时候,一个绿色的小鼻子从书包盖下偷偷地冒出来:"是你吗,卢娜?"

卢娜翻了个白眼。"你在我书包里干什么呢?"她气呼呼地问,一把掀开书包盖,怒视着面带羞愧的小飞龙从书包里慢慢爬出来。

"你老是不停地去这儿去那儿,"他嘟囔着,并没有看着她的眼睛,"老不带着我,这不公平。我就是想跟你一起来。"费里安扑扇着翅膀,飞到跟卢娜的眼睛一样的高度，在半空中盘旋，"我只是想成为这个团队的一分子。"他给了她一个充满希望的、飞龙式的微笑，"也许我们应该去叫上格勒克，还有仙阿姨。那将是多么有趣的一个团队啊！"

"不行。"卢娜坚定地回答，继续向山脊的顶峰攀登。费里安扑扇着翅膀跟在她后边。

"我们要去哪里啊？我能帮忙吗？我很能干的。嘿，卢娜！我们要去哪里啊？"

卢娜瞥了他一眼，鼻子一哼，使劲在地上拧了一下脚后跟，转过身去。

"哇——"乌鸦说。这一次他没有叫"卢娜"，但卢娜能够感觉到他心里是这样想的。乌鸦在前面飞着，仿佛已经知道他们要去哪里了。

他们沿着山间小路来到第三个火山渣锥——离火山口最远的一个，爬到了渣锥的顶端。

"我们到这里来做什么？"费里安想要知道。

"嘘——"卢娜说。

"我们为什么不能说话啊？"费里安问道。

卢娜深深地叹了口气："我需要你非常、非常安静，费里安，这样我才能专心画画。"

"我可以安静，"费里安叽叽喳喳地说道，仍然在卢娜面前盘旋着，"我可以非常非常安静，比肉虫子还要安静，而肉虫子是非常安静的，除非你要吃掉它们，那时它们就不那么安静了。但是我通常还是会吃掉它们的，因为肉虫子太好吃了。"

"我是说，立刻安静！"卢娜说。

"我很安静呀，卢娜！我是最安静的——"

卢娜用食指和拇指捏住了小飞龙的嘴巴，但又怕他伤心，便用另一只手把他搂到怀里。

"我真的非常爱你，"她低声说道，"现在要安静了啊！"她亲切地拍拍他的绿脑袋，让他蜷成一个火热的圆球，靠在她的腰下。

卢娜盘起腿坐在一块平顶的大石头上。她远眺着大地的尽头，欣赏着天地相交的界线，想象着界线的那一边有些什么样的东西。她所能看到的只有森林，但森林肯定不会是无边无际的，必定有它的尽头。过去当卢娜和祖母往背后的方向一路走下去的时候，看到森林里的树木渐渐变得稀少，森林让路给了农场，农场再让路给城镇，然后城镇又让路给更多的农场，最终，出现了沙漠和更多的森林和山脉，甚至是海洋。而伸展到四面八方的道路，就像一个巨大的毛线团放出来的线，把所有这些地方连接成了一个巨大的网。想必，往这个方向走也应该是同样的情形。但她不能确定。她从来没有这样走过，她的祖母不让她走这条路。

祖母从来也不解释为什么不让她走这条路。

卢娜把她的笔记本放在膝盖上，翻到一个空白的页面。她从书包里找出一支最尖的铅笔，用左手轻轻地握着，仿佛它是一只蝴蝶，随时可能飞走。她闭上双眼，努力清空自己的头脑，只留下蓝色，就像万里无云的广阔天空。

"我也需要闭上眼睛吗？"费里安问。

"嘘——费里安。"卢娜说。

"哇——"乌鸦说。

"那只乌鸦好刻薄。"费里安抽了一下鼻子。

"他不刻薄，他只是一只乌鸦。"卢娜叹了口气，"好了，亲爱的费里安，闭上你的眼睛吧。"费里安咯咯咯地笑着，钻进卢娜的裙褶里面躺下了。他很快就会开始打鼾的，没有谁能比费里安更快速地找到舒适的感觉了。

卢娜把她的注意力转移到了陆地和天空交界的地方。她在脑海中尽可能清晰地绘制出她的想象，仿佛她的头脑变成了一张纸，她只需要非常小心地在上面做好标记。她深呼吸，让心跳的速度放慢，让灵魂释放所有的忧虑、皱褶和纠结。当她这样做的时候，会产生一种感觉，她的骨头会发热，指尖会噼啪作响。最奇怪的是，会觉察到自己额头上那块奇特的胎记，就好像是，它突然一下子开始发光，明亮而又清晰，就像一盏灯。谁知道呢？也许就是这样吧。

在卢娜的脑海里，她可以看到地平线的边缘。她看到大地的边缘开始向前方推去，越推越远，就好像世界正面向她走来，脸上还带着微笑。

卢娜闭着眼睛画起画来。她坐在石头上，变得如此平静，以至于对任何事情几乎都没有了知觉——包括她自己的呼吸、费里安挤在她身边的灼热、他打鼾的样子，各种画面在她脑海中飞速地相互冲撞、积压在一起，让她无法专注在某一样东西上，任由它们从一大片模糊的绿色中闪过。

"卢娜。"远方传来一个声音。

"哇——"另一个声音叫道。

"**卢娜！**"一声吼叫进入她的耳朵，她惊醒了。

"干什么呀？"她吼了回去。但当她看到费里安脸上的表情，就觉得不好意思了。"怎么——"她开口了，环顾着四周。太阳已经端端地照在了头顶上。而在他们到达火山口时，太阳还没有来得及让大地温暖起来。"我们到这儿有多久了？"

半天，她已经知道了，现在是中午。

费里安几乎是在贴着卢娜的脸盘旋，鼻子对着鼻子——绿色的鼻子对着长雀斑的鼻子。他的表情非常沉重。"卢娜，"他喘息着问，"你生病了吗？"

"生病？"卢娜讪笑着说，"当然没有。"

"我觉得你可能病了，"他压低了声音说，"你的眼珠子刚刚发生了非常奇怪的变化。"

"你胡说。"卢娜砰的一声合上了笔记本，用皮带子将柔软的封皮紧紧地缠绕起来。她把笔记本塞进书包，站起身来。她的两条腿几乎都僵硬了。"我的眼睛很正常。"

"根本就不是胡说，"费里安大声叫道，嗡嗡嗡地从卢娜的左耳朵叫到右耳朵，"你的眼睛本来是黑色的，闪闪发光的，通常是这样。但是刚才它们是两个苍白的月亮。那是不正常的，或者说，我敢肯定那是不正常的。"

"我的眼睛才不会那样。"卢娜说，踉踉跄跄地向前跑了几步，险些跌倒。她想要站稳，便伸手去扶身边的石头。但是这些大石头一点用也没有，卢娜的手一碰，它们就变得像羽毛一样轻。一块大石头还飘浮了起来，卢娜沮丧得直嘟囔。

"现在连你的腿都不管用了。"费里安看出来了，想要帮忙，"那块大石头是怎么回事？"

"管好你自己的事吧。"卢娜说着，用力往前一跃，重重地落在山东边光滑的花岗岩斜坡上。

"这一跳可真够远的。"费里安说，目瞪口呆地站在卢娜刚刚起跳的地方，看着她在空中画了一条弧线，降落到她现在站立的地方，"你平常跳不了那么远，我是说真的，卢娜，看起来就像是——"

"哇——"乌鸦叫道，或者说应该是这样叫了一声。但对卢娜来说，乌鸦的叫声听起来更像是说闭上你的嘴。她现在更喜欢这只乌鸦。

"好吧，"费里安抽了一下鼻子，"你不听我的，从来就没有人听过我的。"他一路不停地叨叨着冲下山坡，掀起了一片绿色的暴躁烟雾。

卢娜深深地叹了一口气，拖着沉重的脚步往家走。她会设法跟他和好的。费里安总是会原谅她，一向如此。

卢娜匆忙下山时，明亮的阳光在山坡上投下了清晰的影子。她浑身是汗，又脏兮兮的——是运动造成的还是那段头脑空白的画画时间造成的，她不知道，但她还是在一条小溪边停下来，把自己洗洗干净。火山口里面的湖水很烫，不能摸，但是从那里流出来的溪水，虽然不好喝，却已经变得凉爽，很适合清洗脸上的污泥，或是把后背、脖子、胳肢窝底下的汗水洗干净。卢娜跪在溪水边，认真地清洗着自己，尽量让自己在见到祖母和格勒克时能够整洁一些——他们俩一定都很想知道她这段时间跑到哪里去了。

山里发出了隆隆的响声。她知道，火山正在睡梦中打嗝呢。这是火山的正常现象，卢娜知道，火山在休眠状态也是躁动不安的，而这种躁动通常也不是什么问题。除非它变成了问题。不过，火山最近的躁动似乎比往常更频繁，而且一天比一天更严重。她的祖母告诉她不必担心，而这只会让卢娜更加担心。

"卢——娜——！"格勒克的声音从火山口的斜坡上反弹回来，直冲天际。卢娜手搭凉棚，顺着山坡往下看。只有格勒克一个人，他挥舞着三条手臂打招呼，卢娜也向他挥手致意。祖母没有和他在一起，卢娜心里一揪。可能她还在睡觉吧，她想，她的担忧在胃里结成了一个个大疙瘩。不该睡到这么晚啊。而且虽然距离那么远，她也能看到格勒克的头顶上聚集着一片焦虑不安的愁云。

卢娜一路奔跑着回到家里。

仙婆婆还在床上躺着。已经过了中午了，她睡得那么沉，就像死了一样。卢娜唤醒了她，眼里含着泪。她是不是病了？卢娜怀疑。

"我的天哪，孩子，"仙婆婆低声说，"你干吗要在我睡得正香的时候叫醒我啊？人家还想要睡觉呢。"她翻了个身，接着睡觉。

仙婆婆又睡了一个小时，她向卢娜保证说她这种状态是完全正常的。

"当然是了，阿婆，"卢娜说，不去看祖母的眼睛，"一切都非常正常。"祖孙俩面对面微笑着，平淡又脆弱。她们嘴里吐出的每一个谎言都像闪光的碎玻璃一样，叮叮当当地撒落在地上。

❄

那天晚些时候，祖母说她不需要有人陪，独自去了工作室。卢娜从书包里掏出她的笔记本，随手翻看着她在做梦时画的图画。她发现自己最好的作品都是在自己完全没有记忆的情况下画出来的。这真的很烦人。

她画了一座石头塔楼——这座塔楼她以前也画过，塔楼的周围是高高的围墙，还有一个指向天空的天文观测台。她画了一只纸鸟从塔楼最西边的窗户飞了出去。她以前还画过另一样东西。她还画了一个小婴儿，被疙疙瘩瘩的古树包围着。她还画了一轮满月，明亮的月光向大地许下承诺。

她还画了一幅地图，实际上是两幅，画在两页纸上。

卢娜把这两页纸翻过来翻过去，认真地看着。

两幅地图都画得复杂而详细，显示出具体的地形、山间小径和隐藏的危险。这里有一个间歇泉，那里有一个泥塘，还有一个巨大的天坑，能够吞下整整一群山羊，还吼叫着嫌不够。

第一幅地图精确地描绘了通往自由城市的风景和路线。卢娜可以看到各种地形，沿着小径的每一块草地、每一条小溪，森林中的每一处空地和瀑布。她甚至可以在图中看到最近一次旅行时见到的那些倒在地上的树木。

另一幅地图画的是森林的另一边，步行路线从她的小树屋的一角开始，然后沿着山坡的走势向北方延伸。

图上画的都是她从来没有去过的地方。

她还画了一条小路，清楚地标明了所有迂回曲折需要转弯的地方，并且标明了可以露营的地方，哪些溪流里的水是可以喝的，哪些是需要避开的。

图上画了一个树木围成的圆圈，在圆圈的中心，她写了"婴儿"这两个字。

在一道高墙后面，有一个城镇。

在城镇里，有一座塔楼。

在塔楼旁边，写着："她在这里，她在这里，她在这里。"

卢娜慢慢地合上笔记本，把这些话语牢牢地记在心里。

24. 安坦提出了解决方案

安坦在他舅舅的书房外面站了将近一小时，没有勇气去敲门。他深深地吸了几口气，对着玻璃窗认真练习讲话，他手里拿着个勺子，假装在争论。他来回踱着步子，浑身大汗淋漓，他喘息着诅咒。他用妻子伊珊给他绣的手帕擦掉额头上的汗——伊珊打了一连串巧妙的绣花结在上面，绣出他的名字。他的妻子简直是一个使用针线的魔法师。他非常爱她，甚至愿意为了爱她去死。

"希望，"妻子曾经对他说，同时用她那灵巧纤细的手指温柔地抚摸着他脸上一条条的伤疤，"希望是那些在寒冬之末刚刚形成的小萌芽，它们看起来是多么干枯！多么死气沉沉！摸在手上又是多么冰冷！但这不会持续多久。它们会慢慢长大、变黏、膨胀，然后整个世界就都变成了绿色。"

当他的脑海里都是自己亲爱的妻子的时候——她美丽红润的脸颊，像罂粟花一样的红头发，她自己做的裙子下面高高隆起的肚子——安坦终于鼓足勇气，伸手去敲舅舅的门。

"啊哈！"他舅舅的声音从里面传来，"犹疑不决的人终于下定决心，要正式亮牌了。"

"对不起啊，舅舅……"安坦结结巴巴地说。

"听够了你的道歉，小男孩，"赫兰德大长老咆哮着，"开门进来，别再道歉了！"

"小男孩"有点被激怒了，安坦多年前就不再是一个小男孩了。他现在是一个成功的工匠，一个活跃的商人，一个忠于妻子的已婚男子。"小男孩"早已不是一个恰当的称谓了。

他跌跌撞撞地走进书房，一如既往地向他的舅舅深深地鞠躬。当他直起身来的时候，看到舅舅的目光落在他脸上时的畏缩。这并不稀奇，安坦脸上的伤疤仍然令人生畏，他已经习惯了。

"谢谢您能够见我，舅舅。"他说。

"我不认为我有选择的余地，外甥，"赫兰德大长老说，转动着眼睛避免去看这青年的脸，"毕竟，家人还是家人。"

安坦不相信他的话完全出自真心，但他并没有说出来。

"无论如何——"

大长老站起身来："没有什么无论如何，外甥。我在这张桌子旁边已经等待了将近一个世纪，期盼着你的到来，但现在是我与长老们开会的时间了。你还记得长老会，是吧？"

"哦，是的，舅舅，"安坦说，他的脸突然明亮起来，"这就是我来这里的原因。作为长老会的前任成员，我希望能够在长老会上发言，现在就去，如果可以的话。"

赫兰德大长老吃了一惊。"你⋯⋯"他张口结舌地说，"你想干什么？"普通公民不可以在长老会上发言，从来没有过这样的先例。

"如果可以的话，舅舅。"

"我——"大长老开口说。

"我知道这样做有点背离正统，舅舅，而且我理解，这可能会让你处于一个比较尴尬的地位，自打我穿上见习长老的长袍，至今⋯⋯已经过去这么多年了。我希望，在等待了这么久之后完成我最后一次在长老会的发言，为我自己做些解释，并且感谢他们在办公桌旁给了我一个座位。我从来没有对他们讲过这些，我觉得这是我欠他们的。"

这是一个谎言。安坦咽了一下口水，并且面带微笑。

他舅舅似乎柔和下来了。大长老把十指对在一起，压在洋葱似的嘟起的嘴唇上。他直视着安坦，说："让传统见鬼去吧！长老们将会非常高兴见到你的。"

大长老站起身，紧紧拥抱他浪子回头的外甥，然后，喜气洋洋地领着他走进走廊。当他们走到前厅时，一个沉默的仆人为他们拉开门，舅甥二人步入昏暗的灯光中。

这时，安坦觉得那个小小的、黏黏的、希望的萌芽，突然在他心中绽放开来。

❈

正如赫兰德所预见的，长老会似乎非常乐意见到安坦，并且借着他的出席，举杯庆祝他精湛的工艺、出色的商业头脑，还有他那惊人的好运——居然跟保护区里最善良、最聪明的女孩结了婚。他们并没有收到参加婚礼的邀请——即使收到邀请也不会去的，但是他们拍他后背、捏他肩膀的亲热样子，活像是一群和蔼可亲、笑口常开的慈善大叔。他们对安坦说，他们已经为他骄傲到了极点。

"好小伙子，好小伙子啊！"长老们叽叽嘎嘎地又说又笑。他们一道接一道地传递着美味的糖果糕点，这些在保护区几乎是从来都没有听说过的美味。他们一杯又一杯地喝着红酒和啤酒，大口大口地吃着各种腌肉、陈年的奶酪和香脆的饼干，还要涂上厚厚的黄油和奶油。安坦把分给他的食物装到衣服口袋里，留着等回家以后给他心爱的妻子吃。

当仆人开始收拾盘子、罐子和酒杯的时候，安坦清了清嗓子。"先生们，"待长老们全都就座以后，他说，"今天我来到这里，可以说是别有用心的，请你们原谅。特别是您，舅舅。我承认，就我的本意来说，并不愿意这样做。"

大厅里的气氛开始冷却下来。渐渐地，长老们不再假装看不见安坦脸上的伤疤，他们改用恶狠狠的、几乎是厌恶之极的目光瞪着他。而这却更加坚定了安坦锲而不舍的决心。他想到了妻子腹中正在渐渐成长、开始活动的胎儿，他想到了塔楼里的疯女人。如果是他本人被迫把孩子——亲生的婴孩——交到那些穿长袍的人手中，谁敢保证他不会发疯呢？谁敢说他心爱的伊珊不会发疯呢？他跟她分开一个小时都受不了，但是那疯女人这么多年来一直都被关押在塔楼里。年复一年呀！如果换作是他，绝对活不下去的。

"愿闻其详，"大长老说，他像蛇一样地眯起了眼睛，"说下去，小男孩。"

再一次地，他克制住自己，不被别人故意叫他"小男孩"所激怒。安坦继续他的发言。

"你们知道，"他说，尽力把他的勇气和脊梁变成最刚硬的支柱，他不需要去破坏什么，他是来建设的，"你们知道，我亲爱的伊珊正在期待着孩子的出生——"

"太好了，"长老们异口同声地说，像同一个人似的笑逐颜开，"多好的事啊，真是太好了。"

"而且，"安坦接着说，暗暗希望自己的声音不会发抖，"我们孩子的预产期就在刚刚过完新年的时候。从那时到献祭日这段时间，不会再有其他孩子出生了。那么我们的孩子——我们的宝贝孩子——就将是保护区里最年幼的婴儿了。"

刹那间，满堂的欢声笑语戛然而止，就像是被压灭的火焰。两位长老清了清喉咙。

"真够倒霉的。"金诺特长老用他尖细的声音说。

"确实很倒霉，"安坦表示同意，"但我们不一定要这样倒霉。我相信我已经找到了一种方法，来阻止这恐怖事件的发生。我相信我知道怎样去终结女巫的暴行。"

赫兰德大长老沉下脸来。"不要去为幻想烦恼了，小男孩，"他吼叫着，"你肯定不会认为——"

"我见到那个女巫了。"安坦说。长期以来，他一直保守着这个秘密，而现在，这个秘密终于爆发出来了。

"这不可能！"赫兰德口沫飞溅地叫道。而其他的长老精神紧张地张大嘴巴，瞠目结舌地盯着这个年轻人，活像是由一窝蛇组成的长老会。

"当然可能，我看见她了。我跟着队伍行进。我知道这是不允许的，我为此感到抱歉。但我还是这么做了。我跟在你们后面，我跟那个被牺牲的孩子一起等在那里，然后就看到了那个女巫。"

"你根本就没看到！"赫兰德叫喊着，站了起来。那里没有女巫，从来就没有那么一个女巫。长老们全都知道。他们全都站了起来，脸上全都是一副指控的神情。

"我看见她在阴影里等候着。我看见她来到婴儿的身边，俯视着他，饿得咕咕叫。我看见她邪恶的眼睛闪闪发光。她发现了我，把自己变成了一只鸟。她变化的时候疼得大叫。先生们，她疼得大喊大叫啊！"

"疯话，"其中的一个长老说，"这简直就是疯话。"

"不是疯话。女巫确实存在，她当然是存在的，我们全都知道。而我们所不知道的是，她已经上了年纪，她已经感觉到疼痛了，不仅如此，我们已经知道她人在哪里了。"

安坦把疯女人的地图从他的背包里拿出来。他把地图放在桌子上，用手指描着上面画的一条路径。

"森林是很危险的。"老人们盯着地图，脸色变得煞白。安坦抓住舅舅的目光，不让它转开。

我知道你要做什么了，小男孩，赫兰德大长老的目光似乎在说。

安坦也用自己的目光回应大长老，这就是我改变世界的方式，舅舅，等着瞧吧。

接着，安坦大声说："磐石路是穿过森林最直接的途径，当然也是最安全的，其宽度、广度与可见度都是最好的。然而，森林里也有另外几条还算安全的通道——尽管路况有些复杂和棘手。"

安坦的手在地图上指出了几个热泉，绕过陡峭的起垄，在那里每次大山喘息的时候都会撒下锋利的碎片流岩，他发现这些可供选择的路线都得经过悬崖峭壁、间歇泉，或是泥石流形成的平地。森林覆盖着非常广阔的山脉，山上那些深深的断层、缓慢的斜坡，盘旋式地环绕着山顶中央的喷火口，而它的周围有一片平坦的草地和一个小小的沼泽，在沼泽边上画着一棵疙疙瘩瘩的树，树上挂着一弯新月。

她在这里，地图上写着。她在这里，她在这里，她在这里。

"不过，你这地图是从哪儿弄来的？"金诺特长老喘息着问。

"这并不重要，"安坦说，"重要的是，我相信它是准确的。为了我所相信的，我愿意付出自己的生命。"安坦卷起地图，放回背包里，"这就是为什么我要来到这里，亲爱的长老们。"

赫兰德感觉到呼吸困难，开始大口大口地喘气。如果这是真的，该怎么办？然后呢？

"我不知道为什么，"他说，极力将自己贪得无厌的本性塑造成至高无上的形象，"我们要用这种事来自寻烦恼——"

安坦打断了他的话。

"舅舅,我知道我所要求的有些不同寻常。也许你是对的,这可能是一个徒劳的行动。但实际上,我要求的并不多。我只要得到你们的祝福。我不需要任何工具、装备,或是物资。我妻子知道我的志向,她完全支持我。到献祭日那天,身着盛装礼袍的人到达我家之后,她将会顺从地交出我们宝贵的孩子。当你们的队伍经过的时候,整个保护区将会充满悲伤——成为一个悲伤的海洋。你们将会走向那些可怕的树——'巫婆的侍女'。然后把那个小婴孩放在青苔地面上,认为从此以后再也见不到那孩子了。"安坦觉得自己的声音已经破裂开来,他紧紧地闭上了眼睛,努力控制住自己的情绪,"也许这些都会是真的,也许我会屈服于森林的危险,而最终那巫婆还是会来带走我的孩子。"

房间里面异常安静、寒冷,长老们都不敢说话了。安坦似乎变得比他们每一个人都要高大,他的脸从里到外地放着光,就像是一盏明灯。

"或许,"安坦继续说道,"事情并不是我们所想的那样,也许等在森林里的只有我一个人。也许会是我,把丢弃在梧桐树圈里的婴儿抱起来。也许会是我,把那个小婴儿安全地带回家。"

金诺特长老忍不住用他尖细的声音问:"可是……可是你要怎样去做呢,孩子?"

"我的计划非常简单,亲爱的长老。我就沿着这张地图上的路线走,我要找到那个巫婆。"安坦深邃的眼睛黑得像两块煤炭,"然后,我会杀了她。"

25. 卢娜学到一个新词

　　第二天早上卢娜醒来的时候，头疼得都要裂开了。疼痛来自她前额里面一个像沙粒那么小的点。但她感觉整个宇宙都在她的视线后面爆裂开来，忽明忽暗地闪耀着，忽而变成一片黑暗，然后突然又是耀眼的闪光，然后又是黑暗。她从床上滚落下来，扑通一声跌落到地板上。她的祖母睡在房间另一侧的摇床上，大声地打着鼾，她吸进去的每一口气，仿佛都是从淤泥里面过滤出来的。

　　卢娜用双手紧紧地按住她的额头，免得她的头骨爆裂开来。她觉得她的头很热，然后又变得很冷，然后又变得很热。这是她想象出来的呢，还是她的双手在发热？而且她的双脚也有同样的感觉。

　　"这究竟是怎么回事啊？"她喘着气说。

　　"哇——"停在窗户上的乌鸦应该是这样叫了一声，但他实际上是在叫卢娜。

　　"我很好。"她低声说，但她知道自己并不是很好。她觉得自己身上的每一块骨头都像是由光构成的，她的眼睛火辣辣的，她的皮肤又湿又滑。她挣扎着爬起来，跌跌撞撞地出了门，大口大口地吸进夜晚的空气。

　　蛾眉月刚刚升起，满天的星斗熠熠发光。卢娜不假思索地举起双手，让星光聚集在她的手指上。然后，一根接着一根地，她把手指塞进嘴里，让星光滑入她的喉咙。她以前也这样做过吗？她不记得了。不管怎样，这样做缓解了她的头痛，让她的头脑平静下来。

"哇——"乌鸦叫道。

"来吧！"卢娜说着，沿着小路往前走。

卢娜并没有打算走向竖立在高高的草丛中的巨石，然而，她却来到了石头跟前。星光照亮了刻在石头上的字，卢娜一动不动地凝视着那些字。

"不要忘记。"石头上刻着。

"不要忘记什么？"她大声问道。她向前走了一步，把手放在石头上。尽管这是在黑夜，尽管空气很潮湿，石头却是出奇地温暖。石头在她手下振动、旋转。她狠狠地瞪着石头上的那些字。

"究竟不要忘记什么啊？"她又说了一遍。这石头像一扇门似的自动打开了。

不，她意识到，它不是像一扇门，它就是一扇门，一扇悬在空中的石门。石门打开之后，可以看到一条燃着烛光的石头走廊，还有一条往下走的楼梯，一直通向黑暗的尽头。

"这……"卢娜倒吸了一口凉气，屏住了呼吸。

"哇——"乌鸦叫了一声，听起来更像是说，我认为你不应该去那里。

"嘘，别作声。"卢娜说。她走进石门，走下了楼梯。

楼梯的尽头是一个工作室，里面有一些干净、开阔的工作台，还有大叠大叠的纸张，一些翻开的书本，一支羽毛笔横放在笔记本上，笔尖上还蘸着黑亮的墨水，似乎有人正在考虑如何才能把一个句子写得更好些，而在这时突然匆匆离去了。

"喂？"卢娜大声问道，"这里有人吗？"

没人回答，只有乌鸦叫了一声。

"哇——"乌鸦的叫声听起来更像是大声哭喊，卢娜，咱们快点离开这里吧。

卢娜眯起眼睛，仔细地察看那些书籍和纸张上面写的东西。那些东西看起来好像是一个疯子的涂鸦，重叠反复的圈圈点点、涂抹过的污迹，还有一些意义不明的词语。

"为什么会有人去自找麻烦，去写满篇胡言乱语的书呢？"她不明白。

卢娜绕着房间的外围走到里面，顺手抚摸着宽阔的桌面和光滑的柜台。到处都是一尘不染，但也没有指纹。空气并不陈腐，但却察觉不到任何生命的气息。

"有人吗？"她又喊了一声。她发出的声音没有回音，也听不见。那声音似乎从她嘴里掉了出来，然后又无声地落到地上。这里还有一扇窗户，很奇怪，因为她现在肯定是在地底下，不是吗？她是从楼梯走下来的。但更奇怪的是，窗外的景象显示是中午时分。最奇怪的是，这景象是卢娜从来没有见过的。窗外那座山的山顶本来应该是一个火山口，而现在变成了尖尖的山峰。浓浓的烟雾从峰顶上倾吐而下，就像是一壶开水烧了很久很久。

"哇——"乌鸦又叫了一声。

"这地方有点问题。"卢娜低声说。她胳膊上的汗毛都竖了起来，她的后背开始冒汗。纸堆里又飞出一张纸，落在她手上。

她读懂了。"不要忘记。"纸上写着。

"我连是什么都不知道，怎么能忘记呢？"她想要问个明白。但她去问谁呢？

"哇——"乌鸦说。

"什么事情都没有人告诉我！" 卢娜大声喊着。但她知道自己说的不是实情。她知道，她的祖母有时候会告诉她一些事情，格勒克也会告诉她一些事情，只是他们说的话一进她的耳朵就从她脑子里飞走了。即使是现在，卢娜也还记得看到过一些词语，就像撕碎的纸片从她心中升起，在她眼前盘旋,然后四散而去,就像是被大风吹走了。快回来吧,她的心拼命地叫道。

她摇了摇头。"我太傻了,"她大声说,"从来没有这种事情。"

她的头好痛。那隐藏的沙粒,既是微小的,又是无限的,紧紧地压缩,又无限地膨胀。她觉得她的头骨都要被撑破了。

又一张纸从纸堆里飞出来,落在她的手上。

纸上写的这个句子里缺了第一个词——或者说是没有显示给她。相反,它看起来很像是一个被涂抹过的污点,那后面的字就看得很清楚了:"……是已知宇宙中最根本——但最不被理解的——元素。"

她盯着这句话思索着。

"最根本的元素是什么呢?"她问,她把纸举起来贴近自己的脸,"你自己告诉我!"

突然间,她额头里面的沙粒开始软化和放松了——只是稍微松软了一点点。她目不转睛地盯着那个缺失的词,看着字母慢慢地从模糊不清的纠结状态一个一个地显现出来,一个一个地念着。

"M,"她念着,"A,G,I,C,"她摇摇头,"到底是什么呀?"

她耳朵里面有一个声音在轰鸣,她眼睛后面闪过一道亮光。M,A,G,I,C,这个词意味着什么。但她不确定那意味着什么。更重要的是,她确信她以前听过这个词。尽管,她已经记不起来,在她的生活中,是在哪里听到过这个词。事实上,她几乎不知道该怎么读这个词了。

"M——"她开始试着念这个词,她的舌头在嘴里变成了花岗岩。

"哇——"乌鸦鼓励她。

"M——"她又说道。

"哇——哇——哇!"乌鸦快乐地叫着给她加油,"卢娜,卢娜,卢娜。"

"M——agic(魔法)。"这个词终于从卢娜的嘴里蹦出来了。

26. 疯女人学会了一种新技能

当疯女人还是一个小女孩的时候,她就爱画画。她母亲给她讲了有关森林中的女巫的故事,她从来都不知道那是不是真的。据她的母亲说,女巫吃的食物是悲伤、灵魂、火山、婴儿或勇敢的小巫师。她母亲说,女巫有一双黑色的大靴子,迈一步可以走出去七里格。她母亲说,女巫骑着一条巨龙,住在一座高耸入云的塔楼上。

但疯女人的母亲死了,女巫还活着。

高高的塔楼远离城镇肮脏的雾霾。在塔楼的宁静之中,疯女人可以感受到这些年来她从来没有感受过的东西。而当她感受到某种事物的时候,她就把这些感受画下来,一遍、一遍又一遍地画着。

每一天,星星姐妹们都会突然进到她的牢房,对着满地的纸张咂舌。这些纸折叠成纸鸟,折叠成纸塔,折叠成像是伊格纳莎姐妹的样子,然后疯女人光着脚去践踏这些折纸。这些纸上还画满了涂鸦、图画和地图。每一天,她们都要从牢房里抱出去大堆大堆的纸,把纸送到地下室撕碎、浸泡在水里,重新打浆,再制成新的纸张。

但这些纸最初是从哪里来的呢?姐妹们想不明白。

这太简单了,疯女人真想告诉她们,疯了就可以了。毕竟,疯狂和魔法是联系在一起的,或者我认为是这样的。每一天,这个世界都在重组和改变。每一天,我都会在废墟中发现一些闪光的东西。闪光的纸,闪光的真理,闪光的魔法。闪光,闪光,闪光。她知道,很悲伤地知道,自己疯魔得很厉害。她可能永远也不会痊愈了。

有一天，她盘腿坐在牢房正中的地板上，偶然发现一只燕子留下的一把羽毛，它想在狭小的窗台上筑巢，而这时，一只猎鹰也正想把这燕子当点心吃掉。羽毛飘进疯女人的窗户，落到地板上。

疯女人眼看着羽毛慢慢降落下来。羽毛落在她面前的地板上。她凝视着羽毛——羽茎、羽柄、每一根羽绒。而且她还可以看到更微小的结构——羽绒上沾着的灰尘、羽绒的细钩和细胞。她的眼睛看到了越来越微小的物质，直到看见每一颗自转的粒子，组成了一个微小的银河系。她果真是疯了。通过粒子之间的空间，她调换粒子的位置，这样摆摆，那样摆摆，最终产生了一个新的整体。这些羽毛不再是羽毛，它们变成了纸。

尘土变成了纸。

雨水变成了纸。

有时，她的晚餐也变成了纸。

每一次，她都会画一幅地图。每一次，她都会写上，她在这里，一遍又一遍地写。

没有人能够读懂她的地图，没有人能够读懂她的话语，没有人愿意去解读一个疯子的话。她们只知道把这些纸打成纸浆后，还能在集市上卖一大笔钱。

一旦她掌握了变纸的艺术，就发现变换其他东西也很容易。她一下子就把床变成了一条小船，把窗户上的铁栏杆变成了丝带，把一把椅子变成了一块丝绸，她披上它，享受那柔软的感觉。最后，她发现自己用同样的方法也能变形——虽然只能变成很小的东西，而且只能变一小会儿。她变来变去变得太累了，所以后来一连睡了好几天。

一只蟋蟀。

一只蜘蛛。

一只蚂蚁。

她不得不小心,别被人踩死,或是被拍死。

一只水虫。

一只蟑螂。

一只蜜蜂。

她还必须确保,当她感觉到体内结合起来的粒子即将爆炸并要飞出去时,自己还能及时回到牢房里来。随着时间的推移,她让自己保持在某种特定形态的时间逐渐增长。她希望有一天,自己变成鸟儿的形态以后,能够保持足够长的时间,这样就可以让她找到通往森林中心的路。

总有那么一天。

但还没有到来。

她没有变成鸟,而是变成了一只硬硬的、亮亮的甲虫。她跑到那些挥舞着弓箭的星星姐妹的脚下,跟着她们一起下了楼梯。她爬到那个胆小的小男孩——为姐妹们做日常杂务的男孩的脚趾上。可怜的小东西,他连自己的影子都害怕。

"那孩子!"她听到从大厅里传来主管姐妹伊格纳莎的叫声,"你要我们等多久才能把茶端上来?"

男孩呜咽着,手忙脚乱地把茶壶、茶杯和茶点都放在一个大托盘上,急急忙忙地跑进大厅。疯女人只能紧紧抓住他靴子上的鞋带。

"总算是端来了。"主管姐妹说。

男孩把重重的托盘放到桌子上,发出了很大的声响。

"出去!"主管姐妹火冒三丈,"别把我的东西都毁了。"

疯女人赶紧钻到桌子底下,幸亏桌下有阴影。她心疼地看着那个小男孩跌跌撞撞地逃出房门，两只手紧紧地握在一起，好像已经被烫伤了。主管姐妹用鼻子深深地吸了口气，两只眼睛眯了起来。疯女人尽量把自己的身体缩紧，缩到最小。

"你闻到什么味道了吗？"主管姐妹问对面椅子上坐着的人。

疯女人认识那个男人。他今天没有穿长袍，而是穿了一件质地细腻的漂亮衬衫，还有一件非常轻柔的羊毛大衣。他的衣服上有股金钱的味道，他的皱纹比上次见到他时更多了。他的脸显得疲倦又苍老，疯女人不知道是不是她自己看起来也这么老。时间很久了——自从上一次她看到自己的面孔以来，已经太久太久了。

"我什么也没闻到，主管姐妹，"大长老说，"除了茶和蛋糕的味道以外。当然，还有你自制的高级香水味。"

"你不必拍我的马屁，年轻人。"她说，尽管大长老比她年纪大很多，或者说他看起来要比她老得多。

看到坐在她身旁的大长老，疯女人突然意识到，这么多年过去，伊格纳莎姐妹居然一点也没有变老。

大长老清了清嗓子："谈谈我到你这儿来的原因吧，亲爱的主管姐妹。我按照你的要求去做了，而且也到可以打探的地方去打探过了，其他的长老也是这样做的。我尽了最大的努力去劝阻他，但是没有用，安坦仍然打算去刺杀女巫。"

"他至少听从你的劝告了吧？他的计划是保密的吧？"伊格纳莎姐妹说话的声音里有一种声响——悲伤，疯女人听出来了，她在任何地方都能听出这种声响。

"噢，不，人们都知道了。我不知道是谁告诉他们的——不知是他还是他那可笑的妻子。他相信这个任务可能成功，而且他的妻子似乎也相信。

现在其他人也都相信了,他们全都抱着……希望。"他费力地说出这个词,好像它是世界上最苦的药片。大长老打了个寒战。

伊格纳莎姐妹叹了口气,她在房间里踱来踱去。"你真的闻不到那个味道?"大长老耸耸肩膀,伊格纳莎姐妹摇了摇头,"没关系。森林很可能会杀死他的,他从来没有去过那里,他没有一技之长,他不知道自己在干什么。他的失败会防止人们提出其他更多的、更令人不快的问题。然而,他可能还会回来,这才是困扰我的地方。"

疯女人壮着胆子,从阴影的最边缘探出头去。她看见伊格纳莎姐妹的动作变得越来越突兀和混乱,她看见她的眼睛里面涌出了光亮的泪珠。

"太危险了,"她喘了口气,稳定住自己的情绪,"而且它并没有彻底解决人们的疑问。如果这次他什么东西都没有找到,两手空空地回来了,也并不意味着可以避免另外一个莽撞的公民到森林里去寻找。如果那个人也是什么都没有找到,还会有其他人去尝试的。很快,这些人回来全都说森林里什么都没有,就会成为问题了。很快,保护区的人就会开始明白,究竟是怎么回事了。"

疯女人注意到,伊格纳莎姐妹的脸色苍白而憔悴,好像她饥饿难忍,正在慢慢地死去。

大长老沉默了很久很久。后来,他清了清嗓子,说:"我想,亲爱的女士……"他拖长了声音,没有说下去。他再度陷入沉默,然后又接着说:"我想,你们当中的一个可以。嗯,如果可以的话……"他把想说的话吞了回去,说话的声音非常微弱。

"这对你我来说都不是一件容易的事。我看得出来,你跟这个男孩是有感情的。的确,你的悲伤——"伊格纳莎姐妹的声音断掉了,她的舌头突然冲出来,又迅速收回到嘴巴里。她闭上眼睛,脸色变得红润起来,好像刚刚尝到了世界上最美的味道。"你的悲伤是非常真实的。但是没办法，不能让这个男孩回来。必须让所有的人都相信，是那个女巫杀死了他。"

大长老沉重地倚在书房里的绣花沙发上，脸色煞白。他仰起头来望着天花板，疯女人从她藏身的小小制高点上都能看到，大长老的眼睛里饱含着泪水。

"哪一个？"他用嘶哑的声音问，"谁来办这件事？"

"这有关系吗？"伊格纳莎姐妹问道。

"对我来说有关系。"

伊格纳莎姐妹站起身来，快步走到窗前，向外望去。她在那儿站了很长时间。最后，她开口说："你知道，这里所有的姐妹都经过了严格而良好的训练。但是这件事，对她们每个人来说，都不是……像平日里那样，要求她们努力克服情感上的障碍就能办得到的。她们关心安坦的程度，要远远超过对塔楼里所有其他的男孩子。如果要处理其他人，我派姐妹会任何一个去都可以。而这次的行动，"她叹了口气，转过身来面对大长老说，"我会亲自去执行。"

赫兰德拂去眼中的泪水，紧盯着伊格纳莎姐妹。

"你确定吗？"

"确定。你尽管放心，我会很快的，他的死将是没有痛苦的。他不会知道我去那里，他也不会知道是什么东西击中了他。"

27. 卢娜知道了惊人的事实真相

石头墙壁老旧，潮湿得无法想象，卢娜哆嗦了一下。她把手指展开，然后再握成拳头，展开，握紧，再展开，再握紧，这样来促进血液循环。她的指尖冷得像冰，她觉得自己永远也暖和不过来了。

纸张在她脚边飘然起舞。整个笔记本里的纸都飞上了那摇摇欲坠的围墙。墨水书写的文字都从纸上跑了下来，就像疯狂的虫子一样，头也不回地满地爬，喋喋不休地自言自语。每本书，每页纸，好像都有好多话要说。它们跌跌撞撞、嘟嘟囔囔；它们大声地彼此对话；它们不断提高自己的音量，企图盖过别人的声音。

"安静！"卢娜大叫一声，用双手捂住自己的耳朵。

"对不起！"纸张们小声应道。它们分分合合；它们像旋风一样打转；它们高低起伏，像海浪一样在房间里激荡。

"一个一个来！"卢娜下令。

"哇——"乌鸦表示赞同，他这叫声的意思是说别瞎挤。

纸张们立即乖乖地遵命。

魔法，绝对是值得研究的，这些纸张向她证实。

魔法，是有价值的知识。

从这些纸张上，卢娜了解到，原来曾有一大群巫师和女巫、诗人和学者——所有致力于对魔法进行保存、延续和理解的人——在这密林的中央，在这古老的城堡里，在城堡环抱的更加古老的塔楼里，建立起了一个学习和研究魔法的避风港。

卢娜了解到,其中有一位学者——一位高大的、能量很大的女人——从树林里带来了一个需要救治的小孩。这孩子那么小,生着病,又受了伤。她的父母都死了——那个女人是这么说的,她没有必要撒谎吧?孩子很伤心,不停地哭着,她成为一个悲伤的源泉。学者们决定给那个孩子注入魔法,让她充满魔力。他们把魔法注入她的皮肤、她的骨头、她的血液,甚至她的头发。他们想看看他们能不能让她成为有魔法的女孩,想知道这样做是否可能成功。从理论上说,一个成年人只能使用魔法,而小孩子可以变成自身带有魔法的。但是这个理论从来没有被检验过,也没有被科学地观察过。从来没有人写下任何新的发现,也没有得出任何结论。学者们渴望了解事实真相,但也有人抗议说,这样做会害孩子丢掉性命。另有一些人反驳说,如果不是当初他们找到了她,她早就死了。这怎么能叫害她呢?

然而,那个女孩并没有死。注入体内的魔法渗透到了女孩的每一个细胞,并且还在不断地生长。魔法在她体内不停地长啊,长啊,长啊。当他们触摸她的时候,都能感觉得到。魔法在她的皮肤下面嗡嗡作响,填满了她肌肉组织中的空隙。魔法生活在粒子的空间里,发出的嗡嗡声响同每一根物质的纤维产生和谐的共鸣。她的魔法是粒子、电波和运动,是各种可能性和可行性。它可以自行弯曲、波动和折叠。魔法与她的全身融为一体。

然而有一位学者,一位名叫佐斯摩的年长巫师,强烈地反对给孩子注入魔法,更反对在孩子身上继续试验。他本人在很小的时候曾经被注入了魔法,他知道这一行动的严重后果——会莫名其妙地发火、思维被干扰、寿命会令人不快地无限延长。他听到这个小女孩在夜里偷偷地哭泣,他知道有些人会怎样来利用她的悲伤,他知道住在城堡里的人并不都是好人。

于是,他坚决制止了这一行动。

他自己主动提出，担当这女孩的监护人，把他们两个人的命运捆绑在一起。但这样做，也是有后果的。

佐斯摩警告其他学者，要警惕悲伤魔女的计谋。确实也是，由于大地每天都在人们脚下隆隆作响，学者们对火山喷发的担忧日益增长，他对那位悲伤魔女的恐惧也在日益增加。每当提到她的名字时，总是伴随着恐惧的颤抖。

（卢娜站在房间里读着这些故事，身边都是记载这些故事的纸张，她也在颤抖着。）

后来这个女孩长大了，她的内在能量也增强了。她很冲动，有时候还喜欢以自我为中心，就像孩子们常常会表现出来的那样。她完全没有注意到，那个疼爱她的，也是她亲爱的佐斯摩渐渐地开始变得枯萎了、衰老了和虚弱了。没有人注意到这些，直到为时已晚，做什么都来不及了。

"我们只是希望，"那些纸张在卢娜的耳边轻轻说道，"当我们的小女孩与那悲伤魔女再次相遇的时候，她已经长大了，变得更加强壮、更加自信了。我们只是希望，在我们牺牲自己之后，她会知道该怎样做。"

"可那是谁呀？"卢娜问那些纸张，"谁是那个女孩啊？我可以去提醒她吗？"

"哦，"纸张的声音在空气中颤抖，"我们已经告诉过你了，她的名字叫阿仙。"

28. 各路人马进入森林

仙婆婆坐在壁炉旁边，手里攥着自己的围裙拧来拧去，最后把它都拧成了一堆大疙瘩。

空气中像是有些什么东西，她能够感觉得到。而且地底下也有——一种轰鸣作响、令人烦躁不安的东西，她也能够感觉得到。

她的后背疼，她的双手疼，她的膝盖、臀部、肘部、脚踝、肿胀的双脚上的每一根骨头都疼、疼、疼。卢娜生命之钟的齿轮每次咔嗒转动一下、停顿一下，都分分秒秒地将指针拉近到十三岁那个点。而与此同时，仙婆婆可以感觉到自己正在消瘦、萎缩、衰老。她的身体已经轻得像一张薄纸，似乎一碰就碎。

纸，我的生命就是纸做的，她想，纸的鸟、纸的地图、纸的书、纸的日记、纸的话语和纸的思想。所有这一切都在衰退、破碎、褶皱，最终化为乌有。她想起了佐斯摩——亲爱的佐斯摩！他现在仿佛就在她的身旁！他俯身在成堆的纸张上，六支明亮的蜡烛围在书桌上，将他丰富的知识书写在粗糙的白纸上。

我的生命都写到了纸上，并且保留在纸上——所有那些残忍的学者们，也会在纸上记录下他们的想法和观察。假如我死了，他们只会把我的死亡记录在纸上，而绝不会掉一滴眼泪。现在的卢娜，也跟过去的我一样。而我这里掌控着一个可以解释一切的词，一个让卢娜看不懂甚至听不到的词。

这不公平。城堡里的男人和女人对阿仙所做的事是不公平的，阿仙对卢娜所做的事是不公平的，保护区的公民对自己的孩子所做的事是不公平的。这样做都是不公平的。

仙婆婆站在那里，看着窗外。卢娜还没有回来，也许这样才最好。她会给卢娜留个便条，不管怎么说，有些话写在纸上比当面说会更容易些。

仙婆婆从来没有那么早离开家，去带回保护区的婴儿。但她不能冒着迟到的风险，不能像上次那样。她也不能冒着被人看见的危险。让自己变形是一个非常困难的过程，而且还有这样的可能性：变形之后很可能再也没有力量变回原来的样子了，这会造成不堪设想的后果。

仙婆婆把她的旅行披风系紧，穿上一双结实的靴子，在背包里装满奶瓶和柔软干燥的小衣服，还有一点给自己准备的食物。她低声念了一句咒语，防止羊奶变质，不去顾及这咒语会耗费她多少能量和精力。

"我要变成哪一种鸟呢？"她自言自语道，"哪一种鸟，哪一种鸟呢？"她考虑把自己变成一只渡鸦，取它的狡猾；或是一只老鹰，取它的善战；或变成一只信天翁，取它轻巧自如的飞行，这似乎也是一个好主意，不过一旦缺水，信天翁起飞和降落的能力就会降低。最终，她决定把自己变成一只燕子——燕子的体形虽然很小，也很纤弱，但它是一个非常好的飞行员，而且目光极其敏锐。当她在飞行途中休息的时候，作为一只棕色的小燕子，那些食肉动物几乎注意不到它。

仙婆婆闭上眼睛，把双脚平放在地上，向下用力，感觉着魔法流过她脆弱的骨头。她觉得自己变得又轻又小又灵敏。明亮的眼睛，灵活的脚趾，尖锐而锋利的嘴巴。她抖了抖翅膀，内心深处产生了一种飞翔的渴望，她要飞，她觉得自己可能会在飞行中死亡。于是，伴随着一声高亢孤独的哀号，心怀对卢娜的思念，她振翅飞到了空中，轻轻地飘过高高的树梢。

她的身体像纸一样轻。

❄

安坦在开始旅行之前，等待着他们的孩子出生。还有几个星期就到献祭日了，但接下来的这段时间里，就不会有别的孩子出生了。保护区里有二十几个孕妇，但她们的肚子都才刚刚开始显怀。她们的分娩日期是在几个月之后，而不是几周之后。

幸运的是，生孩子的过程并不困难，这是伊珊自己说的。但安坦在等待孩子出生时听到妻子一声声的喊叫，感觉自己都要死掉了。伴随着高声的喊叫、忙乱和恐惧，孩子终于生下来了，安坦觉得好像等了整整一辈子，甚至更长的时间，但事实上他们只用了早晨最好的时光。婴儿啼哭着在午餐时分来到这个世界。"这孩子是一位标准的绅士，"助产士说，"他出现在最合理的时间。"

他们给孩子取名叫路肯。孩子的小脚趾、小嫩手，还有眼睛盯着他们看的样子，都让他们惊叹不已。他们亲吻着婴孩那小小的、不断寻找的、嗷嗷待哺的小嘴巴。

安坦从来没有像现在这样确定自己必须要去做什么。

第二天一早，太阳还没有升起，安坦就离开了家门，而他的妻子和孩子都还在床上睡觉。他不忍心跟他们说再见。

❄

疯女人站在牢房的窗前，把脸靠在铁窗的栏杆上。她眼看着那个年轻人从安静的房子里溜出来。她一直在等待他的出现，已经等了好几个小时。她也不知道自己是怎么知道要等他的，但就是这样等了。太阳还没出来，星星还像碎玻璃一样锐利清晰，在天空闪烁。她看见他从前门溜了出来，轻轻地关上门。她看见他的双手在门上停留了一会儿，手掌撑在木门上。有那么一刹那，她以为他可能会改变主意，重新回到屋子里，回到正在黑暗中沉睡的家人身边。但是他没有，他紧紧地闭上眼睛，深深地叹了一口气，然后转过身来，脚步匆匆地沿着黑暗的街道，朝城镇围墙最容易爬的地方赶去了。

疯女人向他抛了一个飞吻，祝他好运。她看到当这个吻落到他身上的时候，他停顿了一下，身上一激灵，然后继续往前走，脚步明显轻快了很多。疯女人笑了。

她曾经有过自己熟悉的生活，她曾经生活在另一个世界里，但她几乎完全记不起来了。她以前的生活就像烟雾一样虚幻迷蒙。而现在，她生活在纸的世界里，生活在只有纸鸟、纸地图、纸人、灰尘、墨水的世界里，还有做纸浆的木材和时间的世界里。

年轻人在阴影里独行，不住地东张西望，留意着是否有人在跟踪他。背包和铺盖卷交叉着挂在他的后背上。他穿着一件白天穿着太重，晚上又不够暖和的旅行披风，腰间佩带着一把锋利的长刀。

"你不能独自一个人去，"疯女人低声说，"森林里有危险。这里的危险也会跟随你进入森林，而且还有一个非常危险的人，比你能想象到的更危险的人。"

当她还是一个小女孩的时候，就听说过女巫的故事。这女巫就住在森林里，人家说，她有一颗老虎的心。但这些故事都是错的——他们相信的真相都是被扭曲篡改了的。其实，真正的女巫就在这里，在塔楼里，即使她没有老虎的心，一旦抓住机会，她也会把你撕成碎片。

疯女人紧紧地盯住窗户上的铁栏杆，一直盯到它们不再是铁栏杆，而是变成了纸栏杆。她把这些纸栏杆撕成碎片。而窗口周边的石头也不再是石头——只是一团团潮湿的纸浆。她用手把挡路的纸浆统统推开。

她身边的纸鸟纷纷发出了声音，上下扑腾着，呱呱大叫。它们张开了翅膀，眼睛开始变得明亮，四下搜索着。它们结成了一个整体，腾空而起，共同驮着疯女人，川流不息地飞出窗口，悄然无声地飘上了天空。

✼

天亮之后一个小时，星星姐妹们发现疯女人逃跑了。大家乱成一团，有人指责，有人解释，还成立了专门的搜索队、法医探索队和侦探队，人头攒动。清理现场是一件又花时间又讨厌的工作，当然，一切都是悄悄进行的。姐妹会不敢让越狱的消息泄露到保护区去，她们需要做的最后一件事是设法统一民众的思想。毕竟，思想是危险的。

赫兰德大长老要求跟伊格纳莎姐妹在午餐之前开个会，而她不同意，认为今天要开会实在太困难了。

"我才不管你是得了什么妇女综合征。"大长老咆哮着冲进她的书房。其他的姐妹急忙离开，恶狠狠地向大长老侧目，所幸他没有注意到。

伊格纳莎姐妹觉得最好还是不要跟他提到逃犯。相反，她叫来了茶水和饼干，热情地招待怒气冲天的大长老。

"你好啊，亲爱的赫兰德，"她说，"请问是关于什么事呢？"她用躲躲闪闪又暗藏杀机的目光看着他。

"那件事还是发生了。"赫兰德大长老疲惫不堪地说。

伊格纳莎姐妹的眼睛下意识地向空牢房的方向瞟了一眼。"哪件事？"她问道。

"我外甥，他今天上午离家出走了。他的妻子和孩子都在我妹妹家。"

伊格纳莎姐妹的脑子迅速地转动起来。这两个失踪案件不可能有关联，不可能，她应该知道的……不是吗？那个疯女人，当然，她产生的悲伤近来有明显的下降，但她没有特别在意。她恼火的是，在自己家里挨饿。其实保护区里总是充满了悲伤，就像乌云笼罩在小镇的上空。

或者说这是过去常见的情况。但是安坦点燃的这该死的希望之火已经在小镇蔓延开来，扰乱了人们悲伤的心情。伊格纳莎姐妹觉得她的肚子咕噜噜直叫。

她笑了笑，站起身来，温和地把手放在大长老的手臂上，轻轻地捏了一下。而她那尖锐的长指甲就像老虎的爪子，一下子刺穿了大长老的长袍，疼得他叫出声来。她微笑着亲吻了他的双颊。"别担心，我的孩子，"她说，"把安坦留给我来照看吧。森林里面有太多的危险。"她把披风的兜帽拉到头顶上，大步流星地走到门口。"我听说树林里有个女巫。你知道吗？"随后她就消失在走廊里了。

✼

"我不要，"卢娜说，"不要，不要，不要，不要。"她手里拿着祖母留给她的纸条，只看了一眼，就立刻把它撕得粉碎。她甚至连第一句话都没读完。"不要，不要，不要，不要。"

"哇——"乌鸦叫道，而这声音听起来更像是不要做任何蠢事。

愤怒的嗡嗡声穿过了卢娜的身体，从头顶直到脚底。*也许大树被闪电击中就是这样的感觉。*她瞪着那些撕碎的纸片，暗暗希望它们能够自动恢复原样，让她再次把它们撕碎。

（她转过身去，没有注意到那些碎纸片开始微微颤动，朝着彼此的方向慢慢移动。）

卢娜挑衅地看了乌鸦一眼。

"我要去追她。"

"哇——"乌鸦叫道，而卢娜知道他的意思是说，这是一个非常愚蠢的想法，你连要去哪里都不知道。

"我太知道了，"卢娜说着，扬起下巴，从书包里抽出了笔记本，"看见了吗？"

"哇——"乌鸦说，他的意思是说，那是你自己想象的，我曾经梦见我可以像鱼一样在水下呼吸，可你并没有见到我去那样做啊，对不对？

"她的身体那么虚弱。"卢娜觉得自己的声音哽咽起来。要是祖母在森林里受伤了怎么办？要是生病了怎么办？要是迷路了怎么办？要是卢娜再也见不到她了怎么办？"我要去帮她，我需要她。"

（写着"亲爱的"和"卢娜"的那几张碎纸片一起摆动着它们的边缘，排列整齐，最后严丝合缝地结合在一起，根本看不出它们曾经分离过。碎纸片又拼出来"当你读到这张纸条的时候"和下面一行的"有些事情我没有告诉你"，再下面一行是"你比你所了解的自己要复杂得多"。）

卢娜穿好靴子，把她想到的所有可能在旅途中有用的东西都塞进背包：硬奶酪、干浆果、毯子、水壶、带镜子的罗盘、祖母的星宿图，还有一把非常锋利的刀子。

"哇——"乌鸦叫道，听起来更像是说，你不打算告诉格勒克和费里安吗？

"当然不，他们只会阻拦我。"

卢娜叹了口气。（一张小小的碎纸片匆匆穿过房间，敏捷得像一只老鼠。卢娜没有注意，也没有注意到这张小纸片悄悄地爬到她腿上，顺着披风往上爬，更没有注意到小纸片最终钻进她的口袋里藏了起来。）"我不告诉他们，"最后她说，"他们会猜到我要去哪儿。我说的什么话都是错的，什么话从我嘴里说出来都是错的。"

"哇——"乌鸦说，"我不这么认为。"

但乌鸦的想法无关紧要。卢娜的决心已下，她把兜帽系好，又查看了自己绘制的地图，看起来已经足够详细了。乌鸦说的话当然是对的，卢娜当然知道森林里有多危险，但是她知道路该怎么走。她确信这一点。

"你是跟我一起去还是不去？"当她离开家门，走进绿色的森林时，她问乌鸦。

"哇——"乌鸦说，"我会跟你到天涯海角，我的卢娜，直到大地的尽头。"

☼

"嗯，"格勒克看着屋子里一片混乱，说，"大事不好了。"

"仙阿姨去哪里了？"费里安号啕大哭。他用手帕捂住脸，结果手帕被他喷出来的火点着了，然后火苗又被他的眼泪浇灭了。"她为什么不跟我们说再见就走了呢？"

"阿仙可以照顾自己，"格勒克说，"我担心的是卢娜。"

他这样说似乎是因为事实如此。但其实不是，他对仙婆婆的担忧已经让他的心揪成了一团。她在想什么呢？格勒克的心在痛苦地呻吟。我要怎样做才能让她平安归来呢？

格勒克重重地坐在地板上，用他的大尾巴裹住身子，读着仙婆婆留给卢娜的纸条。

> 亲爱的卢娜，当你读到这张纸条的时候，我就要迅速地穿过大森林了。

"迅速地？"他喃喃地说，"嗯，她变形了。"他摇了摇头。格勒克比任何人都明白，仙婆婆的魔力已经快要耗尽了。如果她变形之后再也没有力气变回来，会怎么样呢？如果她永远是一只松鼠的样子，或是鸟儿的样子，或是麋鹿的样子，会怎么样呢？或者，更麻烦的是，在她变形只变了一半的时候,她的魔力就已经用尽了。

你的身心正处于变化当中,我最亲爱的孩子,你的一切都在改变,从里到外。我知道你能感觉到这些变化,但你一个字也没有说,这是我的错。你不知道你是谁,那也是我的错。有些事情我没有告诉你,是因为环境造成的,还有些事情我不说,却是因为我不想伤你的心。

但这些都不能改变一个事实:你比你所了解的自己要复杂得多。

"那上边说什么呀,格勒克?"小飞龙费里安急切地问,他从格勒克脑袋的这边飞到那边,就像一只没完没了嗡嗡乱叫的大黄蜂。

"再给咱们一点时间,好吗,我的朋友?"格勒克喃喃地说。

听到格勒克对自己用了"朋友"这个词,小飞龙高兴得手舞足蹈。他用舌头抵住上膛发出快乐的颤音,做了一个后空翻加转体七百二十度,一不小心把头撞到了天花板上。

"我当然会给你一点时间,格勒克,我的朋友,"小飞龙说,耸了耸他头顶上的大鼓包,"我会给你世界上所有的时间。"他扑扇着翅膀落到摇椅的扶手上,尽量做出一本正经的模样。

格勒克仔细地看着纸条——不是看上面的字,而是看纸张本身。这纸条曾经被撕破过,他能看出来,然后又被完美地修复了,大多数人的眼睛都抓不住这个细微的改变,仙婆婆能够看出来。格勒克更加仔细地察看,看其中魔法的线索——每一根细如丝般的线都是蓝色的,边上泛着银色的光。它们有成千上万根,没有一根是源于仙婆婆的魔法。

"卢娜,"他低声说,"哦,卢娜。"

她的魔法提前启动了,魔法全部的能量——如同汹涌澎湃的大海,正在向外泄漏。他无从知道是这孩子有意这样做的，还是她根本没注意到这事的发生。他记得当仙婆婆小的时候，她只要离成熟的水果距离太近，水果就会爆炸，然后天上会落下很多星星，就像下雨一样。那时候的她是非常危险的——对自己、对别人都是危险的。那个时候的她就像现在的卢娜一样年轻，而卢娜现在也可能像仙婆婆小时候一样。

当你还是个小婴孩的时候，我把你从可怕的命运中解救了出来。然后我无意中喂你喝了月光——你喝下去了，而这又把你推进另一个可怕的命运。我很抱歉。你会活得很长，你会忘记很多，你爱的人都会死去，而你却会继续活下去。这是我的命运，而现在也是你的命运了。其中的原因只有一个：□□

格勒克当然知道这是什么原因，但它并没有出现在这张纸条上。魔法这个词已经被撕掉了，而在它曾经存在的地方，只留下了一个撕得整整齐齐的洞。他在地板上到处找，但是哪里都找不到。这是他无法忍受魔法的原因之一。总的来说，魔法是件很伤脑筋的事，很愚蠢，而且很有自己的主见。

这个词不可能停留在你的脑海里，但它限定了你的生命，正如它限定了我的生命。我真希望我能有足够的时间来解释一切，然后再离开你——最后一次离开你。我对你的爱远远超过我的语言所能表达的。

最疼爱你的祖母

格勒克把纸条折起来，压到烛台下面。他环顾着这个房间，深深地叹了一口气。确实，仙婆婆剩下的日子不多了，这是真的，与她超长的寿命相比较，仙婆婆还能生存的时间只不过是一个深呼吸，一口吞咽，或者只是眨眼的一瞬间。她很快就会永远地消失了。格勒克感到自己的心脏紧缩成了一个球，滚到喉咙里面，变成一个又尖又硬的肿块哽在那里。

"格勒克？"费里安壮起胆子叫道，他飞到古老的沼泽怪兽面前哼哼唧唧，使劲地去看他那两只潮湿的大眼睛。格勒克眨眨眼睛，也把目光停留在费里安身上。他不得不承认，这小龙崽是个非常可爱的小东西。宽容大度，青春年少，只是年轻得有点不自然。现在该是他长大的时候了。

他的发育期其实早就过了。

格勒克用自己的双脚和第一对手臂站起身来，向后挺一挺，好放松一下脊椎上僵硬的肌肉。他喜欢他的小沼泽——他当然喜欢了，而且也喜欢自己在火山口的小生活。他无怨无悔地选择了这样的生活，但他也爱这个广阔的世界。他自己相当大的一部分已经留下来跟阿仙共同生活了，格勒克几乎记不起这些生活的细节。但他知道，他们在一起的生活是充实丰满的，慈善慷慨的，宽广博大的。沼泽，世界，所有的生物，他已经忘记了自己是多么热爱这一切。当他的脚刚刚迈出第一步时，他的心就剧烈地跳动起来。

"来吧，费里安，"他伸出他的左上臂，让小飞龙落在他的手掌上，"咱们去旅行。"

"真正的旅行吗？"费里安问，"你是说，离开这个地方？"

"是真正意义上的旅行，小伙子。是的，远远地离开这里。就是那种旅行。"

"但是……"费里安又来了，他从格勒克的掌心飞起来，叽叽歪歪地绕到沼泽怪兽大脑袋的另一边，"要是咱们走丢了可怎么办呢？"

"我绝不会迷路的。"格勒克说。这是真的。从前,很久很久以前,他周游世界的次数已经超过了他的计算能力。或是在这个世界里面,或是在世界的上面和下面,或是在一首诗、一片大沼泽,以及一个深深的渴望里面。当然,他现在几乎完全记不起来了——这就是生命过于漫长的危害之一。

"但是……"费里安又来了,绕着格勒克的脸来回飞,"万一我把人吓坏了怎么办?我的身材这么巨大,要是他们吓得全都逃走了可怎么办?"

格勒克翻了个白眼:"尽管这是事实,我年轻的朋友,你的身材真的是——呃,非同寻常,但我相信,只要我简单地解释一下就会减轻他们的恐惧。你知道,我解释事情的能力是超强的。"

费里安落到格勒克的后背上。"这倒是真的,"他喃喃地说,"没有人能够比你解释得更好了,格勒克。"然后他把他的小身体贴在沼泽怪兽宽大、潮湿的后背上,张开双臂想要拥抱格勒克。

"不必这样了。"格勒克说,然后费里安飞回到空中,在他朋友的头顶上打转。"你看到了吗?"格勒克继续说道,"这是卢娜的脚印。"

于是他们俩——古老的沼泽怪兽和那条完美的小飞龙,跟随着卢娜留下的脚印,走进了森林。

关注着卢娜的每一个脚印,格勒克越来越清醒地意识到,从这个少女脚下泄漏出来的魔法正在逐步增加。它先是渗出来,接着闪亮发光,然后在地上积水成池,再从边缘溢出。以这种速度,需要用多长时间,这种魔法就可以像水一样流动起来,然后像小溪、江河和海洋那样奔流不息呢?多久以后,它就会淹没整个世界呢?

是啊,需要多久呢?

29. 火山的故事

你知道，那可不是一座普通的火山，它是千百万年前由一个女巫造出来的。

哪个女巫？呃，这我也不清楚。当然不是咱们这里讲的女巫。她虽然也很老了，但还没有那么老。当然我也不知道她究竟有多大年纪了。没人知道，也没有人见过她。我听说，她有时候像个小姑娘，有时候是个老太婆，有时候就是一个成年妇女的样子，视情况而定。

这火山里面有龙，或者说曾经有过龙。那时候世界上到处都有龙，但现在没人见过龙。有一个时代了吧？也许更长。

我怎么知道那些龙发生了什么事？也许是被女巫抓走了，也许她把龙都吃了。她总是很饿，你知道吗？我是说女巫，所以你夜里要乖乖地躺在床上。

每一次的火山爆发，都比前一次更巨大，更愤怒，也更凶猛。最初的火山还没有蚁丘大，后来变得跟房子一样大，现在它比森林还要大。总有一天，它会覆盖整个世界，你等着瞧吧。

上一次的火山爆发，是女巫造成的。你不相信？哦，那就像你在这里站着一样真实。那时候，森林里是很安全的，没有陷阱或冒毒气的通风口，没有森林野火。森林里到处布满了星星点点的小村庄。有的村庄采蘑菇，有的村庄卖蜂蜜，还有的村庄用黏土制作美丽的泥坯，用火烧成坚硬牢固的艺术品。村庄和村庄之间由大大小小、纵横交错、像蜘蛛网一样的道路互相连接着。

但是女巫不开心，她痛恨幸福，她痛恨这一切，于是她把龙的队伍带到了火山这里。"喷火！"她向龙高声下令。他们把火喷进火山的中心。"喷火！"她再次下令。

龙都害怕了。龙嘛，如果你一定要知道的话，是一种邪恶的生物，充满了暴力、狡诈和欺骗。尽管如此，在女巫极度的邪恶面前，龙的欺骗简直算不了什么。

"求求你了，"那些龙在高温下颤抖着喊道，"请不要让我们喷火了，你会毁了这个世界的。"

"我为什么要关心这个世界？"女巫哈哈大笑，"这个世界根本就没有关心过我。如果我想烧掉它，那么它就得被烧掉。"

这些龙别无选择。它们只好用力地喷啊喷啊，直到把一切都烧光，只剩下灰土、余烬和黑烟。它们喷啊喷啊，直喷到火山爆发，大火直冲天空，变成火雨落下来，烧毁了每一片森林、每一个农场、每一片草地，连沼泽都被烧干了。

如果没有那个勇敢的小巫师，火山爆发就会毁掉一切。他走进了火山，然后——嗯，我不完全清楚他做了些什么，但他立刻止住了火山的喷发，拯救了世界。他死在这次行动中，可怜的家伙。可惜他没有杀死那个女巫，但没有人是完美的。不管怎样，我们必须感谢他所做的一切。

但火山并没有真正地熄灭，那个巫师止住了它的喷发，但是它的火进入了地下。它把它的怒气宣泄到水池、泥坑和有毒的通风口，它毒化了沼泽，它污染了水源。这就是我们的孩子会挨饿，我们的祖母会衰老，我们的庄稼常常会颗粒无收的原因。这也是我们永远无法离开这个地方的原因，想走也走不了。

但是不管怎样，总有一天它会再次爆发的。到那时候，我们就将彻底脱离苦难了。

30. 事情比原先计划的更加困难

卢娜没走多久就迷路了,她心里非常非常害怕。她有自己画的地图,她可以在脑海里看到她该走的路,但她还是迷路了。

四周的阴影看起来像野狼。

树木在风中嘎吱作响,它们的枝丫像锋利的爪子一样蜷曲着,抓着天空。蝙蝠吱吱乱叫,猫头鹰呜呜地回应着。

脚下的岩石咔咔地开裂,而在岩石底下,卢娜能够感觉到山在沸腾,沸腾,不断地沸腾。地面时而变得很热,然后冷却下来,然后再次变热。

卢娜在黑暗中失去了平衡,跌倒在地,掉进了一条泥沟里。

她割伤了手,扭伤了脚踝,她的头撞到低垂的树枝上,还在滚烫的泉水中烫伤了腿。她很确定,自己的头发上有血污。

"哇——"乌鸦说,"我告诉过你这是个可怕的主意。"

"安静,"卢娜低声说,"你还不如费里安。"

"哇——"乌鸦叫道,意思是一些不好听的脏话。

"注意你的言语!"卢娜训斥道,"不管怎么说,我很不喜欢你的语气。"

与此同时,卢娜体内也发生了一些她自己无法解释的事情。齿轮在咔嗒咔嗒地走动,让她感觉到,现在她的整个生命就像是一个上了弦的钟表。魔法这个词已经存在她的脑子里了,她已经知道了。但它是什么,它意味着什么,仍然是一个谜。

口袋里有个东西让卢娜觉得很痒,一个小小的纸质东西在里面局促不安地上下蠕动，还发出奇怪的声响。卢娜尽量不去理会它，她有更重要的问题要去解决。

森林非常茂密，到处都是大树和低矮的灌木。树荫遮挡了全部的光线，她一步一停地往前走，每一步都要小心翼翼地先用脚尖去探索，找到坚实的地面，才踩上去，走下一步。她走了整整一夜，走到月亮几乎是圆圆的满月了——可它却完全消失在树林里，带走了它的光。

你把自己都陷入什么样的境地了？阴影似乎在喷喷地咂着舌头说，还大声地清了清喉咙。

光线太暗，连她自己画的地图都看不清。这并不是说地图会对她有什么帮助，她已经远远地偏离了她计划要走的路线。

"太麻烦了。"卢娜嘟囔着，小心翼翼地又往前走了一步。这里的路况非常复杂，就像发夹一样弯弯曲曲，还有针状的岩层。卢娜能感觉到脚下的火山在震动，它完全没有停下来的趋势，一刻也没有。*睡吧*，她心里说，*你该睡了*。火山似乎不知道这一点。

"哇——"乌鸦叫道，"别想着火山了！你该睡觉了。"这话说得对，卢娜已经迷路了，而且几乎没有取得任何进展。她应该停下来休息，等待黎明的到来。

可是，她的祖母在这里的某个地方啊！

要是她受伤了怎么办？

要是她病了怎么办？

要是她回不来了怎么办？

卢娜知道，所有活着的人终归有一天会死去——她在帮助祖母治病救人的时候，亲眼看见过。人死了，这让爱他的人非常悲伤，但是对死人来说，似乎并没有什么影响。他们毕竟已经死了，需要去面对另一个世界的事情了。

卢娜曾经问过格勒克，人死了以后会发生什么事情。

"沼泽，"他闭上眼睛说，脸上带着梦幻般的微笑，"沼泽，沼泽，沼泽。"这是他所说的最无诗意的话。卢娜对此印象非常深刻，尽管他并没有直接回答她的问题。

卢娜的祖母从来没有谈到过她早晚会死去这一事实。但她显然会死的，而且很可能*正在死去*——她是如此消瘦，如此虚弱，如此闪烁其词。这些问题只有一个可怕的答案，而她的祖母不肯给出答案。

卢娜强忍着心中的痛，坚持往前走。

"哇——"乌鸦说，"小心点。"

"我是很小心。"卢娜没好气地说。

"哇——"乌鸦说，"那些树发生了非常奇怪的事情。"

"我不知道你在说什么。"卢娜说。

"哇——"乌鸦喘着气说，"注意脚下！"

"你认为我要——"

但是卢娜没有说完。大地隆隆作响，她脚下的岩石挪开了，她随即跌倒，旋转着坠入地下的黑暗之中。

31. 疯女人发现了一个树屋

　　坐在一群纸鸟的背上飞翔可没有你想象的那么舒适。疯女人虽然已经习惯了不舒适的生活，却没有体验过被纸鸟的翅膀划伤皮肤的痛苦。不断扇动的翅膀把她的皮肤划出无数的伤口，甚至流出了鲜血。

　　"再往前走一点。"她说。她能在自己的脑海中看到那个地方：一个沼泽，一连串的火山口，一棵非常大的树，树上有一扇门，还有一个可以观测星星的小天文台。

　　她在这里，她在这里，她在这里。这么多年来，疯女人的心里就在为她画这幅图。她的孩子——并不是她想象出来的，而真的是她在这个世界上的孩子。她在心里画的图是真的，她现在知道了。

　　在疯女人出生之前，她的母亲就牺牲了自己的一个婴儿献祭给了女巫。那是一个男婴，母亲是这样告诉她的。不过她知道，母亲有一种能力，可以看得见那个男孩。她始终在远方关注着自己的孩子，直到自己去世。疯女人也具有同样的能力，她可以看得到自己亲爱的宝贝——她现在已经是一个大姑娘了，黑色的头发，黑色的眼睛，琥珀色的皮肤，她是一颗宝石。她有灵巧的十指、探索的目光。星星姐妹们告诉她，这些只是她说的疯话。然而，她能够画出详尽的地图，一幅可以带她去到女儿身边的地图。她能从骨头里发出来的热度和跳动，感觉到这线索的正确性。

　　"在那里。"疯女人指着下面，喘息着说道。

　　一个沼泽，正如她在脑海中看到的那样，这是真的。

七个火山口，标志着地界，正如她在脑海中看到的那样，它们也是真实的。

一个用石头建造的工作室，还有一个天文观测台，这也是真实的。

还有那边，有一个小花园，一个马厩，两把木椅，紧挨着一棵鲜花盛开的大树——一棵非常高大的树，树上有门，还有窗户。疯女人觉得她的心剧烈地跳动起来。

她在这里，她在这里，她在这里。

鸟群在空中驮着疯女人，先是向上蹿升了一下，然后再慢慢地向下飘落，轻轻地把她放到地上，就像一个母亲把熟睡的婴儿轻轻地放到床上。

她在这里。

疯女人从地上爬起来，张开她的嘴，感觉自己的心紧紧地揪在一起。她肯定给孩子起过一个名字，一定有名字的。

什么孩子？星星姐妹们过去常常在她耳边说，没有人知道你在说些什么。

没有人带走你的孩子，她们告诉她。你丢掉了你的孩子，你把她放在树林里，你就丢掉了她。蠢女人。

你的孩子死了，你不记得了吗？

那是你想象出来的，你的疯病越来越厉害了。

你的孩子很危险。

你也很危险。

你从来没有过孩子。

你记忆中的生活只是你发热头脑中的幻想。

你自始至终都是个疯子。

只有你的悲伤是真实的。悲伤，悲伤，悲伤。

她知道那婴孩是真实的,还有她住的房子,以及爱她的丈夫。他现在有了一个新的妻子和新的家庭,还有了另外一个婴儿。

你从来没有过孩子。

没有人知道你是谁。

没有人记得你。

没有人挂念你。

你根本就不存在。

星星姐妹们都像蛇一样扭动着吐出毒芯,发出咝咝的声响。她们的声音爬上她的脊椎,绕在她的脖子上。她们的谎言紧紧地勒住她的脖子,然而她们也只是在执行命令。塔楼里只有一个人是骗子,疯女人知道这个人是谁。

疯女人摇着头。"骗子!"她大声说,"她在骗我。"她曾经是一个恋爱中的女孩,是一个聪明的妻子,是一个待产的母亲,一个愤怒的母亲,一个悲伤的母亲。是的,是她的悲伤逼疯了她。当然,这也让她看到了真相。

"已经有多少年了?"她低声自语。她弯下腰,用双臂抱住自己的肚子,好像要守住心中的悲伤。唉,这是一个完全无效的方法。她花了好多年的时间,学着用更好的方法,来抵抗那个吃悲伤的恶魔。

纸鸟们在她的头顶上盘旋,轻轻地拍打着翅膀。

它们在等待她的命令,而且会等上一整天。她知道它们会的,她也不知道她是怎么知道的。

"有——"她的声音沙哑了,这是因为好久没说话变得干涩了,她清了清嗓子,"有人吗?"

没人回答。

她又试了一次。

"我不记得我的名字了。"这是真的,她断定,真相是她唯一拥有的东西,"但我过去是有名字的,曾经有过。我在找我的孩子,我也不记得她的名字了,但她是存在的,我的名字也存在。在出事之前,我跟我的女儿和丈夫生活在一起。后来,她被带走了,被坏男人带走了,还有坏女人。也许还有一个女巫,但我不确定是不是有女巫。"

仍然没有人回答。

疯女人环顾四周,四周静悄悄的,只能听见沼泽冒泡的声音和纸鸟翅膀发出的沙沙声。树干上的门半开着,她穿过院子。她的脚好痛,脚上没有鞋,也没有老茧。这双脚最后一次触碰土地是什么时候的事了?她几乎记不起来了。她的牢房很小,石头地面是光滑的,她从牢房的一边走到另一边只需要迈六步。当她还是个小女孩的时候,一有机会就光着脚到处跑。但那都是一千辈子以前的事了。也许,别人都还能够这样做吧。

一只山羊咩咩地叫了起来,另一只也开始叫,其中一只是烤面包的颜色,另一只是煤炭的颜色。它们用水汪汪的大眼睛看着疯女人。它们饿了,而且它们的乳房肿胀,需要赶快挤奶。

她突然想起来了,她曾经挤过奶,那是很久以前的事了。

鸡在围栏里咯咯咯地叫着,用嘴啄着关住它们的柳木墙。它们拼命地扇动着翅膀。

它们也饿了。

"谁在照顾你们?"疯女人问,"他们人在哪儿呢?"

她没有理会动物们可怜的叫声,走进门去。

里面是一个家——干净整洁又令人愉快。地板上铺着地毯,椅子上搭着被子。两张床巧妙地用绳索和滑轮拉到天花板上。衣服挂在衣架上,披风挂在挂钩上,一张床的下方有几根拐杖靠在墙上。家里有果酱、一把把的香草，还有用香料和盐粒腌制的肉干。桌上放着一大块正在发酵的乳酪，墙上挂着图画——是手工画在木板、纸张，或是展平的树皮上的。画上有一条龙坐在老妇人的头上，还有一个奇形怪状的怪物。有一座山，月亮挂在半山上，就像一个垂在脖子上的项链坠子。有一座塔楼，里面有一个黑发女人从里面探出身来，把手伸向一只鸟儿。画的下面写着：她在这里。

每张图画都有一个很稚气的签名：卢娜。

"卢娜，"疯女人小声念着，"卢娜，卢娜，卢娜。"

她每念一声，都会感觉到内心深处被敲打了一下。她感觉到她的心在怦怦地跳动，一下，一下，又一下。她倒抽了一口气。

"我的女儿叫卢娜。"她轻声说道，她从心里知道，这是真的。

床是冷的，壁炉是冷的，门前的地毯上没有鞋子。这里没有人。这意味着，卢娜和住在这座房子里的其他人都不在家。他们在森林里，而森林里有一个女巫。

32. 卢娜发现了一只纸鸟——其实有好几只

当卢娜恢复知觉的时候，太阳已经高高地挂在天空中了。她躺在一个非常柔软的东西上，起初她还以为是躺在自己的床上呢。她睁开眼睛，看着被树枝分割开来的天空。她眯起眼睛，打了一个哆嗦，赶紧站起身来，定了定神。

"哇——"乌鸦轻轻地叫了一声，"谢天谢地！"

她先查看了一下自己的身体。她的脸上有一块划伤，但好像不是很深；头上有个大包，一摸就疼；她的头发上有凝固了的血痂；裙子的下摆和肘部都被撕破了。除此之外，似乎没有什么特别的损失，这本身就是相当了不起的了。

更令人惊讶的是，她躺在溪水边一排巨大的蘑菇上。卢娜从来都没见过这么大的蘑菇，或者说，躺在上面这么舒适的蘑菇。它们不仅阻挡她继续往下跌落，而且可以防止她直接滚进小溪里被淹死。

"哇——"乌鸦说，"求求你了，我们回家吧。"

"等一下。"卢娜不耐烦地说。她把手伸进书包，拿出笔记本，翻到有地图的那一页。她的家被标注了出来，溪流、山丘和陡坡都被标注了出来。还有危险的地方，已成废墟的旧城镇、悬崖、通风口、瀑布、间歇泉，以及她无法穿越的地方。还有这里，在最下面的角落。

"蘑菇。"地图上写着。

"蘑菇。"卢娜叫了起来。

"哇——"乌鸦说,"你在说什么呀?"

地图上标注出的蘑菇的确紧挨着一条小溪。这不在她原定的路线上,但它把卢娜引到了一条比较安全平稳的路上。也许是这样吧。

"哇——"乌鸦哀求,"求求你了,咱们回家吧。"

卢娜摇摇头。"不行,"她说,"我的祖母需要我,我从骨子里都能感觉到她的需要。找不到她,我们就不离开这个森林。"

她龇牙咧嘴地挣扎着站起来,把笔记本放回到书包里,尽量让自己不要一瘸一拐地走。

每走一步,伤口的疼痛都会感觉轻一些,头脑也会更加清醒一些。每走一步,她都会感到身上的骨头强壮了一些,疼痛也减轻了一些,甚至头发上的血痂都不那么沉重、坚硬、黏糊糊的了。她用手捋了捋头发,一下子,血痂全都消失了,肿块也消失了,就连她脸上的刮痕和被撕破的衣服,好像也都自动修复了。

真奇怪啊,卢娜心想。她没有回头,所以也没有注意到她留在身后的足迹,没有看到她迈出去的每一步都变成了鲜花盛开的花园,每一朵又大又红的鲜花在微风中摇曳,目送着渐渐消失在远方的女孩。

❆

飞翔在空中的燕子是那样优雅、灵敏、精准。它在空中表演着各种优美的动作——升空、俯冲、旋转、跳跃。它是一个舞者,一个音乐家,更是一支离弦的箭。

一般的燕子都是这样。

而这只燕子却是跌跌撞撞地从一棵树扑腾到另一棵树上,既没有阿拉贝斯克[①]的优雅,也没有捕猎的速度。它前胸的羽毛一撮一撮地掉落,显

---

① 芭蕾舞动作专业名词,单脚站立,一手前伸,另一脚一手向后伸。

得斑驳不堪。它的目光黯淡，先是撞上了赤杨的树干，然后又跌入了松树的臂弯。它在树枝上躺了一会儿，大口地喘息着，仰面朝天地摊开了翅膀。

好像还有一件什么事需要去做，是什么事呢？

燕子挣扎着站了起来，紧紧抓住绿色松枝的尖端。它用力地抖抖身上的羽毛，尽自己最大的力量来察看大森林。

眼前的世界模模糊糊的，难道它一直是这样模糊的吗？燕子低头看着自己皱皱巴巴的爪子，眯起了眼睛。

这双脚一直都是我的吗？一定是的。尽管燕子心里对自己这样讲，但终归还是无法摆脱一种模糊的感觉：也可能不是。它觉得它还应该去一个地方，应该做一件什么事，而且是一件很重要的事。它能感觉到自己的心脏突然跳得很快，然后又很危险地变得很慢，然后又像地震一样，突突突地猛跳。

我快要死了，燕子想，它心里明白这是一个事实。当然不是在这一刻，但是已经显露出了行将死亡的症状。它能感觉到自己体内所储备的生命力正在消退。哎，不去管它了，我相信我这一生都过得很好，我只希望能够记住它。

燕子紧闭着嘴巴，用翅膀摩擦着自己的头，想努力记起那件事情。想记得自己是谁，不应该这么难啊，它想，即便是傻瓜也能做得到啊。当燕子正绞尽脑汁苦思冥想时，它听到一个声音从小径那边传过来。

"我亲爱的费里安，"那声音说，"根据我上次的统计，你不间断地讲话长达一个多小时。而最让我感到震惊的是，你居然都没有想要停下来喘口气。"

"我可以屏住呼吸很长时间的，你知道，"另一个声音说，"这是我们巨龙天生的特点之一。"

第一个声音沉默了一会儿。"你确定吗？"又是一阵沉默，"这些技能在任何有关龙的生理学的文章中都没有提到过，所以人家这样告诉你很可能是骗你的。"

"谁可能会骗我呢？"第二个声音说，感觉他的眼睛睁得大大的，似乎屏住了呼吸，"人们对我说的话都是真的，在我一生中都是这样。不是吗？"

第一个声音简短地哼了一声，就又沉默了。

燕子听这些声音很耳熟。它飞得更近一些，以便看得更清楚。

第二个声音飞走了，又转回来了，在第一个声音的主人的背上打出溜。第一个声音有好几条手臂，一条长长的尾巴，还有一个大而宽的脑袋。它的举止缓慢，就像一棵巨大的梧桐树，一棵会动的树。燕子进一步靠近他们。那个巨大的"多臂有尾树动物"停下来环顾四周，皱起了眉头。

"是阿仙吗？"第一个声音问。

燕子一动不动地站在那里。它知道那个名字，它听过那个声音。但是怎么知道的，它想不起来了。

第二个声音又回来了。

"树林里有东西，格勒克。我发现了一个烟囱，还有一堵墙，还有一个小房子。或者说它以前是房子，但现在那里面有一棵树。"

第一个声音没有马上回答，它的头缓慢地从一边转到另一边。燕子躲在一个灌木丛后面，几乎不敢喘气。

最后，第一个声音叹了一口气："你看到的可能是一个废弃的村庄，这一片的森林里有很多这样的村庄。上次火山喷发后，百姓们全都四处逃难，保护区接收了他们。保护区是魔法师们聚集的地方。不管怎样，那都是死里逃生的人。我从来不知道他们后来发生了什么事。当然，他们再也无法回到森林了。太危险了。"

那怪兽把它的大脑袋从一边转到另一边。

"阿仙来过这里，"它说，"就在刚才。"

"卢娜和她在一起吗？"第二个声音说，"那样她会更安全些。卢娜不会飞，你知道。而且她也不像我们巨龙那样不怕火焰。这是谁都知道的。"

第一个声音痛苦地呻吟了一声。

就在这时，阿仙突然明白过来，知道自己是谁了。

格勒克，她分析，是在树林里，他离开了沼泽。

而卢娜，只是独自一人。

还有一个婴儿，就要被丢在森林里了。我必须去救他，可我究竟在做什么，在这里磨蹭吗？

老天爷！我做的是什么事啊！

紧接着，仙婆婆——燕子从灌木丛中一跃而起，飞过森林上空，拼尽她所有的力气拍打着她那双古老的翅膀。

✤

乌鸦的心里非常担忧，卢娜看得出来。

"哇——"乌鸦叫道，意思是说我觉得我们应该回去了。

"哇——"他又叫道，卢娜知道他是说："小心啊。还有，你注意到那边的岩石着火了吗？"还真是这样。事实上，那是一整片岩石，一直延伸到潮湿的深绿色森林里，就像一条余烬的长河一样闪着火光。说不定那就是一条仍然在燃烧的余烬之河。卢娜查看了一下她的地图，地图上明确地写着："余烬之河"。

"噢——"卢娜说，她想要在附近找到一条出路。

森林的这一头比卢娜通常走过的森林要险恶得多。

"哇——"乌鸦说，但卢娜听不懂他说的是什么意思。

"说清楚些。"她说。

但乌鸦没有回应。他盘旋着飞上天空，落在一棵高大的松树顶端。他叫了两声，又急速地飞了下来。然后又冲上去，飞下来，上去，下来。卢娜看得头都晕了。

"你看到什么了？"她问。但乌鸦不说。

"哇——"乌鸦叫着，又回到树顶。

"你怎么了？"卢娜问道，乌鸦没作声。

地图上写着"村庄"，爬到山脊上就应该能看见了。怎么会有人住在这样的森林里呢？

卢娜顺着山坡往上爬，遵照地图的建议，小心地迈出每一步，步步为营。

她的地图。

她画的地图。

她是怎么画的呢？

她完全不知道。

"哇——"乌鸦说，意思是有个东西过来了。过来的会是什么呢？卢娜眺望着绿林深处。

她看到坐落在山谷里的村庄了，那是一片废墟，留在那里的是一栋中央建筑和一口井的残骸，以及几个参差不齐的房屋地基，就像是整洁广场上的破牙齿。人们过去居住的地方现在长出了树木，还有一些低矮的植物。

卢娜绕开路上的泥塘，顺着石头路走到过去曾经是村庄的地方。那栋中央建筑是一座低矮的圆形塔楼，上面有一些弧形的窗户像眼睛一般向外张望。后面的房子都倒了，屋顶塌陷进去。但是石头上面有些雕刻，卢娜走过去，把手放在离她最近的石头上。

龙，石头上刻的是龙，大型的龙、小型的龙、体形中等的龙。上面还刻了一些人，有的手握羽毛笔，有的手抓星星，还有的额头上有新月形的胎记。卢娜用手摸摸自己的额头，她也有一模一样的胎记。

有一幅雕刻的是一座山；还有一幅，山顶被削去了，里面冒出像乌云般的滚滚浓烟；还有一幅山的雕刻，上面有一条龙正要跳进火山口。

这是什么意思啊？

"哇——"乌鸦叫了，意思是说他就快到了。

"等一下。"卢娜说。

她听到了纸张扇动的沙沙声。

还有一种又高又细的哀号声。

她抬起头来一看。乌鸦正在向她飞来，紧张、快速、扭转着飞着，浑身上下黑色的羽毛全都竖了起来，黑色的嘴巴惊慌失措地大叫。他向后一仰，倒在卢娜怀中，然后把头深深地埋进她的臂弯里。

天空上突然出现了各种各样大小不同的鸟儿。它们集结在一起，杂乱的叫声充斥着天空。它们的队伍时而扩展，时而收缩，一会儿弯到这边，一会儿转向那边。它们像一片巨大的云彩，大声地鸣叫着、盘旋着，然后降落到废弃的村庄，大惊小怪地在村子里到处溜达，还叽叽喳喳地议论着。

但它们根本不是鸟，它们都是纸做的。它们那没有眼睛的脸全部面向地上的女孩。

"魔法，"卢娜低声说，"这就是魔法。"

有生以来第一次，她理解了这个词的含义。

33. 女巫遇到了老熟人

当阿仙还是一个小女孩的时候,她住在森林中的一个村庄里。她还记得,她的父亲是一位雕刻师,主要制作汤匙,也雕刻一些动物。她母亲采集一种特别的爬藤花朵,把花的精华跟蜂蜜混合在一起。蜂蜜是她母亲从最高的大树上的野蜂巢里取来的。她可以像灵活的蜘蛛一样,爬到大树的最顶端,然后把蜂蜜放在篮子里,用绳索放下来让阿仙接着。阿仙是不许吃蜂蜜的,理论上是这样,然而她一定会吃。每次她妈妈从树上下来以后,都会去吻掉小女孩嘴唇上的蜂蜜。

这是她心中像针扎一样刺痛的记忆。她的父母双亲都是很勤劳的人,而且什么都不害怕。她想不起来他们的脸是什么样子的了,但是记得在他们身边的那种感觉。她记得他们身上那种带有树木汁液、木屑和花粉的气味。她记得父亲粗大的手指搂着她的小肩膀的感觉,记得母亲的嘴唇贴在她头顶上散发出来的袅袅气息。后来,他们都死了,或者是消失了,或者是他们不爱她了,就离开她了。阿仙不知道。

那些学者们说,他们在森林里找到她的时候,她身边一个人也没有。

或许,只是他们其中的一个人找到她的,是一个说话声音像刮玻璃的女人,她长了一颗老虎的心。就是她,在那么多年前,把阿仙带进了这个城堡。

变成燕子的仙婆婆躲在一棵大树的空洞角落里,歇歇翅膀。按照这个速度,她永远也飞不到保护区的。她当初是怎么考虑的?变成一只信天翁也许会是一个更好的选择。如果是那样的话，她只需要把两个翅膀张开、锁定，剩下的事让风来处理就好了。

“现在就别想那些了，”她用小鸟的声音啁啾着，“我会尽力飞到那儿的，然后就回到我的卢娜身边。当她的魔法开始启动的时候，我一定要在她身边，我要教她如何使用魔法。谁知道呢？也许我错了。也许她的魔法永远不会到来，也许我不会死去，也许还有很多很多事情要我去做。”

她吃了一些在大树外面爬着找甜食的蚂蚁。虽然不多，但也减轻了她的饥饿。她抖松身上的羽毛，好让自己暖和一些，仙婆婆闭上眼睛，睡着了。

月亮升起来了，沉甸甸的，圆溜溜的，像是个熟透的大南瓜，高高地悬挂在树梢上。月光洒在仙婆婆的身上，惊醒了她。

“谢谢你。”她小声说，感觉月光渗入了她的骨头，润滑了她的关节，减轻了她的疼痛。

“是谁在那里？”一个声音说，“我警告你啊！我有武器！”

仙婆婆忍不住过去看看。那声音显得如此恐惧，如此失落，而她可以帮助它。月光已经开始让她精力充沛了。事实上，如果能够再多等一会儿的话，她就能用翅膀多采集些月光，直到自己喝饱为止。当然，她是没有办法让这种饱腹的状态维持下去的，因为她的身体已经千疮百孔了。但是在这一刻，她的感觉非常好。树下有一个身影——它飞快地从一边跑到另一边，缩着肩膀，东张西望，它害怕极了。而月光使仙婆婆精神百倍，月光使仙婆婆富有同情心。她勇敢地从藏身的地方跳出来，围绕着那个身影盘旋。原来那是一位青年男子。谁想到这男子大叫一声，用力扔出了一块石头，正好击中仙婆婆左边的翅膀。仙婆婆立刻掉在地上，几乎没有发出一点声响。

☼

安坦意识到，他击中的并不是如他假设的可怕女巫（他以为女巫有可能还骑在龙背上，举着熊熊燃烧的魔杖），而是一只可能在觅食的棕色小鸟时，立刻感到羞愧难当。石头刚离开他的手指，他就希望能够立刻把它再抓回来。至于在长老会面前夸下的海口，他连只鸡都没杀过，自己都不确定是否能够去杀那个女巫。

（女巫要把我的孩子带走，他不断地警告自己。然而，要去夺取一条性命……他感觉自己的决心每时每刻都在减弱。）

被击中的小鸟正好落在他的脚前。它一声不响，几乎没有呼吸，安坦原以为它死了。他强忍着自己的眼泪。

紧接着，奇迹发生了！鸟儿的胸部鼓了起来，然后又瘪了下去，又鼓起来，又瘪下去。它的一条翅膀耷拉在身体旁边，骨折了，肯定是骨折了。

安坦跪在地上，轻声说："对不起，我真的是非常、非常抱歉。"他用双手捧起鸟儿。它看起来不太健康，它怎么会在这受诅咒的森林里呢？这里一半的水都是有毒的。女巫，所有的坏事都是那个女巫干的，她的名字永远要被诅咒。安坦把小鸟捂在胸口上，希望用自己的体温来温暖它。"我非常、非常抱歉。"他又说了一遍。

鸟儿睁开了眼睛。他认出来，这是一只燕子。伊珊最喜欢燕子了，一想到她，他的心就碎成两半。他多么想念她啊！他多么想念他们的儿子！为了能够与他们再度相见，赴汤蹈火他也在所不辞！

那只鸟儿瞪了他一眼，冲他打了个喷嚏。他不怪它。

"听我说，我真抱歉打伤了你的翅膀。而且，唉，我也不知道怎么给你治。但是我的妻子伊珊，她一定会把你治好的。"提到妻子的名字，安坦的声音嘶哑了，"她又聪明又善良。人们总是把受伤的动物送到她那里去医治。她可以把你治好的，我相信。"

他把外衣的领子扎起来，做成一个小口袋，让燕子安全地待在里面。

鸟儿发出了颤抖的叫声。它在生我的气，他心想。它真的生气了，当安坦的手接近它的时候，燕子猛地在他食指上啄了一口，鲜血立刻从指尖冒了出来。

一只夜蛾飞到安坦的脸上，也许是照在他皮肤上的月光吸引了它。安坦不假思索地一把抓住了这只蛾子，送到燕子嘴边。

"给你，"他说，"我对你没有恶意。"

燕子又瞪了他一眼，然后不情愿地把蛾子从他的手指间啄到嘴里，咽了三次才咽下去。

"这里，你看到了吗？"他抬头看了看月亮，然后看着地图，"来吧，我只是想要在今晚到达那个高地，然后我们就可以休息了。"

安坦带着燕子，走进了密林深处。

✿

伊格纳莎姐妹感觉自己的身体每一秒都变得愈加虚弱了。她曾经需要尽最大的努力才能吃完所有的悲伤。她都不敢相信这小镇上空竟然笼罩着那么多的悲伤——就像永不消散的雾一样伟大而美味的忧伤之云。她功勋卓著，而她现在才意识到，她从来没有好好给自己一个应得的赞美。整个城市已经变成了一个名副其实的悲伤之井，一个盛不满的酒杯，一切都是拜她所赐。历史上从未有什么人，在一生七大阶段中能够成就如此伟大的壮举。应该要有赞美她的歌吧，至少也该有记录这一切的书。

但是现在，已经有两天没有吃到悲伤了，她变得非常虚弱，筋疲力尽，浑身颤抖。她魔法的源泉每分每秒都在枯竭，她必须尽快找到那个男孩。要快！

她停下脚步，跪在一条小溪边，眺望四周的森林，在其中寻找生命的迹象。小溪里有鱼，但鱼已经习惯了生活中的许多东西，不能按照一般规则来体验悲伤的感觉。在她的头顶上方有一个棕鸟的窝，里面有刚刚孵化出来不到两天的小鸟。她可以把那些鸟宝宝一个接一个地碾碎，然后吃掉鸟妈妈的悲伤——她当然可以这样做。但是，鸟类的悲伤没有哺乳动物的悲伤那样进补，而方圆几英里之内都没有发现哺乳动物。伊格纳莎姐妹叹了口气，她把制作"临时占卜仪"所需要的材料拿出来：她口袋里的一小块火山玻璃，几根最近杀掉的兔子的骨头，还有一根备用的鞋带——因为这东西非常方便有用，可以把手中最有用的东西都穿在一起。没有什么东西比鞋带更有用了。她不可能造一个跟塔楼里的大型机械占卜仪同等级别的探测器，而她也不需要做太多的搜寻工作。

她看不见安坦，但她知道他在什么地方。她很肯定她看到了他模糊的身影，但是有什么东西遮挡了她的视线。

"是魔法吗？"她喃喃地说，"不可能啊。"世界上所有的魔法师，至少那些知道自己在做什么的魔法师——五百年前在火山爆发的时候，或者差点就要爆发的时候，就已经灭绝了。那些傻瓜！还派她穿着七里格靴去拯救森林里的村民们。哦，她当然去拯救了。她把他们都安然无恙地带进了保护区。他们所有人无边无际的悲伤，都云集在了这个地方。一切都是按照她的计划进行的。

她舔了舔嘴唇，她太饥饿了。她需要搜索周边的环境。

伊格纳莎姐妹把她的临时占卜仪举到右眼上，扫描森林的其余部分。又有一个模糊点，这东西怎么回事？她不知道。她紧了紧打好的结，仍然模糊不清。她估计应该是自己太饿了，当一个人体力不足时，即使要念一个咒语也是很困难的。

伊格纳莎姐妹瞟了一眼头顶上的鸟巢。

她扫描到山中，随即倒吸一口凉气。

"不!"她大喊一声,又看了一遍,"怎么你还活着,你这个丑陋的家伙?"

她揉了揉眼睛,又看了第三次。"我还以为我已经杀死你了,格勒克,"她低声说,"好吧,看来我得再试一次了。找麻烦的怪兽,你差点坏了我的好事。我绝不会让你再来找我的麻烦。"

我得先吃些点心,她想。伊格纳莎姐妹把占卜仪塞进口袋,爬到有椋鸟巢的树枝上。她把手伸进鸟巢,抓住了一只蠕动的小雏鸟。在惊恐万状的鸟妈妈面前,她一把攥死了鸟宝宝。鸟妈妈的悲伤是稀薄的,不过也够吃了。伊格纳莎姐妹舔舔她的嘴唇,又攥死了一只小鸟。

现在,我必须得好好想想,我究竟把七里格靴藏在什么地方了。

34. 卢娜在林中遇到一个女人

纸鸟们分别栖息在树枝上、石头上，还有残缺的烟囱上、墙壁上和老房子的废墟上。除了发出纸张摩擦、折叠的沙沙声之外，鸟儿们全都静悄悄的，一声不响。尽管它们静静地待在不同的地方，但是全都面向着地上的女孩，它们没有眼睛，但是它们照样看着她，卢娜能够感觉得到。

"你们好。"她说，因为她不知道还能说些什么。纸鸟什么也没说，而乌鸦却无法保持安静，他盘旋着飞上天空，然后加快速度，一路叫唤着飞到一棵老橡树伸展出来的长长的枝条上，冲着鸟儿们哇哇大叫。

"哇——哇——哇——哇！"乌鸦高声叫着。

"嘘——"卢娜制止他。她看着那些纸鸟，它们不约而同地歪过头来，先是将嘴巴对着地上的女孩，然后又转向疯狂的乌鸦，然后再回头看着女孩。

"哇——"乌鸦说，"我好害怕。"

"我也是。"卢娜的眼睛盯着那些鸟儿说，它们时而分散，时而聚拢，就像一大片高低起伏的云彩在她头顶上盘旋，最终落到橡树枝上。

它们认识我，卢娜想。

它们怎么认识我的？

鸟儿，地图，我梦中见到的女人。她在这里，她在这里，她在这里。

事情太多了，考虑不过来。世界上有太多的事情需要知道，而卢娜的脑子里已经塞得满满的了。她的头好痛，痛点就在前额中间。

纸鸟们都看着她。

"想要我为你们做什么？"卢娜问道。纸鸟们在各自落脚的地方休息，数量多得数不过来。它们在等待，但是在等待什么呢？

"哇——"乌鸦说，"谁管它们想要什么？这些纸鸟令人毛骨悚然。"

它们的确令人毛骨悚然，但它们也是美丽而奇特的。它们在寻找什么东西，它们想要告诉她什么事情。

卢娜坐在地上，眼睛一直盯着那些鸟儿。她让乌鸦依偎在她的膝头。她闭上眼睛，拿出笔记本和一个铅笔头。曾经有一次，当她想起梦中的女人时，她任由自己的思绪到处漫游，然后她就画出了一张地图，地图是*准确无误的*，至少到目前为止是准确的。地图上写着：她在这里，她在这里，她在这里。而卢娜只能假定它讲的是事实。但现在她还有别的事情要做，她需要知道她的祖母在哪里。

"哇——"乌鸦叫道。

"嘘，"卢娜说，但没有睁开眼睛，"我要集中精神思考。"

纸鸟们都看着她，她能感觉到它们在注视着自己。卢娜感到自己的手在本子的页面上移动。她努力将注意力集中在祖母的面容上，回忆着她用手触摸自己的感觉，还有她皮肤散发出来的气味。卢娜感觉到一阵忧虑揪住了她的心，两行热泪骤然流下，吧嗒吧嗒地落在纸上。

"哇——"乌鸦叫道，意思是说鸟儿。

卢娜睁开了眼睛。乌鸦是对的，她画的根本就不是她的祖母，她画的是一只愚蠢的鸟儿，坐在一个男人手心里。

"嗯？这是怎么回事？"卢娜嘀咕着，她的心都沉到靴子里去了。怎样才能找到祖母呢？到底怎么办啊？

"哇——"乌鸦说，"老虎。"

卢娜爬了起来,降低身体保持一种半蹲的姿势。

"靠我近点。"她小声对乌鸦说。她希望这些鸟是用比纸更结实的东西做的,比如岩石,或者是锋利的钢铁。

"那么,"一个声音说,"我们到这里来做什么呢?"

"哇——"乌鸦说,"老虎。"

但它根本不是老虎,而是一个女人。

那我心里为什么会这么害怕呢?

※

大长老在两个全副武装的星星姐妹的护卫下来到家门口的时候,伊珊站了起来,完全是一副无所畏惧的神色。这真是令人恼火,为了让自己显得强大威武,大长老拧起了双眉,结果却没有奏效。更糟糕的是,她好像不仅认识左右两边的卫兵,而且还是她们的*朋友*。当她看到冷酷的卫兵到来时,开心得脸上放光,而两个卫兵也向她报以微笑。

"丽莲!"她笑着对左边的卫兵打招呼。"还有我最最亲爱的阿梅。"她对右边的卫兵抛了一个飞吻。

这可不是大长老所希望的入场仪式。他清了清嗓子,房间里的女人们似乎并没有注意到他的存在,实在是可气。

"欢迎您,赫兰德舅舅,"伊珊说着,温柔地鞠了一个躬,"我刚刚烧了壶开水,还从花园里摘了些新鲜的薄荷。我来给您沏茶好吗?"

赫兰德大长老皱起了鼻子。"大多数的家庭主妇,夫人,"他不悦地说,"当家里有那么多张嘴需要吃饭,还要关照邻居的时候,都不会在花园里种药草这类毫无价值的东西,为什么不去种些更实在的东西呢?"

伊珊若无其事地走进厨房。她把小婴儿用一块漂亮的绣花布绑在自己身上,那无疑是她自己绣的。房子里的一切都是经过精心布置和装扮的,显示出主人的勤劳、富有创造力和精明强干。赫兰德大长老以前见过她家的风格，但并不喜欢。伊珊把热水倒进了两个装满薄荷的手工杯子，再用从屋外蜂巢里采来的蜂蜜调制。她家的房屋被蜜蜂、鲜花，甚至还有唱歌的鸟儿包围着。赫兰德大长老显得有点坐立不安。他拿起一杯茶来，向女主人道谢，但他确信自己是不会喜欢这种茶的。他啜了一小口，而这茶，他不情愿地意识到，是他所喝过的最美味的饮品。

"哦，赫兰德舅舅，"伊珊愉快地叹了口气，低下头去亲吻背巾里宝宝的小脑袋，"您知道，一个多产的花园必定是一个平衡的花园。有些植物是从土壤里面汲取养料，还有些植物可以给土壤提供养分。我家园子里种的东西我们自己都吃不完，当然，很大一部分都送给别人了。您是知道的，您的外甥向来特别愿意助人为乐。"

按说提到出门在外的丈夫应该会令她伤心，但伊珊丝毫没有显露出来。这个女孩似乎没有悲伤、愚蠢的东西。事实上，她似乎还充满了自豪感。赫兰德感到困惑不解，但他尽力控制住自己。

"你知道，孩子，献祭日很快就要到了。"他期待着她听到这话以后会变得面色苍白。然而，他错了。

"我知道，舅舅。"她说着，再次吻了吻她的宝宝。她抬起头，迎战他的目光。她的表情自信地显示出她与大长老之间是平等的，而他在这种盲目的骄傲面前哑口无言。

"亲爱的舅舅啊，"伊珊温和地说，"您怎么来了？当然，无论您什么时候来我家，我都欢迎，而且我和我的丈夫自然也是很高兴见到您的。往年都是主管姐妹亲自来威慑献祭的家庭，我已经在家等了她一整天了。"

"嗯，"赫兰德说，"主管姐妹很忙，我就替她来了。"

伊珊目光犀利地看了老人一眼："您说'很忙'是什么意思？伊格纳

莎姐妹在什么地方？"

　　大长老清了清嗓子。人们从来不对他表示质疑。确实是这样，保护区里的人很少提出问题，他们总是逆来顺受地接受生活中所遭遇的一切，认为是自己的命运。而这个年轻女人，这个孩子……嗯，赫兰德心想，可以预见她一定会像多年前的那个女人一样变成疯子。要应对那些粗鲁的质疑，把人锁进塔楼要比留在家里的餐桌上有效得多，这是一定的。他又清了清嗓子。"伊格纳莎姐妹出门了，"他一字一句缓缓地说，"去做生意。"

　　"是什么样的生意呢？"伊珊眯起眼睛，问道。

　　"她自己的生意吧，我猜。"赫兰德说。

　　伊珊站起来，向两个卫兵走去。当然，她们都曾受过严格的训练，眼睛不能看民众的眼睛，而是要透过他们，面无表情地看着前方。她们的外表应该像石头一样，她们的感觉也要像石头一样，这才是一个好卫兵的标志，所有的星星姐妹都是好卫兵。而这一次，当伊珊向她们走过来的时候，这两个卫兵的脸都红了。她们垂下眼睛，望着地面。

　　"伊珊，"其中一个说，"不要。"

　　"阿梅，"伊珊说，"看着我的脸。丽莲，你也是。"赫兰德吃惊得下巴都要掉下来了，他一辈子都没见过这种事情。伊珊的身材比两个卫兵都要矮小，然而，在她们面前，她却像塔楼一样高大。

　　"哼，"他气急败坏地说，"我必须反对——"

　　伊珊没有理会他："老虎在走动吗？"

　　两个卫兵沉默不语。

　　"我觉得我们偏离了谈话的主题——"赫兰德开口说。

　　伊珊抬起手来，示意她的舅舅闭嘴。而他真的立刻就*闭上了嘴*，他自己都不敢相信。"在夜里，阿梅，"伊珊继续问道，"回答我，老虎在走动吗？"

那卫兵紧闭双唇，仿佛要把她的话逼进肚子。她退缩了。

"你究竟是什么意思？"赫兰德火冒三丈，"老虎？你这么大了，还玩什么小姑娘的游戏！"

"安静！"伊珊命令道。不可思议地，赫兰德再次陷入了沉默。他惊呆了。

那卫兵咬着嘴唇犹豫了一会儿。她靠近伊珊，小声说："嗯，我从来都没有像你那样想过，但是，是这样，现在塔楼的走廊里见不到带脚垫的爪子走动了，也听不到咆哮的声音了，有几天了。我们大家都，"——卫兵闭上眼睛——"睡得非常放松。这么多年来，这是第一次。"

伊珊用双臂搂紧了背巾中的婴儿，男孩在睡梦中叹了口气。"所以，伊格纳莎姐妹不在塔楼里。她没有在保护区，否则，我就会听到她的声音。她一定在森林里，她无疑是去杀他的。"伊珊低声自言自语。

她走到赫兰德跟前。他眯起了眼睛，这房子里的每样东西都很明亮。尽管镇上的其他地方都被浓雾笼罩着，这所房子却沐浴在阳光之下。阳光从窗户射进来，各种物体的表面都闪闪发光。就连伊珊本人似乎都在闪光，像是一颗愤怒的星星。

"我亲爱的——"

"**你！**"伊珊的怒吼是从牙缝里面挤出来的。

"我的意思是说——"赫兰德感到自己就像一张废纸一样，被揉成一团，又被扔进火里烧掉了。

"**你把我的丈夫送到森林里去死。**"她的眼睛在冒火，她的头发在冒火，连她的皮肤都燃烧起来了。赫兰德觉得他的眼睫毛都要被烤焦了。

"什么？哦，说什么愚蠢的话。我的意思是——"

"你自己的亲外甥。呸！" 她往地上啐了一口——那是一个粗鲁的行为，但是由她做出来却似乎是出奇地可爱。而赫兰德呢，他生平第一次感到了羞愧。**"你派了一个杀手跟在他后面，你唯一的妹妹和你最好的朋友的长子。** 哦，舅舅，你怎么能这样做呢？"

"事情并不是你想的那样，亲爱的。拜托，坐下来吧，我们是一家人，我们一起商量一下——"他感觉到自己的内心完全崩溃了，他的灵魂撕开了一千条裂缝。

她大踏步从他身边走过，回到卫兵面前。

"女士们，"她说，"如果你们中间的任何一个对我还有一点点情谊或是尊敬，就请允许我谦卑地请求你们的协助。在献祭日到来之前，我有件事情想要完成——"她狠狠地瞪了赫兰德一眼，"我们都知道，献祭日是不等人的。"她停顿了一会儿才把这句话说完，"我想我需要去我以前的姐妹会同事们那里看看。猫不在，就该老鼠玩了。毕竟，老鼠也能够做很多事情。"

"哦，伊珊，"那个名叫阿梅的卫兵挽住了年轻母亲的手臂，说，"我好想念你啊。"两个女子手挽着手离开了，另一个卫兵犹豫了一下，瞥了老人一眼，随后也匆匆地追了上去。

"我必须指出，"大长老说，"这简直是——"他环顾四周，然后说，"我的意思是，要守规矩，你们知道。"他站起身来，目中无人地对着空气说道，"规矩。"

✻

纸鸟们一动不动，乌鸦也没有动，卢娜也没有动。

然而，那个女人悄悄地靠近了。卢娜不知道她有多大年纪了，她一会儿看起来很年轻，再看好像又老得不行了。

卢娜没说话。女人的目光扫向枝头的鸟儿，她的眼睛眯起来了。

"我过去曾经见过这个把戏，"她说，"是你做的吗？"

她把目光转回到卢娜身上。那目光像一把利剑，从卢娜的头颅正中穿过。她疼得大叫起来。

那女人脸上露出了灿烂的笑容。"不，"她说，"这不是你的魔法。"

这个词，被大声地说出来，让卢娜觉得自己的头骨好像就要裂成两半。她用双手按住前额。

"疼吗？"那女人问，"这是很悲哀的，你不觉得吗？"她的声音里有一种奇怪的、充满希望的音符。卢娜仍然在地上蜷缩着。

"不，"卢娜的声音就像拧紧的弹簧，蓄势待发，"不是悲哀，只是烦人。"

那女人的笑容暗淡下来，变成了紧皱的眉头。她又转头去看纸鸟，斜着眼睛微笑。"它们很可爱，"她说，"那些鸟，是你的吗？还是别人送你的礼物？"

卢娜耸了耸肩膀。

那女人把头歪向一边："瞧它们都在等着你呢，等你开口说话。不过尽管如此，它们也不是你的魔法。"

"没有什么东西是我的魔法。"卢娜说。她身后鸟儿的翅膀在沙沙作响。卢娜想要转过头去看看，但这样做会打断她与陌生人的目光对峙，有个声音告诉她，她不能这样做。"我没有魔法，我怎么会有魔法？"

那女人不怀好意地笑了："噢，我不这么认为，你这个傻东西。"卢娜心里开始厌恶这个女人。"我想说有几件事都是出于你的魔法，如果我没说错的话，更多的魔法即将出现，尽管看来有人在有意地隐藏你的魔法，"她俯身向前，眯着眼睛说，"有意思，我认得那个咒语。可我的天啊，天啊，都过去这么多年了。"

纸鸟们好像接收到某种信号,不约而同地一跃而起,扇动着翅膀落到女孩身旁。它们全部把嘴巴指向陌生人,而卢娜确实感到,它们在某种程度上已经变得比以前更加强硬、尖锐、可怕。那女人一惊,后退了几步。

"哇——"乌鸦说,"继续前进。"

卢娜手下的岩石开始晃动,空气似乎也随着震动起来了,连大地都在震动。

"如果我是你,就不会信任这些鸟儿,它们有爱攻击的恶名。"那个女人说。

卢娜怀疑地看着她。

"哦,你不相信我?好啊。制造这些纸鸟的女人是个邪恶的家伙。她支离破碎,她悲伤到了无法再悲伤,她现在已经完全疯掉了,"她耸了耸肩,"一点用也没有了。"

卢娜不知道为什么那个女人会让她如此愤怒,但她必须强压心中的怒火,克制住自己的冲动,才没有立刻跳起来,往她的小腿上狠狠地踢一脚。

"啊哈,"那个陌生女人咧开大嘴笑了,"愤怒,非常好。这对我来说没什么用,唉,不过,由于愤怒往往是悲伤的前兆,我承认,我喜欢它,"她舔了舔嘴唇,"真的很喜欢。"

"我绝不会是你的朋友。"卢娜压低了声音怒吼着。武器,她心里叫道,现在我需要一个武器。

"不,"那个女人说,"我不这么认为。我只不过是到这里来取回属于我的东西,而且这东西就要到手了。我——"她停顿了一下,抬起一只手来,"慢着。"那女人转身走进了那个废弃的村庄。废墟的中央站立着一座塔楼——尽管它看起来像是站不了多久了。塔基的一边有一个宽大的缺口，就像是一张吃惊的大嘴巴。"它们在塔楼里，"女人说，很像是自言自语，"是我亲手放进去的，现在我想起来了。"她奔向那个缺口，跌了一跤，然后一路跪着爬了过去。她凝视着黑暗的内部。

"我的靴子在哪里？"女人低声说，"快出来吧，亲爱的。"

卢娜目不转睛地看着。在不是太久之前，她曾经做过一个梦。肯定是个梦，对吧？小飞龙费里安从一个破塔楼的破洞里，拿出一双靴子。这肯定是个梦，因为那时候的小飞龙是出奇地大。然后他把靴子带到她面前，她又把靴子放进了箱子里。

她的箱子！

后来她就把这事忘了，直到这一刻她才想起来。

她甩甩头，想要赶走脑子里的这些事。

"我的靴子呢？"那女人大声咆哮。卢娜往后退缩了一下。

陌生女人站了起来，宽松的长袍在她身上飘荡。她张开双臂，高高地举过头顶，做了一个俯冲的动作，猛地把空气往前一推。就这样，那座塔楼哗啦一声倒塌在地。卢娜一下子撞到岩石上。乌鸦被噪声、灰尘和巨大的骚动吓坏了，一下子蹿到天上。它在空中盘旋着，嘴里不停地咒骂。

"那塔本来就快要塌了。"卢娜小声说，想要解释她刚刚看到的情景。她盯着碎石堆上满天的灰尘、霉菌、沙砾，还有那个穿长袍的女人驼背的身影，那个女人高举着她的手臂，仿佛要把天空抓在手中。没人会有这么大的能量啊，她想，它们有吗？

"不见了！"女人嘶叫着，"靴子不见了！"

她转过身，大步向卢娜走去。她轻轻敲了一下左手腕，卢娜面前的空气就被压到地面，迫使卢娜站起来。那女人伸着左手，用爪子般的手指捏住空气，把卢娜从几米之外抓到她跟前。

"我没拿你的靴子！"卢娜都快哭了。那女人的手抓得她好紧、好痛。卢娜感到内心的恐惧就像暴风云一样在扩张。随着卢娜恐惧的增长，那女人的笑容也在增长。卢娜尽力保持镇静。"我刚刚来到这里。"

"但你已经碰过它们了，"女人低声说，"我能看见你手上残留的痕迹。"

"没有，我没有！"卢娜说，把双手插进口袋里。她拼命想要赶走对那个梦的任何记忆。

"你告诉我，它们在哪里？"女人举起了她的右手。即使是离得那么远，卢娜都可以感觉到掐在她喉咙上的手指，她开始窒息。"你现在就告诉我。"那个女人说。

"走开！"卢娜喘息着说。

突然间，一切都动了起来。鸟儿们呼啦一下飞到空中，聚集在卢娜的身后。

"哦，你这个傻东西，"那女人哈哈大笑，"你认为你那愚蠢的小把戏可以——"鸟儿们开始进攻了，像旋风一样在空中盘旋。它们振动着空气，它们让岩石颤抖，它们让大树都弯下了腰。

"**把它们赶走！**"那女人尖叫着，挥舞着双手。鸟儿割破了她的手，割破了她的前额。它们毫不留情地攻击那个女人。

卢娜把乌鸦紧紧地抱在胸前，飞也似的跑掉了。

35. 格勒克闻到了不祥的味道

"格勒克，我身上痒痒，"小飞龙费里安说，"我全身都痒痒。我是世界上最痒痒的。"

"怎么了，亲爱的孩子，"格勒克沉重地说，"你是怎么知道的？"他闭上眼睛，深深地吸了一口气。她去哪儿了？他思索着。你在哪里啊，阿仙？他觉得担忧的藤蔓紧紧缠绕着他的心，勒得他的心脏几乎都不能跳动了。费里安坐在格勒克两眼之间宽大的眉心上，疯狂地抓挠自己的后背。格勒克翻了个白眼，说："你根本就没见过整个世界，不可能会是世界上最痒痒的。"

费里安的尾巴痒，肚子痒，脖子也痒，他的耳朵、脑壳和他的长鼻子全都痒。

"龙会蜕皮吗？"小飞龙突然问。

"什么？"

"龙会蜕皮吗？像蛇一样？"小飞龙撞了一下他肚子左边。

格勒克开始认真地思考这个问题，他搜遍了自己的大脑。龙属于独居的物种，稀有而罕见，很难去研究。根据他的经验，就连龙本身，对别的龙也不太了解。

"我不知道，我的朋友。"他终于开口了。

每一种平凡的兽类都必须找到它生命的归宿——

无论是森林还是沼泽、田野还是火。

"这就是诗人告诉我们的。当你找到你的归宿时，也许你会了解到你想知道的一切。"

"但我的归宿是什么呢？"小飞龙一边问，一边抓挠着，好像要把全身的皮肤撕下来似的。

"龙嘛，最初是在星星上形成的，也就是说，你的归宿是火。只要从火里走过，你就会知道你是谁了。"

小飞龙思考着。"这听起来很可怕，"最后他说，"我根本不想到火里去。"他肚子好痒，"那你的归宿是什么，格勒克？"

沼泽怪兽叹了口气："我吗？"他又叹了口气，"沼泽，"他说，"大沼泽。"他把右侧的手臂按在自己的心脏上，"沼泽、沼泽、沼泽，"他一顿一顿地念叨着，好像是心跳的节奏，"沼泽是世界的心脏，沼泽是世界的子宫，沼泽是创造世界的诗篇。我就是沼泽，沼泽就是我。"

小飞龙皱起了眉头。"不，你不是，"他说，"你是格勒克，你是我的朋友。"

"有时候，人不仅仅是单一的。我是格勒克，我是你的朋友，我是卢娜的家人。我是诗人，我是创造者，我是沼泽。但是对你来说，我只是格勒克，你的格勒克。我真的非常爱你。"

这是真的。格勒克爱费里安，如同他爱阿仙，如同他爱卢娜，如同他爱整个世界。

他又深吸了一口气。他至少应该能够赶上一次阿仙咒语中的风啊。那为什么没赶上呢？

"当心，格勒克。"费里安突然叫道，飞了起来，在格勒克面前兜圈子，几乎碰到他的鼻子了。他用拇指向身后指指："那边的地面很薄——只有石头的表皮，底下有燃烧的火。你肯定会掉下去的。"

格勒克皱起了眉头。"你肯定吗？"他眯着眼睛看着前方延伸出去的岩石，热浪翻滚而来，"不应该在这里燃烧啊！"但确实如此。这条岩石的裂缝显然是在燃烧，而脚下的山在隆隆作响。这种情景曾经发生过，当时整个大山都像一个熟过头的孜林球茎，要被剥掉一层皮。

自从上次火山爆发，那神奇的"塞子"阻止了火山的喷发之后——火山从来也没有真正地沉睡过，即使在早期也是这样。它一直都在隆隆作响、变化无常、躁动不安。但是这次感觉不同。这次来得更加凶猛。这恐怕是五百年来的第一次，格勒克担心地想。

"费里安，小伙子，"怪兽说道，"让我们加快步伐，好吗？"他们开始沿着裂缝的高端往前走，寻找一个安全的地方跨越过去。

沼泽怪兽环顾森林，扫视着灌木丛，眯起眼睛，尽可能看得远一些。他过去做这类事情比现在做得好，他过去做很多事情都比现在做得好。他深深地吸了一口气，好像要把整座山都吸进鼻子里去。

小飞龙非常好奇地看着沼泽怪兽。

"你闻到什么了，格勒克？"他问。

格勒克摇了摇头。"我熟悉那种味道。"说着，他闭上了眼睛。

"阿仙的味道吗？"费里安飞回来，落到怪兽的头顶上。他试着闭上眼睛去闻一闻，结果却打了个喷嚏。"我爱闻阿仙的味儿，我非常喜欢那味儿。"

格勒克摇了摇头，摇得很慢，这样小飞龙才不会掉下来。"不——"他低声吼叫着说，"是其他人的。"

✿

伊格纳莎姐妹要是想快跑，可以跑得很快，像老虎一样快，像风一样快，反正，比她现在走的要快。但这完全不能跟她穿着靴子的时候相提并论。

那双靴子！

她已经忘记了自己曾经多么喜爱它们。那时候的她，对一切都充满了好奇，疯狂地爱上了旅行，渴望着在一个下午就跑到世界的另一边，然后又回到家中。但保护区美味和丰富的悲伤喂养着她的灵魂，让她变得懒惰、自满又肥胖。而现在，只要想想这双靴子，就会给她带来青春的火花。那双漂亮的靴子漆黑油亮，好像把周围的光线都能折弯。当伊格纳莎姐妹在夜间穿上这双靴子，她在星光的照耀下会变得精力充沛——如果时间合适的话，月光也有同样的效力。这双靴子滋养着她身上的每一块骨头，靴子带来的那种魔法与她从悲伤中得到的完全不同。（但是，让自己对美味的悲伤上瘾是多么容易啊！）

现在，伊格纳莎姐妹体内的魔法储备都开始衰退了。她从来没有想过要未雨绸缪，以备不时之需，保护区里美妙的愁云惨雾从来也不缺乏。

*愚蠢！*她责怪自己。*懒惰！嗯，我只需要简单地记住要更加灵活。*

但首先，她需要那双靴子。

她停下脚步，拿出她的占卜仪来寻找答案。起初，她所能看到的只是一片黑暗——一种紧缩的、密闭的黑暗，有一道淡淡的、水平的光线将黑暗分成两半。慢慢地，光线开始变宽，一双手伸了进去。

一个箱子，她想，靴子在箱子里，有人把它们偷走了，再次被偷走了！

"那靴子不是给你的！"她喊道。虽然那双手的主人根本没有办法听到她的声音——没有魔法无论如何是听不到的——手指似乎在犹豫。那双手缩回去了，甚至还有点颤抖。

那双手不是孩子的，肯定不是，那是成年人的手，但是谁的手呢？

一个女人的脚伸进了靴子的开口，靴子把脚紧紧地包在里面。伊格纳莎姐妹知道，穿靴子的人可以随意将靴子穿上或脱下，但是只要穿靴子的人还活着，就没有任何外界力量可以强行将靴子脱下。

好吧，她想，那应该不是个问题。

靴子朝着看起来像个圈养牲畜的地方走去。不管是谁穿着，那人根本就不知道这靴子的特殊功能。如此奢侈地浪费一双七里格靴，把它们当作工作鞋，这简直是犯罪！是丑闻！她想。

穿靴子的人在山羊旁边停下了脚步，山羊们亲热地闻着她的裙子，伊格纳莎姐妹对摇尾乞怜的行为很是不以为然。接着，穿靴子的人开始四处走动。

"啊！"伊格纳莎姐妹更加专注地用占卜仪看着，"让我们看看你在哪儿，好吗？"

伊格纳莎姐妹看到一棵大树，树干的中间有个门。还看到一片沼泽地，上面点缀着鲜花。那个沼泽地看起来非常眼熟。她还看到一个陡峭的山坡，坡顶有几个锯齿状边缘的圆坑——

我的上帝啊！这是那个火山口吗？

还有！我认识那条路！

还有！那些石头！

会不会是那双靴子自动回到她的旧城堡，或者说是城堡的遗址？怎么说都行吧。

家，她不由自主地想到，那个地方曾经是她的家，经过这么多年，也许现在也还是。不管在保护区的生活有多么安乐，她再也没有像在城堡里同那些魔法师和学者们在一起的时候那么快乐了。可惜他们都死了。如果按照最初的计划，他们能穿上那双靴子的话，当然就不会死了。他们没有想到有人会把靴子偷走，自己逃离危险，把他们都抛在后面。

而他们还自认为很聪明！

到头来，他们谁都没有伊格纳莎聪明，她可以用整个保护区来证明。当然，没有人活下来为她做证，这是她的遗憾。她所拥有的也就是那双靴子，而现在靴子也没有了。

没关系，她对自己说，*我的就是我的，那就是一切。*

一切。

随后，她沿着小路朝自己的家跑去。

36. 一张无用的地图

　　卢娜从出生到现在，从来没有这样拼了命飞速地奔跑过。她似乎跑了好几个小时，好几天，好几个星期，她一直在跑。她从一块岩石跑到另一块岩石，从一个山脊跑到另一个山脊。她跳过山涧和小溪，树木都弯下腰来给她让路。她不曾停下脚步看看是否可以放慢速度，也不去管一步要跳多远。她脑子里面，只有一个像老虎那样张着血盆大口咆哮的女人。那个女人非常可怕。卢娜所能做的只有努力打消她不断增长的恐惧。乌鸦从女孩手中挣脱了，飞到空中，在她头上盘旋。

　　"哇——"乌鸦叫道，"我觉得她没有跟上来。"

　　"哇——"他又叫了一声，"我可能误会纸鸟了。"

　　卢娜跑上了一个陡峭的山头，站在边上，这样可以看得更远，还可以确定后面有没有人在追她。没有人。森林里面只有树木。她坐在岩石裸露出来的光滑面上，打开笔记本，查看着她的地图，但是她已经偏离了设定的路线，她都不知道自己现在是否还在地图的版面之内。卢娜叹了口气。"坏了，"她说，"我好像把事情办砸了。我们离祖母所在的位置并不比出发的时候更近。而且你看，太阳就要落山了，森林里还有个奇怪的女人。"她咽了一口唾沫，"她肯定是有问题的，虽然我不知道是什么问题，但是我无论如何也不能让她靠近我的祖母。绝对不能。"

　　卢娜的大脑突然挤满了她所知道的事情，而她却不知道自己是如何知道这些事情的。的确，她的脑子就像是一个巨大的储藏室，里面橱柜上的锁一下子全开了，而且柜门也自动打开了，并将里面储存的东西一股脑地倒在地板上，而且这些东西里面，没有一样卢娜记得是自己放进橱柜里的。

那时候她还很小——她不太知道到底有多小，但是肯定很小。她站在空地的中心。她的眼睛里面一片空白，她的嘴巴张着。她被固定在地上，一动也不能动。

卢娜倒抽了一口气，这记忆的图像竟然如此清晰。

"卢娜！"费里安从她的口袋里爬出来，呼唤着她，在她面前打转，"你怎么不动了？"

"费里安，亲爱的，"她的祖母说，"你到高高的火山口的最边上，去给卢娜采一朵心形的红花。她正在和你做一个游戏，只有你把这花带来给她，她才能动起来。"

"我最爱做游戏了！"费里安开心地叫了一声，呼啸着飞走了，一路上兴高采烈地吹着口哨。

格勒克从铺满红藻的沼泽里冒出头来。他先睁开一只眼睛，又睁开另一只眼睛，然后朝天转动着两个巨大的眼球。

"你又在撒谎了，阿仙。"他责备她说。

"这是善意的谎言！"仙婆婆申辩着，"我说谎是为了保护他们！我还能怎么说呢？我没办法用一种他们能够理解的方式来解释现实啊。"

格勒克艰难地从沼泽里爬了出来，黑色的水珠顺着他油腻发光的黑皮肤往下流。他走近卢娜，看着她一眨不眨的眼睛。格勒克湿乎乎的大嘴巴嘟了起来。"我不喜欢看到她这个样子，"说着，他把两只手放在卢娜的脸颊上，另外两只手放在她的肩膀上，"这已经是今天她第三次变成这样了。这次又是怎么了？"

仙婆婆呻吟了一声，说："是我的错。我可以发誓，我真的感觉到了一些东西，像是一只老虎正在穿过森林，但并不是，你懂的。噢，你当然知道我是怎么想的。"

"是她吗？那个悲伤魔女？"格勒克的声音变成了可怕的轰鸣。

"不是。我已经担惊受怕了五百年。她一直在我的梦中出现，我绝对不会弄错。但，这回不是。什么都没有，可是，卢娜看到那个魔法占卜仪了。"

格勒克把卢娜揽到怀里，仙婆婆一瘸一拐地走开了。他用自己的尾巴当摇椅，让卢娜舒舒服服地躺在他柔软的肚子上。他伸出一只手去，轻轻地把卢娜的头发捋到脑后。

"我们需要把这事告诉费里安。"他说。

"不能告诉他！"仙婆婆叫了起来，"你看卢娜刚瞄了一眼那个占卜仪就出事了！我把它拆开了她也没见好——已经过了好一会儿了。想象一下，如果费里安不小心说漏了嘴，让她知道了她的祖母是一个女巫，那她每一次看到我的时候，都会昏迷的——每一次！在她年满十三岁之前都会是这样。等到她成为一个有魔法的人，我就会走了。没了，格勒克！那时谁来照顾我的宝贝啊？"

仙婆婆走过来，把脸贴在卢娜的脸颊上，双手环抱着沼泽怪兽。至少抱住了他身体的一部分，毕竟，格勒克太庞大了。

"我们现在要拥抱吗？"费里安把花带回来了，"我最喜欢跟你们拥抱了。"他像箭一样投入格勒克一条手臂的弯头，将自己的身体塞入格勒克柔软的褶皱里，再一次地，成为世界上最幸福的龙。

卢娜静静地坐着，她的脑子在追赶着自动显示给自己的记忆——她那些已经解锁了的记忆。

女巫。

成为一个有魔法的人。

十三岁。

走了。

卢娜用手掌的根部压住眉头，想要止住那天旋地转的感觉。有多少次，她脑海中的想象就像鸟儿一样，突然地飞走了？现在它们又都回来了，统统挤在脑子里。卢娜十三岁的生日很快就要到了。而她的祖母病了，而且很虚弱。不久以后，她就会走了。那时，就只剩卢娜孤独一人，而且是一个有魔法的——

女巫。

这是她以前从来没听说过的一个词，但是现在，当她搜索自己的记忆时，发现到处都有这个词。当她和祖母访问森林另一边的城镇时，人们在市场的广场上这样叫，人们在她们去家访的时候也会这样叫。当人们需要祖母的帮助时，也许是要生孩子，也许是要解决纠纷的时候，都会这样叫。

"我的祖母是个女巫，"卢娜大声叫道，这是真的，"现在我也是个女巫了。"

"哇——"乌鸦说，"那又怎么样呢？"

她眯起眼睛盯着乌鸦，嘴唇紧紧地缩成了一个疙瘩。"你早就知道了吧？"她问道。

"哇——"乌鸦说，"很显然是啊。你以为你是谁？你不记得我们是怎么认识的吗？"

卢娜抬头看着天。"嗯，"她说，"我还真没有好好想过。"

"哇——"乌鸦说，"正是，这正是你的问题。"

"一个占卜仪。"卢娜嘴里嘀咕着。

她记起来了，她的祖母不止一次地制造过这种装置。有时候用绳子，有时候用生鸡蛋，有时候用一个乳草荚里面黏糊糊的东西。

"重要的是做这东西的意图是什么，"卢娜大声说，她的骨头在她说的时候嗡嗡作响，"任何一个好的女巫都知道如何用手边的东西来制造工具。"

这并不是她的话，这是她的祖母曾经说过的话。当她祖母说这话的时候，卢娜就在房间里。但是，当时这些话飞走了，她脑子里留下一片空白。现在，它们又回来了。她把身体向前探出去，往地上吐了些口水，和上土，做成了一小团泥巴。她用左手揪了一把石头缝里长的干草，拿干草蘸着口水泥巴，打了一个非常复杂的结。

她并不明白自己在做什么——起码不完全明白。她本能地动着手，就像在试着拼凑一首她曾听过的，但是几乎完全想不起来的歌。

"让我看看我的祖母。"说着，她把大拇指伸进那个草结的中心，抻出来一个洞。

卢娜起初什么也没看见。

接下来，她看到一个脸上布满了伤疤的男人正在穿越森林。他吓坏了，他被树根绊倒，还两次撞到树上。对于一个显然不知道自己要去哪里的人来说，他的动作太快了。但是没关系，因为这个占卜仪显然不太管用。她并不想去看一个男人，她要看的是自己的祖母。

"我的祖母。"卢娜更加清晰地大声地说。

那男人穿着一件皮背心，腰带两边都挂着小刀。他打开背心上的口袋，给藏在里面的东西唱着歌。口袋的皮褶里面偷偷地探出来一个小小的鸟嘴。

卢娜眯起眼睛仔细看，那是一只燕子，它很老了，还生着病。"我曾经画过你的。"她大声说。

那燕子，仿佛在回应她的话，把整个头都伸出来，四下张望。

"我是说，我要看我的*祖母*。"她几乎大声喊起来了。那燕子挣扎着，喳喳地大叫着,好像拼命地要出去。

"现在还不行,傻瓜,"占卜仪里的人说,"等咱们先治好你那个受伤的翅膀,然后你就可以出去了。来,吃下这只蜘蛛吧。"那人把一只挣扎着的蜘蛛塞进燕子正在抗议的嘴里。

燕子嘴里吃着蜘蛛,脸上的表情既沮丧又感激。

卢娜也在沮丧地咕哝着。

"我还不太擅长用这东西。让我看看我的**祖母**。"她坚定地下令。占卜仪清晰地聚焦在燕子的脸上,而燕子的眼睛也通过这个占卜仪,正对着卢娜的眼睛。燕子看不见她,它当然看不见卢娜。然而,卢娜却看得见,那只鸟在慢慢地摇着头,慢慢地从一边摇到另一边。

"是阿婆?"卢娜低声说。

紧接着,占卜仪里面变得漆黑一片。

"回来!"女孩大叫。

那个临时的占卜仪一直黑着。卢娜开始意识到,那占卜仪并没有坏,是有人屏蔽了它。

"哦,阿婆,"卢娜低声叫道,"你都做了些什么呀?"

37. 女巫得到了惊人的信息

    这不是卢娜,仙婆婆一遍又一遍地对自己说。我的卢娜在家里,很安全。她不停地对自己这样说,一直说到自己都觉得是真的了。那人又把一只蜘蛛塞进她的嘴里。不管她心里多么排斥这食物,也不得不承认,她鸟类的食道觉得蜘蛛非常美味。这是她变成燕子之后第一次真正地吃了顿饭,而这也可能是最后一顿饭了。生命在她眼前慢慢消失,这事实本身,并没有让她感到悲伤,但是一想到就要离开卢娜……

    仙婆婆浑身发抖。鸟儿是不哭的,但如果她还是老太婆的样子,她一定会哭的,她会哭整整一夜。

    "你没事吧,我的朋友?"那人说,他的声音很轻,而且有点慌乱。仙婆婆乌黑明亮的鸟眼也不会像她人类的眼睛那样翻白眼,而且,嗨,即使会翻他也看不出来。

    但是仙婆婆这样做对他不公平。他是个很好的年轻人,也许有点爱激动,过于热心。她以前见过这种类型的人。

    "噢,我知道你只是一只鸟,你不可能理解我,但我过去从来没有伤害过任何一种生物。"他的声音哽咽了,眼睛里涌出两颗巨大的泪珠。

    哦!仙婆婆想,你心里难受啊。她往他身上靠得更紧一点,咕咕呜呜温柔地叫着,尽一只鸟儿最大的力量让他感觉好受一些。仙婆婆非常擅长安慰别人,她积累了五百年的实践经验。她总是能减轻别人的悲伤,抚平别人的痛苦,她还有一双倾听他人苦衷的耳朵。

那个年轻人生了一小堆火，正在烤一根从背包里取出来的香肠。如果仙婆婆还有人类的鼻子和人类的味蕾，肯定会闻到和尝到香肠的美味。而她现在处于鸟类的状态，也还能闻出香肠里面至少有九种不同的香料，还掺有一点苹果干和碾碎的孜林花瓣。这里面还有爱的味道，大量的爱。这爱的味道她在背包打开之前就闻到了。背包里的东西是别的什么人帮他准备的，仙婆婆心想，有人非常喜欢这个青年，幸运的家伙。

香肠在火上烤得冒泡，发出咝咝的声响。

"我猜你不会想要吃点香肠吧？"

仙婆婆啾啾地叫着，希望他能听懂她的意思。首先，她做梦也不会想吃这小伙子的食物——特别是当他在森林里迷路以后。其次，她那鸟类的食道是绝不能容忍肉食的。虫子还可以，其他东西只会令她呕吐。

年轻人咬了一口香肠，虽然他笑着，但是更多的眼泪顺着他的脸流了下来。他低头看着那只燕子，窘迫得脸都红了。

"对不起，长翅膀的朋友，你看，这香肠是我心爱的妻子做的，"他的声音哽咽了，"伊珊，她的名字叫伊珊。"

仙婆婆啾啾地叫着，鼓励他继续讲下去。这个年轻人心中像是有太多的感情，而他就像一堆干柴，等待着第一个灼热的火花。

他又咬了一口香肠。这时，最后一线阳光都消失了，星星开始在越来越黑的天幕中显现出来。他闭上眼睛，深深地吸了一口气。仙婆婆感觉到了年轻人内心深处的一点噪声——对失败的担忧。她咯咯地笑着，吱吱地叫着，还在他手臂上轻轻地啄了一口——鼓舞人心的一口。他低头看看她，笑了。

"你怎么啦，我的朋友？我觉得我可以跟你无话不谈。"他伸手往火堆上加了一些干柴。"不用放太多，"他说，"这只是为了让咱们俩暖和

231

一点,等月亮升起来,咱们就必须上路了。毕竟,献祭日是不等人的。至少,到目前为止都没有耽搁过。但是我们拭目以待吧,小朋友,也许我可以让它永远地等待下去。"

献祭日,她心想,他在说什么呀?

她再次迅速地啄了他一下。继续说,她在无声地鼓励他。

年轻人笑了。"哈,你真是一个不安分的小东西。即使伊珊不能把你的翅膀治好,我们也保证让你将来有一个幸福舒适的家庭和生活。伊珊……"他叹了口气,"她真是一个奇女子,她可以将一切都变得那样美好。哪怕是我,我也和那些人一样丑陋。我爱她,你知道,当我们还是孩子的时候我就爱上了她。但当时我很害羞,她加入了姐妹会,后来我就被毁容了。孤独让我获得了平静。"

他往后仰了仰身子,他那刻着深深疤痕的脸在火光中闪闪发光。他不丑,但他是支离破碎的。不是因为这些伤疤,而是其他的东西令他心碎。仙婆婆把目光落在他的心上,屏气凝神地察看着里面。她看到一个头发像蛇一样扭动的女人待在房梁上,怀里抱着一个幼小的婴儿。

一个有新月形状胎记的婴儿。

仙婆婆的心一下子冷了。

"你可能不知道,我的朋友,这树林里有个女巫。"

不,仙婆婆在心里叫道。

"她把我们的小孩子带走,一年带走一个。我们必须把年龄最小的婴孩丢在梧桐树围起来的空地上,不许回头看。如果我们不这样做,女巫就要毁灭我们所有的人。"

不,仙婆婆在叫,不、不、不。

那些小婴孩!

他们可怜的母亲们,他们可怜的父亲们。

她始终疼爱着每一个弃婴——她当然爱他们——而他们也全都过上了幸福的生活……可是,噢!那些父母的悲伤就像乌云一样笼罩在保护区的上空。我怎么就没有看到呢?

"我到这里来就是为了她,为了我美丽的妻子伊珊。因为她是那样爱我,想跟我建立一个美满的家庭。但我们的宝宝今年是保护区里年龄最小的,我不能允许我的孩子,伊珊的孩子——被带走。大多数人只是逆来顺受地继续生活——他们能有什么选择呢?但是也有一些人,就像我的伊珊这样心灵柔软的人,她们会因悲恸欲绝而变成疯子。然后,她们就被关进了牢房。"他停顿了一下,他的身体在发抖,也或许是仙婆婆在发抖,"我们的儿子,他那么漂亮,要是他被女巫带走,会怎么样呢?伊珊会死,我也会死。"

仙婆婆觉得如果自己还有多余的魔法,她会立即变回原形,把可怜的男孩抱在怀里。她会告诉他自己所犯的错误,她会告诉他是自己穿越森林带走了无数的孩子,告诉他那些孩子现在是多么快乐,他们的家庭有多么幸福。

但是,哦!悲伤笼罩着保护区!

而且,哦!悲恸在肆意横行!

还有,哦!一个悲伤到疯狂的母亲的号叫声。尽管他当时不知道如何去做,但是毕竟他没有采取任何行动来阻止这一暴行。仙婆婆可以看到年轻人心中挥之不去的记忆。她可以看到内疚和羞耻是如何在他心中扎根、硬化和肿胀的。

这一切究竟是怎样开始的呢?仙婆婆问自己,怎样开始的?

仿佛是要回答这个问题,她听到自己的记忆里传来了一种静悄悄的、带有掠夺性的、非常可怕的脚步声，越来越近，越来越近，越来越近。

不，她想，这不可能。不过，她还是很小心地把自己的悲伤埋藏在心里。她比任何人都明白，当悲伤被错误地利用时，会造成多大的危害。

"不管怎么说，我的朋友，过去我从来没有杀过任何人，从来没有伤害过任何生物。但是，我爱伊珊，我爱我的儿子路肯。我会不惜一切地来保护我的家人。我现在对你说这些，我的小燕子，是因为不想让你在看到我做那些必须要做的事情的时候，吓到你。我不是一个坏人，我是一个热爱自己家人的人。正是因为我爱他们，我会杀死那个女巫。我会的。不成功，便成仁！"

38. 云开雾散了

当伊珊和阿梅穿过广场走向塔楼的时候,看到走在路上的保护区里的人都用手遮住眼睛。他们脱掉了披风和大衣,享受着阳光照射在皮肤上的感觉,惊叹着没有了平日的寒冷与潮湿,学习着在云雾消散之后怎样眯起眼睛看东西。

"你见过这样的天空吗?"阿梅惊叹不已。

"没有,"伊珊缓缓地说,"我没见过。"小婴儿舒舒服服地在妈妈胸前鲜艳的布袋里喃喃自语。伊珊用双手搂着儿子温暖的身体,亲吻着他的额头。他很快就需要喂奶了,尿布也该换了。再过一会儿,宝贝儿,伊珊在心里说,妈妈需要去完成一个任务,一个很早以前就应该完成的任务。

当伊珊还是一个小女孩的时候,她的母亲一遍又一遍地给她讲森林里的女巫的故事。伊珊是个非常好奇的孩子,一旦知道了她哥哥是被献祭的婴儿之一,心中就充满了疑问。他去哪里了?如果她想要找到他,该怎么办?女巫是什么?她吃什么?她寂寞吗?你确定她是女的吗?如果不能打败一个你完全不了解的对手,那为什么不先去了解呢?都说女巫是邪恶的,但她究竟怎么邪恶了?有多么邪恶呢?

伊珊无休止的提问产生了后果,而且是可怕的后果。她的母亲——一个苍白、憔悴的女人,充满了消极和悲伤,开始像着了魔似的谈论女巫。即使没有人问她,她也要给人家讲女巫的故事。她做饭的时候、打扫卫生的时候,都在自言自语地念叨着女巫的故事。就连去远处的沼泽收割的时候，一路上跟同行的人也在不停地讲。

"女巫吃小孩子，要不就把他们当成奴隶，或者把他们吸干。"伊珊的母亲说。

"女巫长着有肉垫的爪子，在树林里四处徘徊。很久以前，她吃了一只悲伤的老虎的心，那颗心仍然在她的胸膛里跳动。"

"女巫有时候会变成一只鸟，她晚上可以飞进你的卧室，把你的眼睛啄出来！"

"她像尘土一样古老，她可以穿着七里格靴跑遍全世界。小心点，别淘气，要不她会从你的床上把你抓走！"

随着时间的推移，她的故事变得越来越冗长而纠结。它们像一条沉重的锁链缠绕在她的身上，直到有一天，她终于撑不下去了，或许，她就死了。

或许，这只是伊珊的看法吧。

当时伊珊十六岁，整个保护区都公认她是一个非常聪明的女孩，不仅手巧，脑子也快。当星星姐妹会在她母亲的葬礼之后到家里来，主动给她一个见习生的位置时，伊珊只是稍微犹豫了一下就答应了。她的父亲不在了，她的母亲也不在了，她的哥哥（没有被巫婆带走的那个）已经结婚了，并不经常回来，因为家中的气氛太令人伤心了。她的班上有一个男孩很让她动心——坐在后排的那个安静的男孩，但是他来自一个有地位的家庭，属于富有的家庭，他不可能看得上她。当星星姐妹们来了之后，伊珊就把自己的东西收拾好，跟着她们走了。

但后来她注意到，她在塔楼里所学的东西——天文学、植物学、力学、数学、火山学——里面都没有提到女巫，一次也没有，世间并不存在什么女巫。

再后来，她注意到伊格纳莎姐妹似乎根本就不会变老。

再后来，她注意到了脚踏着地的脚步声，每天夜里都在塔楼的走廊里徘徊。

再后来，她看到她的一个见习生姐妹因为祖父死了痛哭流涕，而伊格纳莎姐妹死盯着那个女孩——她浑身的饥饿、肌肉和掠夺性，猛然激增。

伊珊花费了她整个的童年来承受母亲讲女巫故事的压力。的确，她所认识的每个人都有同样的压力。他们的后背让女巫的故事压弯，他们悲伤的心像石头一样沉重。她加入星星姐妹会，为的是寻求事实真相。但是，关于女巫的真相却无处可寻。

她知道一个故事可以说出真相，但是也可以制造谎言，故事可以扭曲和混淆事实。掌控故事的确是一种权力，而谁能从这权力当中获益最多呢？随着时间的推移，伊珊的目光越来越少地面向森林那边，更多地指向塔楼在保护区投下的阴影。

就是在那个时候，伊珊意识到自己已经从星星姐妹会那里学到了她所需要的一切，是离开她们的时候了。在她丧失灵魂之前，最好赶紧离开。

所以那时，她带着自己完好的灵魂及时离开了塔楼。而现在，伊珊又回来了，而且同阿梅手挽着手。

✿

安坦最小的弟弟阿韦，到门口迎接她们。在安坦的所有兄弟当中，伊珊最喜欢阿韦了。伊珊伸出双臂，紧紧地把他抱在怀里，并且借机把一张纸条塞进他手中。

"我可以信任你吗？"她用轻得几乎听不到的声音在他耳边说，"你能帮我拯救我的家人吗？"

阿韦没有作声，他闭上眼睛，感觉到他嫂嫂的声音就像一条柔软的丝带包裹着他的心。塔楼里几乎没有什么善良可言，而伊珊是他所见过的最善良的人。他再次用力抱了抱她，只是为了确定她是真实的。

"我想这会儿我以前的姐妹们正在上冥想课,亲爱的阿韦。"伊珊微笑着说。当她说出这个名字时,阿韦的心颤抖了。在这个塔楼里,没有人叫他的名字——他只是"那孩子"。他已经暗下决心,无论伊珊要让他做任何事情,他都会全力以赴。"请你带我到她们那儿去,好吗?趁你在这里,我还有一些事情要请你去做。"

✿

星星姐妹们集合在一起,进行每天例行的清晨冥想——整整一个小时的沉思,接着是唱歌,随后是快速对打练习。伊珊和阿梅打开门进入房间的那一刻,恰巧让歌曲开头的第一个音符飘入了石头走廊。看到伊珊来了,她们的歌声戛然而止。小婴儿发出咿咿呀呀的声音。她们张大嘴巴盯着,瞠目结舌。最后,终于有一个姐妹开口了。

"是你!"她说。

"你离开了我们。"另一个人说。

"从来没有人离开过的⋯⋯"第三个人说。

"我知道,"伊珊说,"知识确实是一个可怕的力量。"这是姐妹会的非官方座右铭。没有人比星星姐妹们知识更加丰富,没有人能比她们有更多的机会获得知识。而在这里,她们可以。她抿住嘴唇,没有任何暗示。好吧,她想,我今天就来改变这种现象。

"我离开了这里,这并不是一件容易的事,我很抱歉。但是我亲爱的姐妹们,在我再次离开之前,必须告诉你们一些事情。"她俯身吻了吻儿子的前额,"我得给你们讲个故事。"

✿

阿韦伫立在冥想室的门边,背靠着墙壁。

他手里拿着一条长链子,还有一把挂锁,他过一会儿得把开锁的钥匙悄悄塞到伊珊手里。一想到这事，他的心就怦怦直跳。他以前从来没有做过破坏规矩的事，但伊珊是那么善良，而塔楼是如此……不善良。

他把耳朵贴在门上，伊珊的声音像铜钟一样庄严。

"传说中的女巫并不在森林里，"她说，"女巫就在这里。很久以前，她创立了这个姐妹会。她捏造出另外一个女巫的故事，另一个会吃婴儿的女巫。姐妹会里的这个女巫，是靠着吃保护区里的悲伤来生存的——我们各个家庭的悲伤，我们众多朋友的悲伤。我们的悲伤巨大无边，而这些悲伤把她喂养得无比强壮。我知道这件事已经有很长一段时间了，但悲伤的愁云蒙蔽了我的心智和头脑——同样的愁云也蒙蔽了保护区的每一栋房屋、每一座建筑和每一个鲜活的灵魂。多少年来，那悲伤的云屏蔽了我所有的知识。而现在，我们头顶上的乌云已经消散，太阳闪耀着金光。我可以看清楚事实的真相了，我想你们也可以看清楚了。"

阿韦在皮带上挂了一个钥匙环，这是计划的下一步。

"我不想占用你们更多的时间，所以我现在就和那些愿意离去的人一起离开。对决定留下来的人，我要说，谢谢你们，我非常珍惜跟你们在姐妹会共度的时光。"

伊珊大踏步走出房间，九个姐妹跟在她的后面。她向阿韦点了一下头。他立即关上门，把铁链子绕在把手上，打了一个很紧的结，上了锁，并把钥匙塞到伊珊手中。伊珊握住他的手，轻轻地捏了一下。

"见习生都在哪儿？"

"在手稿室里。她们在做复制工作，要做到吃晚饭的时间。我把门锁上了，她们还不知道被锁在里面了。"

伊珊点点头。"很好，"她说，"我不想吓到她们，等一会儿我会去跟她们谈一谈，我们先把囚犯放出来。这个塔楼应该是学习的中心，而不是暴政的工具。今天所有的门都要打开。"

"就连图书馆的门也要打开吗?"阿韦满怀期望地问。

"图书馆的门也要打开。知识就是力量,但它如果被囤积并且隐藏起来,就会变成非常可怕的权力。今天,知识是属于每一个人的。"她挽起阿韦的胳膊,两人急匆匆地走遍塔楼各处,打开每扇房门的锁。

✿

保护区里失去孩子的母亲们发现自己的头脑中充满了幻象,这种情形已经有好几天了——自从伊格纳莎姐妹悄悄进入森林以来。然而并没有人知道她走了,她们只知道头顶上的雾霾都散开了。突然间,她们的脑海里涌现出许多画面,一些完全不可能发生的画面。

这是我失去的宝宝,在一个老妇人的怀抱里。

这是我失去的宝宝,肚子里装满了星星。

这是我失去的宝宝,在别的女人怀中,那人说自己是宝宝的妈妈。

"这只不过是个梦。"母亲们一遍又一遍地告诉自己。保护区的人都习惯了做梦,毕竟,愁云惨雾使人们昏昏欲睡。他们悲伤地进入梦乡,然后又悲伤地从梦中醒来。这并不是什么新鲜事。

但是现在,雾霾已经散开。这些就不仅仅是梦境了,而是她们头脑中显现的真实情景。

这是我失去的宝宝,跟他新家的兄弟姐妹们在一起。他们都爱他,非常爱他。他在他们面前闪闪发光。

这是我失去的宝宝,她刚刚迈出了人生的第一步。看看她有多么高兴!看看她是多么自豪!

这是我失去的宝宝,他正在爬树。

这是我失去的宝宝,在朋友们的欢呼声中,他从一块高高的岩石跳进了一个深深的水池里。

这是我失去的宝宝，他正在学习阅读。

这是我失去的宝宝，他在用积木搭建房子。

这是我失去的宝宝，她牵着她心爱的人的手说："是的，我也爱你。"

眼前的情景是如此真实，如此清晰，妈妈们似乎都可以闻到孩子头上的温暖气息，可以触摸到那结痂的膝盖，可以听到那来自远方的声音。她们发现自己在哭喊着孩子们的名字，再次感受这种撕心裂肺的丧子之痛——仿佛是刚刚才发生的，哪怕事情已经过去了几十年。

然而在这云开雾散、碧空如洗之时，她们还发现自己感受到了其他一些东西——以前从未感受过的东西。

这是我失去的宝宝，她抱着自己可爱的婴儿。我的孙儿，她知道没有人会把她的孩子带走。

希望，她们感受到了希望。

这是我失去的宝宝，跟他的朋友们在一起，他在笑，他热爱他的生活。

喜乐，她们感受到了喜乐的滋味。

这是我失去的宝宝，她跟丈夫和家人手牵着手，凝视着天上的星星。她不知道我是她的母亲，她从来、根本就不认识我。

母亲们停下了手头正在做的事情。她们跑到外面，她们跪倒在地上，抬头仰望着天空。这些景象只不过是头脑中的想象，她们告诉自己。这只不过是梦境，这不是真的。

然而——

它们却是如此的真实。

很久以前，这些家庭必须向那穿着长袍的长老们俯首称臣，乖乖地把他们心爱的小宝宝献给女巫。他们以为这样做是为了拯救保护区的人民，他们在这样做的时候就知道他们的小宝贝必死无疑。所以，他们的小宝贝必定已经死了。

可是，如果他们没有死呢？

他们问得越多，他们就越想要知道真相；他们越想要知道真相，他们就越有希望；他们的希望越多，就让越多的愁云惨雾升到高空、随风飘散，在明朗的天空里被炽热的阳光燃烧殆尽。

❋

"我无意出言不逊，赫兰德大长老，"莱斯宾长老呼哧带喘地说，他实在太老了，赫兰德很惊讶，这老头儿居然还能站着，"但事实就是事实，这完全是你的错。"

塔楼前的集会刚刚开始时，只有几个公民举着标语，但很快就出现了横幅、歌曲、演讲和其他激烈的行为。长老们看到这种情况，赶紧撤退到大长老的大房子里，把门和窗户紧紧地关上。

现在大长老坐在他最心爱的椅子上，怒视着他的同僚。"我的错？"他说话的声音很轻。他家的女仆、厨师、助理厨师和糕点厨师都不见了，这意味着没有东西可吃了，赫兰德的肚子空空如也。"是我的错？"他等待了一会儿，"请吧，说明你的理由。"

莱斯宾长老剧烈地咳嗽起来，咳得好像马上就要断气了，金诺特长老想要接着往下说。

"这次煽动闹事者是你家的亲戚，她就在那里，正在那里煽动那些乌合之众。"

"她到达之前，那些乌合之众就开始闹事了，"赫兰德大长老口沫横飞地叫道，"我亲自去她家看望了她，还有她那注定要死的孩子。一旦婴儿被留在森林里，她就会痛哭流涕然后逐渐恢复，之后，一切就会恢复正常。"

"你最近看外面了吗?"雷布什长老说,"那强烈的……阳光,也许就是因为这个阳光吧?它那么刺眼,这可能也是刺激民众闹事的原因。"

"还有那些标语,究竟是什么人制作的?"欧利克长老抱怨说,"不是我的员工,我告诉你们,他们不敢。总之,我有先见之明,早就把墨水藏起来了。咱们中间至少还有一个人会动脑筋。"

"伊格纳莎姐妹去哪里了?"杜利特长老低声吼叫着,"这么长时间都见不到她的人影!而且姐妹会为什么没有把这事件消灭在萌芽阶段呢?!"

"问题出在那个男孩身上,他第一次参加献祭日的时候就找麻烦,我们早在那时候就该把他赶走。"莱斯宾长老说。

"请你再说一遍!"大长老怒斥道。

"我们大家都知道那个男孩迟早会出问题的。看看,他果然惹事了吧,出问题了吧。"

大长老忍不住慷慨陈词了:"听听你们这些话,都在说些什么。一群男人!你们哭哭咧咧地发牢骚,像婴孩一样。根本就没有什么可担心的。那些下等人起来闹事,只是暂时的。伊格纳莎姐妹离开这里,也只是暂时的。我的外甥自己证明了他是我们当中的一根刺,但那也是暂时的。磐石路是唯一的安全通道,而他正面临着危险,他就要死了。"大长老停顿了一下,闭上眼睛,努力把自己内心深处的悲伤咽下去,把它隐藏起来。他睁开了眼睛,用冰冷坚硬的目光注视着长老们,坚定地说:"我亲爱的弟兄们,当事情发生时,我们应该相信,生活还是会回归原有的秩序,就像过去一样,如同我们脚下的土地,不可动摇。"

就在这个时候,他们脚下的地面开始震动。长老们打开南边的窗户向外看去,浓烟翻滚着从最高的山峰喷吐出来。火山在熊熊燃烧。

39. 格勒克把真相告诉了费里安

"来吧。"卢娜说。月亮还没有升起，但卢娜能感觉到它即将来临。这不是什么新鲜事，她总觉得与月亮之间有一种奇怪的亲缘关系，但她从未像现在这样强烈地感受到它。今晚的月亮会是满月，它将照亮整个世界。

"哇——"乌鸦说，"我非常、非常累。"

"哇——"他继续说道，"而且现在是夜间，乌鸦不是夜间活动的鸟类。"

"到这儿来，"卢娜一边说，一边把披风上的兜帽撑开，"进到这里面来，我一点也不累。"

这是真的。她觉得她的骨头正在变成光，她觉得自己好像永远也不会累。乌鸦落在她的肩膀上，爬进了她的兜帽里。

当卢娜还很小的时候，祖母就教给她有关磁铁和指南针的知识。祖母给她看了一个磁铁，在一个磁场之内，离磁极越近，它的吸引力就越大。卢娜看到，磁铁会吸引某些东西，同时也会排斥另一些东西。而且她也懂得了，这世界就是一块大磁铁，而指南针呢，里面有一根装在水里的小指针，永远被地球的磁力吸引着，调整着自己，指着同一个方向。卢娜早就知道这些，也明白其中的道理。但是现在，她感觉到了祖母从来没有跟她讲过的另外一个磁场和另外一个指南针。

卢娜的心被祖母的心所吸引。爱就是指南针吗？

卢娜的头脑被祖母的头脑所吸引。知识就是磁铁吗？

而且她还感觉到某种别的东西。她感觉到骨子里一波接着一波的涌动，还有她头上嘀嗒嘀嗒的敲打。这种感觉就好像她体内装着一个隐形的齿轮，推动着她，一点一点地，朝着……某种事物靠近。

她从出生直到现在，都不知道这是什么。

是*魔法*，她的骨头告诉她。

✲

"格勒克，"费里安叫道，"格勒克，格勒克，格勒克。我好像不适合待在你后背上了。你在缩小吗？"

"不，我的朋友，"格勒克说，"恰恰相反，好像是你在长大。"

真的是这样，费里安正在长大。格勒克刚开始也不相信，但他们每走一步，费里安就长大一点，不均衡地长大。先是他的鼻子长得好大，就像鼻尖上结了一个巨大的瓜，然后一只眼睛长得比另一只眼睛大两倍，接着是他的翅膀，然后是他的脚。先是一只脚，一点一点地长，然后放慢速度，然后又猛长，然后再慢下来。

"长大？你是说我会变得更加庞大？"费里安问，"一条龙怎么可能比天生巨龙更庞大呢？"

格勒克犹疑了一下，说："嗯，你知道你的仙阿姨，她总是能够看到你的潜力，即使你还没有完全发挥出来。你明白我这话的意思吗？"

"不明白。"费里安说。

格勒克叹了口气，这可就难办了。

"有时候，所谓的天生巨龙并不仅仅是指身材的尺寸大小。"

"不是吗？"费里安思索这个问题的时候，他的左耳开始长高长大，"仙阿姨可从来没有这么说过。"

"呃，你知道你仙阿姨的，"格勒克尽量耐心地解释，"她说话是很谨慎的，"格勒克停顿了一下，"尺寸大小是一个范围，就像彩虹一样。

在巨龙这个范围内,你是,呃,属于低端的。那是完全……"他又停顿了一下,嚅了一下嘴唇,"有时候事实真相,呃,会被*扭曲*,就像光会折射一样。"他在挣扎着自圆其说,他自己知道。

"是吗?"

"你的心一直是巨大的,"格勒克说,"而且今后也会永远这样胸怀宽大。"

"格勒克!"费里安严肃地说。他的嘴唇已经长得像树枝一样长,从他的下颌松松垮垮地耷拉下来,他的一颗牙齿长得比其他的牙齿大,一条胳膊在格勒克的眼前迅速地生长着。"你是不是觉得我看起来怪怪的?请说实话。"

他是个如此认真的小家伙。当然,有点怪异,缺乏自知之明,但总是那么认真。我最好也认真地对待他,格勒克这样决定了。

"听着,费里安。我承认我不完全了解你的情况。你知道吗?阿仙也不完全了解。这都没关系,真的。你正在成长。我猜你正在长成像你母亲一样的天生巨龙。她已经死了,费里安,五百年前她就死了。大多数的小龙崽都不会在自己的儿童期停留那么长的时间,真的,我想不出另外一个例子。但是出于某种原因,你却始终停留在你的童年阶段。也许是阿仙把你变成这样的,也许是因为你离你母亲去世的地方太近了,也许是因为你根本就不想长大。但无论如何,你现在正在迅速成长。我原以为你会永远是一条完美的小飞龙,但是我错了。"

"可是……"费里安被自己突然长大的翅膀绊了一下,跌跌撞撞地向前翻滚,然后又狠狠地落到地上,把大地都震动了,"但你是一个巨人,格勒克。"

格勒克摇了摇头:"不,我的朋友,不是,我不是巨人。我是很大,我也很老，但我不是巨人。"

费里安的脚趾膨胀到正常大小的两倍："还有阿仙，还有卢娜。"

"她们也不是巨人，她们只是普通人的大小。是因为你的身材很小，所以才能装进她们的口袋里。应该说你过去很小。"

"现在我不小了。"

"不小了，我的朋友，现在你不小了。"

"但这意味着什么呢，格勒克？"费里安的眼睛湿润了。他的眼泪在眼眶里沸腾，变成蒸汽蒸发掉了。

"我不知道，亲爱的费里安。但我清楚地知道，我现在跟你在一起，我清楚地知道，我们在知识方面的缺陷会很快显现出来，同时又被填平，这是件好事。我还清楚地知道，你是我的朋友，在遇到任何转变和困苦的时候，我都会站在你这一边。不管是什么——"费里安的屁股突然长大了一倍，他的体重急剧增加，结果后腿一软，扑通一声，重重地跌倒在地上。"嗯哼，无论有多么不雅。"格勒克说完了。

"谢谢你，格勒克。"费里安吸着鼻子说。

格勒克举起他的四条手臂，尽可能地抬高他的大脑袋，把脊椎伸直。他先是用他的两条后腿站立，然后又用他粗大弯曲的尾巴将自己的身体踮得更高。他宽大的眼睛睁得更大了。

"你看！"他指着山坡下面说。

"看什么？"费里安问，他什么也没看到。

"那边，顺着岩石的小山往下走。我想你可能看不见，我的朋友。那是卢娜，她的魔法正在显现。我想我已经见过她魔法显现的蛛丝马迹，但阿仙说那都是我的想象。可怜的阿仙，她尽力抓住卢娜的童年，但这是无法回避的。那个女孩在长大，而且她很快就不再是一个小女孩了。"

费里安盯着格勒克，张大了嘴巴："她要变成一条龙了吗？"他的声音里面混合着疑惑与希望。

"什么？"格勒克说，"不，当然不是！她要长大成人了，同时还要成为一个女巫。你看！她就在那边走着。我从这里就能看到她的魔法，我真希望你也能看得见，费里安。她的魔法是一种最美丽的蓝色，后面闪烁着银色的光芒。"

费里安刚想要说些别的什么，又把目光集中到了地面上。他把双手平放在地上。"格勒克？"说着，他把耳朵也贴到了地面。

格勒克并没有去注意他。"而你看！"他指着旁边的山脊说，"这就是阿仙。或者说是她的魔法，怎么说都行。哦！她受伤了，我从这里就可以看到。她正在使用咒语，改变了自己的外观。哦，阿仙啊！以你现在的身体状况，怎么能变形呢？！要是你变不回来了可怎么办哪？"

"格勒克？"费里安叫道，他身上的鳞片每一秒钟都在变得越来越苍白。

"没时间了，费里安，阿仙需要我们。看，卢娜正在向阿仙所在的山脊走去。如果我们赶紧——"

"**格勒克！**"费里安大叫了起来，"你听我说好吗？这山——"

"请你说完整的句子，"格勒克不耐烦地说，"如果我们不迅速行动的话——"

"**这山着大火了，格勒克！**"费里安吼道。

格勒克翻了翻白眼："不，不是着火！嗯，没什么反常的。那些冒烟的地方只是——"

"不，格勒克，"费里安说着，从地上爬起来，"是真的着火了，就在地底下。我们脚下的这座山着火了，像上次一样。当它爆发时，我母亲和我——"他的声音哽咽了，他内心的悲伤突然爆发出来，"我们是最先感觉到的，她去魔法师那里警告他们。格勒克！"费里安急得脸都要破裂了，"我们必须立刻去警告阿仙。"

沼泽怪兽点点头，感觉自己的心沉到了巨大的尾巴里。"而且要尽快，"他同意，"来吧，亲爱的费里安，我们一刻也不能耽搁了。"

❈

变成燕子的仙婆婆心中充满了矛盾，心中的怀疑打击着她的勇气。

这都是我的错，她内心非常自责。

不！她又自我辩解道。你保护了他们！你爱他们！你把那些婴儿从饥饿中拯救了出来，你为他们创造了幸福的家庭。

我早该知道，她反驳道，我应该有更强的好奇心，我本应该为他们做些什么的。

还有这个可怜的男子！他是多么爱他的妻子，他是多么爱他的孩子。看看他，愿意用自己的性命来保护他们的安全和快乐。她好想去拥抱他，她想要变回原形，来向他解释一切。除非他一定要在她做这些事之前杀了她。

"很快，我的朋友，"年轻人低声说，"月亮一升起，我们就会离开这里。我会杀了女巫，然后我们就可以回家了。你可以看到我美丽的妻子伊珊和我可爱的儿子，我们会保护你的安全。"

不可能的，仙婆婆心想。

一旦月亮升起，她至少能从中补充到一点月亮的魔力，很少的一点点，这就像用一个渔网来提水。不过，有一点总比没有的好。她将保存这点滴的魔法，也许她还可以用这点魔法来让这个可怜的年轻人睡一会儿。也许她还可以走得动，带上他的衣服和靴子，把他送回家，让他在家人的爱和拥抱中醒来。

她现在所需要的只有月亮。

"你听到了吗？"那年轻人说着，跳了起来。仙婆婆环顾四周，她什么也没听见。

但他是对的。

有什么东西过来了。

或者是有什么人过来了。

"难道是那个女巫来找我了吗？"他问道，"我有那么幸运吗？"

确实很幸运，仙婆婆心想，与其说是赞同不如说是嘲笑。她隔着衬衫轻轻地啄了年轻人一下。那女巫早就来到你身边了，幸运的家伙。她转动着她那黑珠子般的鸟眼睛。

"看！"他指着山脊下面说。仙婆婆一看。这是真的。有人在山脊上移动，有两个。仙婆婆不敢说第二个东西是什么，它看起来不像她所见过的任何东西，但第一个绝对是准确无误的。

那蓝色的光芒。

那银色的闪烁。

那是卢娜的魔法。是她的魔法！越来越近，越来越近，越来越近了。

"就是那个女巫！"年轻人说，"我敢肯定！"他躲在矮树丛中，尽量让自己平静下来。不过他还是在发抖，不停地把尖刀从一只手换到另一只手上。"别担心，我的朋友，"他说，"我会做得非常非常快。巫婆会来的，她看不见我。"

他咽了一口唾沫。

"然后，我要一刀割断她的喉咙。"

40. 关于靴子的分歧

"把靴子脱掉,亲爱的。"伊格纳莎姐妹说,她的嗓音就像是奶油,她就是那轻柔的脚步和带软垫的爪子。"这靴子不适合你。"

那个疯女人歪着她的头。月亮就要升起来了,她脚下的大山隆隆作响。她站在一块大石头前面。"不要忘记。"石头的一面刻着。"我是说真的。"石头的另一面刻着。

疯女人想念她的鸟儿们。它们都飞走了,还没有回来。它们是真的鸟儿吗?疯女人不知道。

她现在所知道的就是她喜欢这双靴子。她喂了山羊和鸡,挤了羊奶,拾了鸡蛋,感谢动物们的陪伴。但一直以来,她都觉得这靴子在喂养她。她无法解释这一切。靴子让她精力充沛,让她的肌肉和骨骼充满了力量。她觉得自己像纸鸟一样轻盈。她觉得自己可以跑一千英里,也不会喘不过气来。

伊格纳莎姐妹向前迈了一步。她的嘴唇张开,展现出一个淡淡的微笑,而疯女人听到的是这主管姐妹藏在笑容下面的残暴的虎啸声。她感到自己的后背开始冒冷汗。她不由得向后退了几步,直到她的身体碰到了那块直立的石头。她靠在石头上,感觉到了安慰。这时,她觉得靴子开始嗡嗡作响。

这个地方到处都有魔法,星星点点散落在各处。疯女人能够感觉得到,伊格纳莎姐妹,她也能看见,也能感觉得到。两个女人都伸出自己机智灵巧的手指,将这些闪亮的魔法碎片采集到手中,收藏起来留着以后再用。

疯女人采集的魔法越多，找到女儿的路径也就越清晰。

"你这可怜的迷失的灵魂啊，"主管姐妹说，"你离开家有多远了！你现在是多么困惑不安啊！你很幸运，让我赶在野兽或流浪的恶棍之前找到了你。这是一个非常危险的森林——世界上最危险的森林。"

大山轰隆隆地吼叫起来，从最远方的火山口冲出一股浓烟，主管姐妹的脸色变得煞白。

"我们必须离开这个地方。"伊格纳莎姐妹说，疯女人觉得她的膝盖开始颤抖。"你看——"主管姐妹指着火山口，"我很久以前见过这种情况。那是在很久以前。先是冒烟，然后大地震动，然后是第一次爆发，然后整座山都会向天空敞开它的脸。如果火山爆发的时候我们还在这里，咱们两个都必死无疑。但是如果你把那双靴子给我——"她舔了舔嘴唇，"那我就可以借靴子的力量把咱们俩带回家，回到塔楼，回到你那安全、舒适的小塔楼。"她又笑了——即使是她的笑容，也非常可怕。

"你撒谎，你这个老虎的心。"疯女人压低了自己的声音。伊格纳莎姐妹听到这个词吃了一惊。"你根本就没想带我回去。"她把双手放在石头上。石头可以让她看清楚一些东西，或许是靴子让她看到了这些东西。她看到了一群魔法师——都是年纪很大的男人和女人——被伊格纳莎姐妹抛弃了。这是在她成为主管姐妹之前，在有保护区之前。当火山爆发的时候，这个主管姐妹本来应该携带这些魔法师一起逃生的，但她什么都没做，她让他们全都在烟火之中死去。

"你怎么知道那个名字的？"伊格纳莎姐妹低声问道。

"每个人都知道这个名字，"疯女人回答，"那是一个故事，故事里的女巫吃掉了一只老虎的心。大家都在私下议论这个故事，其实，大家都错了。你没有长着老虎的心，你根本就没有心。"

252

"压根儿就没有这样一个故事。"伊格纳莎姐妹说。她开始来回踱步。她耸起了双肩，咆哮着："保护区里的故事都是从我这里开始的，故事都是我编造的，也是从我这里传出去的。没有一个故事不是我第一个讲出来的。"

"你错了。她说，老虎在走动，我听得见她们说话。她们都在议论你，你知道吗？"

主管姐妹脸色变得苍白。"不可能。"她低声说。

"我的孩子不可能还活着，"疯女人说，"但是她确实还活着。她就在这里，直到最近都还在。不可能就是可能。"她环顾四周。"我喜欢这个地方。"她说。

"把靴子给我。"

"那是另外一件事。骑在一群纸鸟的背上飞是不可能的事，但我做到了。我不知道我的鸟儿们去了哪里，但它们会设法回到我身边来的。我不可能知道我的孩子去了哪里，但我清楚地看到她在哪里，就是现在。而且，我有了一个非常好的主意，能够很快地找到她。不是在我的脑袋里，而是在我的脚下。这双靴子，它们实在是太聪明了。"

"把我的靴子还给我！" 主管姐妹咆哮着。她紧握双拳，高高地举到头顶上。然后她猛地一下把拳头放下来，松开手指时，手心里出现了四把锋利的匕首。说时迟，那时快，她身子向后一仰，双手向前一戳，四把利刃直插疯女人的心脏。幸亏疯女人立即单脚转身，往旁边优雅地跳跃了三步，没有被刺到。

"这靴子是我的，"伊格纳莎姐妹声嘶力竭地咆哮着，"你连怎么用它们都不知道。"

疯女人笑了。"其实，"她说，"我知道怎么用。"

伊格纳莎姐妹向疯女人猛扑过去，而疯女人从容地试跑了几步暖暖身，然后立刻加速，闪电般地离去了，把主管姐妹独自一人留在那里。

第二个火山口开始冒烟了。地面剧烈地震动，伊格纳莎姐妹站不住脚，几乎跪倒在地上。她把双手放在滚烫的岩石地面上，就在这一刻了，火山随时都会爆发。

她站起身来，抚平身上的长袍。

"那好吧，"她说，"如果他们想要这样玩，那就这么玩吧，我也参加。"

她跟随着疯女人，进入了颤抖的森林。

41. 殊途同归

卢娜爬上陡峭的山坡,往山脊上攀登。月亮上部的边缘刚刚开始出现在地平线上。她能感觉到自己身体里面在嗡嗡作响,就像是一个齿轮的发条上得过紧而失控了。她感觉到自己内心的涌动,汹涌的浪潮从她的头顶和四肢疯狂地爆发出来。她被什么东西绊了一下,双手重重地扑落在地面的卵石上。然后那些小石子开始互相推挤、躲避,像虫子一样爬走了。噢,不,它们就是虫子——长着触角和多毛的腿,还有彩虹般的翅膀。或许它们变成了水,或是冰。月亮往上升,高过了地平线。

当卢娜还是一个常常跌伤膝盖、头发乱蓬蓬的小女孩的时候,她的祖母曾经给她讲过毛毛虫是怎样生活的。它慢慢长大、变胖、脾气温顺,最后变成了一个藏在茧里面的蛹。蛹在茧里面发生变化了,它的身体散架了,全身的每一部分都被拆散、松开、撤销,然后重新组合成不同的东西。

"那是什么感觉呢?"卢娜问。

"那感觉就像变魔法一样。"祖母说得很慢,两只眼睛眯了起来。

然后卢娜的脑子里就一片空白了。而现在,她可以看到她记忆中的那些空白了——看到魔法这个词是怎么像鸟儿一样飞走的。她真的能够看到它在飞——每个声音,每个字母,掠过她的耳朵,飞走了。但是现在,它又飞回来了。很久以前,她的祖母曾经试图向她解释魔法这个词。也许不止一次,不过,当时她可能已经习惯了卢娜那种什么都不记得的状态。而现在,卢娜觉得自己暴露在记忆的暴风雨中,各种记忆在她脑子里乱成一团。

毛毛虫已经进到茧里去了,祖母曾经说,然后它发生变化了。它的皮肤变化了,眼睛变化了,嘴巴也变化了。它的脚消失了,它身上的每一点,甚至是它自身的知识,都混合在一起变成了黏黏的东西。

"黏黏的东西?"卢娜睁大了眼睛问道。

"嗯,"她的祖母安慰她,"也许不是黏黏的东西,就是一种东西,星星里面的东西,光里面的东西。在一颗行星还没有形成以前的那种东西,小婴儿出生以前的那种东西,梧桐树种子还没有发芽以前的那种东西,你所看到的一切都是在形成、幻灭、死亡或生活的过程中,一切都是处于一种变化的状态。"

现在,当卢娜向山脊攀爬时,她的身体正在发生变化。她自己能感觉得到,她的骨头,她的皮肤,她的眼睛和她的精神。她身体里的机器——每一个齿轮,每一根弹簧,每一个良好平衡的杠杆,都已经改变、重新排列组合,并被调整到位,调整到不同的位置。她是全新的了。

山脊的顶端有一个人。卢娜看不见他,但她的骨子里能感觉到他。她能感觉到祖母就在附近。至少,她可以肯定那就是她的祖母。她可以在自己的心里看到祖母的图像,但当她试图弄清楚祖母现在所在的具体位置时,不知怎么的,那图像就变得模糊不清了。

"就是那个女巫!"她听到那个男人说。卢娜感到自己的心被紧紧抓住了,尽管山脊很陡,路也很长,她跑得更快了,她每一步的速度都在加快。

阿婆啊,她的心在大声地哭喊。

快走开。她不是用耳朵听到这个声音的,她是从骨子里听到的。

快回头。

你到这儿来干什么,你这个傻丫头?

这是她想象出来的，一定是的。可是，为什么这声音似乎来自她心中的祖母的图像呢？为什么那些话听起来就像阿婆说的呢？

"别担心，我的朋友，"卢娜听到那个男人说，"我会做得很快的。巫婆会来的。我要一刀割断她的喉咙。"

"**阿婆！**"卢娜大叫起来，"**当心啊！**"

这时，她听到一个声音，像是燕子的叫声，响彻夜空。

☆

"我提议咱们移动得更快一些，我的朋友。"格勒克说着，抓住费里安的翅膀，拖着他往前走。

"我觉得恶心，格勒克。"费里安说着，一下子跪倒在地上。如果那天早些时候他摔得那么厉害，肯定会擦破皮的。但是他的膝盖——实际上还有他的腿、脚和整个背部，甚至他的前爪，现在都覆盖着一层厚厚的坚韧的皮肤，皮肤上开始形成明亮而坚硬的鳞片。

"我们没有时间来让你生病。"格勒克说完，回头看看他。费里安现在已经跟他一样高大了，而且还在不停地长大。费里安没有撒谎，他的脸看起来有点发绿。但那也许是他正常的颜色，目前还不太好说。

真是的，格勒克觉得费里安选了一个最不方便的时刻来成长，但他这样想是不公平的。

"对不起。"费里安说，他趴在矮矮的灌木上，剧烈呕吐起来，"哦，亲爱的，我好像把什么东西点燃了。"

格勒克摇了摇头："如果你能把火踩灭，你就踩。但如果你对火山的预见是正确的，那么着不着火也就无所谓了。"

费里安摇了摇头，又抖了抖他的翅膀。他试着拍打了几下翅膀，但他仍然不够强壮，无法升空。他抽了抽鼻子，脸上的表情非常沉重："我还是飞不起来。"

"我认为——比较安全地说，这只是暂时的。"格勒克说。

"你怎么知道？"费里安问，他尽力掩饰声音中隐藏的哭腔，但他没怎么隐藏好。

格勒克打量着自己的朋友。他增长的速度放慢了下来，但还是没有停止，至少现在费里安身体各部分的生长似乎比较均衡了。

"我不知道，我只能希望最好的结果，"格勒克收起他那宽大的下巴，咧开嘴笑了，"而你，亲爱的费里安，是我认识的最好的朋友之一。来吧，到山脊的顶端去！咱们快走！"

他们冲过灌木丛，爬上岩石。

❋

疯女人这辈子的感觉都没有这么好过。太阳落山了，月亮刚刚开始升起，她正在飞快地穿越森林。她不喜欢地面的样子，有太多的陷阱、沸腾的水坑，还有冒着蒸汽的沟渠，都有可能把她煮熟了。而穿着这双靴子，她可以像松鼠一样，轻而易举地从一根树枝蹿到另一根树枝上。

主管姐妹跟踪着她。她能感觉到主管姐妹身上肌肉的伸展和收缩，同时能感觉到主管姐妹大踏步跨越森林时那速度的脉动和色彩的闪光。

疯女人在一棵不知名的大树粗大的树枝上停留了一会儿。树皮上的纹路很深，她猜想下雨的时候，雨水会像小河一样顺着树干流下来。她让自己的目光深入到凝集的黑暗之中，她让自己的视野变得更加宽阔，勾住山丘，沉入沟壑，爬上山脊，将世界尽收眼底。

那边！一道蓝色的闪光，带有银色的闪光。

那边！一片青苔的绿光。

那边！被她伤害的年轻人。

那边!某种怪兽和他的宠物。

大山轰隆隆地吼叫着,声音一次比一次更大、更坚决。这山曾经把能量吞进了肚里,现在这些能量想要爆发出来。

"我需要我的鸟儿!"疯女人把脸对着天空叫道。她向前一跃,抓住前方的一根树枝。然后再一跃,再抓住一根树枝。再一跃、一跃、又一跃……

"**我需要我的鸟儿!**"她又叫了一声。她在树枝间飞跃就像在草地上奔跑一样轻松,而且速度还要快得多。

她能感觉到靴子的魔力使她的骨头变得很轻,而越来越明亮的月光似乎也让这魔力越来越强。

"我需要我的女儿!"她嘴里低声念叨着,跑得越发快了起来,同时两只眼睛紧紧地盯住那道蓝色的闪光。

而在她身后,传来了另一种低低的声响——纸翅膀拍打的沙沙声。

✳

乌鸦从女孩的兜帽里爬了出来,他纤细的双脚踩在她的肩膀上,然后迅速张开闪亮的翅膀,飞向空中。

"哇——"乌鸦叫道。卢娜,他的叫声是这个意思。

"哇——"他又叫了一声,"卢娜。"

"哇——哇——哇——"

"卢娜,卢娜,卢娜。"

山脊变得更陡了。卢娜不得不用手抓住细长的树干和树枝,紧紧地贴着坡面往上爬,以免身体向后跌倒。她满脸通红,大口大口地喘着气。

"哇——"乌鸦说,"我要先到上边去看看你看不见的东西。"

他冲向前去,穿过阴影,来到了光秃秃的小山脊上,看到有一些高大的石头,像哨兵一样立在那里,守护着大山。

259

他看见一个男人，拿着一只燕子，那燕子在他手中又踢又打，还用嘴啄他。

"嘘——静一静，我的朋友！"那人用很柔和的声调说，并且用一块布把燕子裹好，藏在外套里。

那人爬到山脊最靠边的一块巨石后。

"看来，"他对还在烦躁挣扎的燕子说，"现在她已经变成了一个小女孩的模样。老虎即便披上羊皮，也改变不了她是老虎的事实。"

然后，那男人拿出一把刀来。

"哇——"乌鸦尖叫起来，"卢娜！"

"哇——"

"快跑！"

42. 世界是蓝色和银色的

卢娜听到了乌鸦的警告,但她不能放慢脚步。她在月光下生机勃勃。蓝色和银色,银色和蓝色,她这样想着,但不知道为什么。月光可真好喝啊!她用双手抓着月光,喝了一口又一口,一喝就停不下来。

每喝一口月光,山脊上的景象就变得更加清晰一点。

青苔绿的光辉。

那是她的祖母。

羽毛。

那羽毛似乎与祖母有什么关系。

她看到那个脸上有伤疤的人,他看起来很面熟,但她想不起来曾经在哪里见过他。

他的眼睛里有善良,他的灵魂里有仁慈,他的心里盛着满满的爱,可他的手里握着一把刀。

✡

蓝色,疯女人这样想着,飞速地穿越森林,从一根树枝跳到另一根树枝,再到另一根。蓝色,蓝色,蓝色,蓝色。每跑一步,靴子的魔法就像闪电一样,一道道地穿透她的身体。

"还有银色,"她大声唱道,"蓝色和银色,银色和蓝色。"

每跑一步,她就离那个女孩更近一步。现在月亮已经完全升起来了,月光照亮了整个世界。月光射进疯女人的骨头,从头顶一直进入到她漂亮的靴子，然后又返回头顶。

跑啊，跑啊，大步地跑；跳啊，跳啊，轻盈地跳；蓝色，蓝色，美丽的蓝色，闪耀着银色的光辉。一个面临危险的婴儿，一双全力呵护的手臂，一个长着宽大下巴和善良眼睛的怪兽，一条小小的龙，还有一个充满了月光的孩子。

卢娜，卢娜，卢娜，卢娜，卢娜。

她的孩子。

在山脊的顶部，有一个光秃秃的小丘。她朝着小丘冲过去。几块巨大的岩石像哨兵一样站在那里。在一块岩石后面，站着一个男人。他的外套上有一个青苔绿色的小光点在闪烁。这是一种魔法，疯女人心想。那人手中握着一把尖刀。而就在山脊的边缘，几乎就在他身上，闪耀着另一种光——蓝色的光。

那个女孩。

她的女儿。

卢娜。

她还活着。

那人把尖刀高高地举起，眼睛紧盯着冲过来的女孩。

"女巫！"他大喊一声。

"我不是女巫，"女孩说，"我是个女孩，我叫卢娜。"

"撒谎！"那人叫道，"你就是那个女巫，你有几千岁了，你已经杀害了无数的孩子。"

他颤抖着喘了一口气："现在，我要杀了你。"

那人跳了起来。

女孩跳了起来。

疯女人跳了起来。

整个世界铺天盖地的都是鸟。

· 262 ·

43. 第一个目标明确的咒语

旋风狂卷而来，那是由无数腿、翅膀、手肘、指甲、鸟嘴和纸张组成的旋风。纸鸟们绕着小山丘的上空，螺旋式地盘旋着，越旋越紧，越旋越紧。

"我的眼睛！"那个男人大喊着。

"我的脸啊！"卢娜号叫着。

"我的靴子啊！"一个女人呻吟着，一个卢娜不认识的女人。

"哇——"乌鸦尖叫着，"我的女孩！离我的女孩远点。"

"鸟儿们！"卢娜喘息着喝道。

她从这一片混乱中滚出来，手忙脚乱地站起身。这时，纸鸟们集体盘旋着升到空中，很快地组合成一个巨大的包围圈，然后稳稳地降落到地面上。它们没有发动进攻——还没有开始，但是它们的嘴巴一致向前、气势汹汹拍打着翅膀的样子，像是随时都要发起进攻。

那男人遮挡着他的脸。

"快把它们赶走吧。"他呜咽着说。他身上发抖，心里害怕，双手把脸捂起来。他手中的尖刀掉落在地上，卢娜一脚把刀子踢开，刀子骨碌骨碌地滚下了山脊。

"求求你了，"他低声说，"我见过这些鸟，它们非常可怕，险些把我撕成碎片。"

卢娜走到他身边，跪了下来。"我不会让它们伤害你的，"她低声说，"我保证。当我在森林中迷路的时候，它们发现了我。但它们并没有伤害我，我也想象不出它们会来伤害你。但不管怎样，我是不会允许它们伤害你的。你明白我的意思吗？"

那男人点点头，仍然把脸埋在两个膝盖之间。

纸鸟们侧过头来。它们不是在看卢娜，它们都在望着趴在地上的那个女人。

卢娜也看着她。

那女人穿着一双黑色的靴子和一条朴素的灰色囚服，她的头发被剃光了，她长着一双又黑又大的眼睛，前额上有一个半月形胎记。卢娜把手指放到自己的额头上。

她在这里，她的心在呼喊，她在这里，她在这里，她在这里。

"她在这里，"那女人小声地念叨着，"她在这里，她在这里，她在这里。"

卢娜脑海中出现了一个女人，满头黑色的长发，像蛇一样飘动着。她看着面前的女人，想象着她留长发的样子。

"我认识你吗？"卢娜问。

"没人认识我，"那女人说，"我没有名字。"

卢娜皱起了眉头："那你过去有名字吗？"

那女人蹲下身去，抱住膝盖，她的眼睛盲目地东张西望。她受伤了，但不是伤在身上。卢娜更加仔细地观察她，她受伤的地方是在心里。"有过，"那个女人说，"我曾经有过名字，但我不记得了。有个男人管我叫'妻子'，有个孩子管我叫'妈妈'，但那是很久以前的事了，我说不出有多久了。现在人家只是把我叫作'囚犯'。"

"一座塔楼。"卢娜低声说着，向她走近了一步。女人眼里噙满了泪水。她看看卢娜，然后把目光移开，再回来看看她，再转开，好像不敢让自己的目光在女孩身上停留太久。

那个男人抬起头。他一下子跪在地上,他惊讶地盯着那个疯女人。"是你,"他说,"你逃出来了。"

"是我。"疯女人说,她立刻从高低不平的岩石地面上爬过去,蹲在他的身旁。她用双手捧住他的脸。"这都怪我,"她用手指轻轻抚摸着他的伤疤,"真对不起啊!不过你的生活,你现在的生活更加幸福了。不是吗?"

男人的眼睛里饱含着泪水。"不,"他说,"我是说,是的。是很幸福。但不幸的是,我妻子生了个孩子,我们的儿子很漂亮,但他是保护区里最年幼的一个。就像你一样,我们不得不把我们的宝宝交给那个女巫。"

他的眼睛看着疯女人额头上的胎记。

他把目光移到卢娜身上。他看着她额头上一模一样的胎记。看着她一模一样的黑色的大眼睛。这时,他的外衣鼓起了一个大包,里面的东西连啄带叫地挣扎着。接着,一个黑色的鸟嘴从他的衣领里面伸了出来,还啄了他一口。

"哎哟。"那男人叫起来。

"我不是一个女巫,"卢娜说,扬起了自己的下巴,"我从来没有拿过别人的孩子。"

乌鸦越过裸露的岩石,在空中画出一条飞跃的弧线,然后落在卢娜的肩头。

"你当然不是女巫,"女人说,她还是无法让目光停留在卢娜身上,她只能看着别处,好像卢娜是耀眼的亮光,"你是那个小婴儿。"

"什么小婴儿?"

一只鸟儿从那个男人的衣服里挣脱出来,发着青苔色的绿光。鸟儿叽叽喳喳地大叫着，焦急地用嘴乱啄乱咬。

"拜托了，小朋友！"那男人说，"安静一点！冷静下来，你用不着害怕。"

"阿婆！"卢娜低声说。

"你不理解，我无意中打断了这只燕子的翅膀。"那男人说。

卢娜并没有在听他讲话。**"阿婆！"** 燕子愣住了，它用一只明亮的眼睛望着卢娜。那是祖母的眼睛，她知道。

卢娜头骨内最后一个齿轮滑落到位了。她的皮肤在歌唱，她的骨头在歌唱。她的脑海被无数个记忆点亮，每个记忆都像一颗流星坠落，闪耀着划过黑暗的夜空。

那个在天花板上尖叫的女人。

那个鼻子很大的老男人。

那个梧桐树围成的空地。

那棵变成老妇人的梧桐树。

那个手指上缠绕着星光的女人。然后还有，那比星光还要甜美的东西。

还有，格勒克不知怎么的变成了一只兔子。

她的祖母曾经教给她一些咒语的知识，咒语的质地，咒语的构造，咒语的诗意、艺术性和建设性。这是卢娜听过又忘记了的课程，而现在，她全部想起来了，也理解了。

她看着那只燕子，那只燕子也看着她。纸鸟们不再扇动翅膀，都在安静地等待着。

"阿婆。"卢娜叫道，高高举起她的双手。她把她所有的爱、所有的问题、所有的关心、所有的烦恼、所有的挫折和所有的悲伤都集中在地上的这只燕子身上。这个养育她的女人，这个教她建造、梦想和创造的女人，这个因为不能而未曾回答她的问题的女人，这就是她想看到的人。她感觉到自己脚趾的骨头开始嗡嗡作响。她的魔法、她的思想、她的意图和她的希望，现在都是同一件事了。魔法的力量通过她的小腿，传到了她的髋骨，又传到她的双臂，再传到她的十指。

"现出你的原形！"卢娜命令。

刹那间，燕子的翅膀、爪子、胳膊和腿全都混成了一团，她的祖母从中显现出来了。她看着卢娜，她的眼睛湿湿的、潮潮的。泪水像泉水一样，从眼睛里往外流。

"我的宝贝啊！"她低声呼唤着。

紧接着，仙婆婆浑身颤抖，一个跟头栽倒在地上。

44. 一颗心的改变

卢娜扑过去，跪在地上，将她的祖母紧紧地抱在怀里。

哦！她是多么的轻啊，轻得就像是几根干柴、一层纸和一股寒风。这么多年来，祖母一直都是自然的力量——是一根擎天的支柱。而现在，卢娜觉得她都可以把祖母抱在怀里，一路跑回家去。

"阿婆，"她抽泣着，把自己的脸贴到祖母的脸颊上，"你醒醒啊，阿婆，快醒醒啊！"

她的祖母颤抖着吸了一口气。

"你的魔法，"老妇人说，"已经开始启动了，是吧？"

"先不要说这个，"卢娜说，她的脸仍然埋在祖母青苔般的头发里，"你生病了吗？"

"不是病，"祖母喘息着说道，"是死亡。是我很久以前就该做的一件事。"她咳了又咳，整个身体都在颤抖。

卢娜感到一阵巨大的悲痛涌上了心头。"你不要死，阿婆，你不要死啊！我可以和乌鸦说话，而且纸鸟们都爱我，还有，我想我已经找到了——噢，我不知道她是做什么的，但我记得她，很久以前，森林里还有一个女人，她……嗯，我不认为她是好人。"

"我不会立刻就死的，孩子，但是我会在适当的时候死去。我的时间很快就要到了。现在，来说说你的魔法吧。我可以说出这个词，而且给你留下了，对吗？"卢娜点点头，"早年我把它封锁在你心里，这样你就不会对自己和别人造成危险——因为，相信我，宝贝儿，那时的你非常危险。可是，这种做法还是造成了一些后果。让我猜猜，你的魔法已经跑出来了，从你身体的上边、下边、左右两边出来了，是不是？"她闭上眼睛，脸上露出痛苦的表情。

"我不想说这些，阿婆，除非它能让你好起来。"卢娜突然坐起来，"我能让你好起来吗？"

老妇人颤抖着。"我冷，"她说，"我好冷，好冷。月亮升起来了吗？"

"是的，阿婆。"

"举起你的手来，用手指收集月光，然后喂给我吃。很久以前，当你还是个小婴儿时，我就是这样喂你的，那时你被遗弃在森林里，我把你带到了安全的地方。"仙婆婆停了下来，看着那个剃光了头、蹲在地上的女人。"我以为是你妈妈抛弃了你。"她用一只手捂住嘴巴，摇着头，"你们俩，长着一模一样的胎记，"仙婆婆的声音颤抖了，"还有一模一样的眼睛。"

蹲在地上的女人点了点头。"她不是被抛弃的，"她低声说，"她是被人带走的，我的宝宝被带走了。"疯女人把脸伏在膝盖上，双手抱住了那被剃光的头，沉默不语。

仙婆婆的脸痛苦得似乎要破裂开来。"是的，现在我明白了。"她转向卢娜，"每一年，都会有一个婴儿，被丢弃在森林里的同一个地方等死。每一年，我都会带着一个孩子，穿过森林，给他找到一个有爱、有安全的新家。我不应该放弃好奇心，不去探究为什么小婴儿会被丢在那里，更不应该不努力去找出问题的原因。但是，我看到有那么多的悲伤，像乌云一样笼罩在那个地方，就想尽快地离开那里。"

仙婆婆用双手和膝盖支撑着身体，颤颤巍巍地朝蹲在地上的女人爬过去。那女人没有抬头，仙婆婆小心翼翼地把手放在那女人的肩膀上："你能原谅我吗？"

疯女人一声不响。

"还有，那些被丢在森林里的孩子，他们就是星星儿童吗？"卢娜小声问。

"星星儿童，"祖母咳嗽了一声，"他们都和你一样。但是你后来被注入了魔法。我不是故意的，宝贝儿，那是个意外，但已经无法挽回了。我爱你，我无可救药地爱着你，这也是不能挽回的。所以我把你当作是我亲生的宝贝孙女。然后，我就开始死亡，而这，同样也是不能挽回的，无论如何也改变不了的。后果，所有的这一切都是后果，我犯了这么多的错误。"她颤抖着，"我好冷。给我喝点月光吧，我的卢娜，如果你不介意的话。"

卢娜伸出手去，月光洒在她的手上——黏黏的，甜甜的，像蜜一样。月光从她的指尖流进祖母的口中，颤抖着穿过祖母的身体。仙婆婆的两颊开始红润了起来。月光也照射在卢娜的皮肤上，让她变得容光焕发。

"月光对我的帮助只是短暂的，"祖母说，"魔法进入我的身体，就像是把水注入一个有破洞的桶里。它从我的身体里出来，进入你的身体。我所有的一切，我自身的一切，都向你流去，我亲爱的宝贝。这是理所当然的。"她转过身来，轻抚着卢娜的脸。卢娜把她的手指跟祖母的手指交叉在一起，紧紧地扣着。"五百年的时间真是长得可怕，太长了。而你有一个爱你的妈妈，这些年来，她从始至终一直都爱着你。"

"我的朋友。"那个男人开口说，他在哭泣——大颗的泪珠流过他布满伤疤的脸。他现在似乎没有什么危险性了，因为他手中没有了刀。不过，卢娜还是放心不下地盯着他。只见他向前爬去，伸出他的左手。

"不必再往前了。"她冷冷地说。

他点了点头。"我的朋友,"他又说道,"我的,呃,曾经一度是鸟儿的朋友。我……"他吞咽了一下,用衣袖擦了擦鼻涕和眼泪,"对不起,如果这话听起来有些冒犯,但是,啊……"他的声音越来越小了。卢娜真想拿块石头来打断他,可是当她看到一块石头真的滚了过来,恶狠狠地徘徊着准备出击的时候,就赶紧把这个念头打消了。

不能打人,她心里这样想着,瞪了石头一眼。石头砰的一声掉在地上,像是受了惩罚似的,垂头丧气地滚得远远的。

我可得小心点了,卢娜心想。

"那么,你就是那个女巫吗?"那男人接着说,他的眼睛紧盯着仙婆婆,"那个森林中的女巫?坚持要我们每年献祭一个婴儿,否则就毁掉我们所有人的那个女巫?"

卢娜冷冷地瞥了他一眼:"我的祖母从来就没有毁坏过任何东西。她善良、慈爱、关心他人。你去问问自由城市的人们,他们都知道。"

"某些人要我们献祭孩子,"那男人说,"但不是她。"他指着那个剃光了头、有纸鸟栖息在肩头的疯女人,"这是我知道的,她的婴儿被带走的时候,我和她在一起。"

"我可记得,"疯女人恨恨地低吼道,"你就是那个把孩子抱走的人。"

那男人垂下了头。

"就是你,"卢娜低声说,"我记得,当时你还只是个小男孩。你身上有锯末的味道。而你并不想要……"她停顿了一下,皱起了眉头,"你把那个老头儿气得发疯。"

"是这样的。"那个男人倒吸了一口气。

祖母试图站起来,卢娜赶紧跑过来帮她。仙婆婆挥挥手不让她帮。

"可以了,孩子。我还可以自己站着,我还没有那么老。"

然而她实在是太老了，卢娜眼睁睁地看着她的祖母在变老。仙婆婆一直都很老——这是事实，但是现在……现在的情况不同以往。现在的她似乎每时每刻都在枯竭。她的眼睛深陷下去，藏在阴影里，她的皮肤是尘土的颜色。卢娜用手指采集了更多的月光，鼓励祖母喝下去。

仙婆婆看着那个年轻人。

"我们得赶紧走了。我还要去救另一个被遗弃的婴儿，这件事情我都做了几百年了，"她哆哆嗦嗦地试着迈出摇摇晃晃的一步，卢娜觉得一阵风就可以把她吹倒，"没时间在这里多说了，孩子。"

卢娜用胳膊搂住祖母的腰，乌鸦飞到她的肩膀上。她转过身来面对着蹲在地上的女人，向她伸出手去。

"你愿意跟我们一起去吗？"她屏住了呼吸，觉得自己的心脏在胸膛里拼命地跳动。

天花板上的女人。

塔楼窗户里的纸鸟。

她在这里，她在这里，她在这里。

地上的女人抬起头，她的目光与卢娜的目光相遇了。她抓住卢娜的手，站了起来。卢娜觉得自己的心在飞翔。纸鸟们开始拍打着翅膀，振翅高飞到空中。

卢娜听到从小山的另一边传来了脚步声，越来越近。紧接着她看到的是：一对发光的眼睛，一只肌肉发达的老虎大步奔跑过来。但那根本就不是老虎，而是一个女人——高大、健硕，明显带着魔法。而且，她的魔法是锋利的、坚硬的、无情的，如同弧形的利刃。那个向她索要靴子的女人，她回来了。

"你好啊，悲伤魔女。"仙婆婆说。

45. 天生巨龙做出了巨大的决定

"格勒克！"

"嘘，费里安！"格勒克说，"我在听！"

他们看到悲伤魔女爬到了小山丘的边上，格勒克觉得身上的血液都冷却了。

悲伤魔女！这么多年过去了！

她看起来一点都没变，她用的是什么高超的魔法啊？

"可是，格勒克！"

"没有什么可是！她不知道我们在这里，我们会让她大吃一惊的！"

从上一次格勒克面对敌手或是吓跑恶棍到如今，时间已经过去太久太久了。曾经有一段时间，格勒克是非常善战的。他可以同时挥舞五把剑——四条手臂加上他可伸缩的尾巴各持一把，他是如此的强大、灵活和庞大，以至于他的对手常常会自动放下武器，宣告休战。这是格勒克最喜欢的结果，他觉得使用暴力，虽然有时候是必要的，但还是粗鲁的、不文明的。坚持理性、美好、诗意和智慧的对话是他解决争端的首选工具。格勒克的心灵，就其本质来说，就像任何一个沼泽那样宁静而安详——乐于赋予生命和维持生命。突然间，他开始思念沼泽，那思念之强烈，几乎让他跪倒在地上。

我一直都在沉睡。是我对阿仙的爱一直伴随着我，让我得以平静。我本该留在这个世界上的，但是我没在。几百年都不在，我真是可耻。

"格勒克！"

沼泽怪兽抬起头来。费里安飞起来了，他还在继续长大，比格勒克上一次看他时又长大了不少。令人惊讶的是，虽然他的身体越来越大，费里安不知怎么的又恢复了使用翅膀的能力，此刻，他正在格勒克的头顶盘旋，从高空俯瞰着森林里发生的一切。

"卢娜在那边，"他说，"她跟那个无趣的乌鸦在一起。我鄙视那只乌鸦，卢娜最爱的是我。"

"不要轻视别人，费里安，"格勒克反驳道，"这不是你的天性。"

"阿仙也在那里。仙阿姨！她生病了！"

格勒克点了点头，他心里也同样害怕。不过，至少现在阿仙已经恢复了人形。如果她停滞在变形的过程中，连再见都不能说，那就更糟糕了。"你还看见什么了，我的朋友？"

"有一位女士，不，有两位女士。其中一个是像老虎那样走路的女人，还有另外一个。她没有头发，还有，她爱卢娜，我从这里就能看到。她为什么爱卢娜？我们才爱卢娜！"

"这是个好问题。你知道，卢娜现在变得有点神秘，很像阿仙很久以前的样子。"

"那里还有一个男子。有许多鸟儿落在地上，我想它们也喜欢卢娜，它们都在盯着她看。卢娜的脸上是一副要给别人找麻烦的表情。"

格勒克点了点他的大脑袋。他先闭上一只眼睛，然后再闭上另一只眼睛，把四只粗壮的手臂抱在胸前。"那么，费里安，"他说，"我建议，我们也来制造些麻烦。你要是在空中，我就在地面。"

"可是，我们该怎么做呢？"

"费里安，那件事情发生的时候，你还只是一条很小的小龙，但是森林里的那个女人，就是那个整天饥饿得到处觅食的女人，她就是你妈妈要投身火山的原因。她是一个专吃悲伤的魔女。她让痛苦到处蔓延，贪得无厌地吞食悲伤。那是最坏的一种魔法。为什么你从小到大没有母亲？为什么这么多的母亲没有子女？她就是罪魁祸首。我建议，让我们来制止她继续制造悲伤，好不好？"

费里安已经飞起来了，尖厉的叫声和闪电般的火焰划破了夜空。

✿

"伊格纳莎姐妹？"安坦困惑不解，"您来这儿做什么？"

"她找到了我们。"跟纸鸟在一起的女人低声说。不，卢娜心想，她不仅仅只是个女人，她还是我的妈妈，那个女人是我的妈妈。她几乎无法证实它的合理性。但在她内心深处，她知道那是真的。

仙婆婆面向年轻人："你不是想找那个女巫吗？这就是你要找的女巫，我的朋友。你管她叫伊格纳莎姐妹？"她用怀疑的眼光看了那陌生人一眼，"多好听的名字啊。可我认识她的时候她有不同的名字，那时候我还是个孩子，就管她叫怪物。她用保护区里的悲伤来养活自己——有多久了？五百年。我的天啊，那是历史书上的东西，不是吗？你一定为自己感到非常自豪吧。"

伊格纳莎姐妹四下打量了一下，嘴角露出了淡淡的微笑。悲伤魔女，卢娜心想，这是给一个可恶的人的可恶的称呼。

"好，好，好，"悲伤魔女说，"小小的，小阿仙，时间都过去这么久了啊。恐怕这么多年来，岁月对你都不怎么好啊。是啊，我看到你对我这小小的悲伤农场这么感兴趣，心里真的是高兴极了。悲伤里面竟然有如此大的能量，可惜你尊贵的佐斯摩再也看不见它了。傻男人，可他现在已经是一个死去的傻瓜了，可怜的家伙。你也快要死了吧，亲爱的阿仙，你早就该死了。"

那女人的魔法像旋风一样环绕着她的身体,但卢娜即使是从远处,都可以看到她的体内是空的。她,像仙婆婆一样,正在一点点地枯竭。附近没有现成的悲伤来源,她也找不到任何东西用来恢复她的体力。

卢娜放开她搀扶着的祖母,走上前去。这时,环绕着那女人的魔法突然散开了,纷纷向卢娜飘过去,融入了她的魔法之中。那女人似乎没有注意到这些。

"现在,你们拯救孩子的傻事做得怎么样了?"那女人问。

安坦挣扎着站起身来,但疯女人用手按住他的肩膀,把他拉了回来。

"她在设法引出你的悲伤,"疯女人小声地说着,闭上了眼睛,"不要让她得逞。让你的内心满怀希望,永远不要放弃希望。"

卢娜又向前迈了一步,她感觉到更多的魔法被她从那个高大的女人那边吸引过来。

"这么好奇的一个小东西,"悲伤魔女说,"我还认识另外一个好奇的小女孩。在很久以前,成天问那么多可恨的问题。火山把她吞没了,我一点也不难过。"

"可惜她并没有被火山吞没。"仙婆婆喘息着说。

"但也差不多了,"悲伤魔女说,"看看你,上了年纪,衰老不堪。你都做了些什么?什么都没有!还有他们讲你的那些故事!我猜这些故事让你毛发倒竖了吧?"她眯起了眼睛,"你那可怜的毛发还能竖起来吗?"

疯女人离开安坦,向卢娜那边移动。她的动作又轻又缓,仿佛是在梦游。

"伊格纳莎姐妹!"安坦说,"你怎么能这样讲话?保护区的人把你视作理性和学习的声音,"他的声音发抖了,"我的孩子正面对着那穿长袍的人,我的儿子,还有伊珊——你曾经把她当女儿一样来关怀的!这会使她精神崩溃的。"

伊格纳莎姐妹怒气冲冲地张大了鼻孔，额头发黑："不要在我面前提那个忘恩负义的人的名字，我为她做了那么多的事情。"

"她多少还是有一点人性的，"疯女人在卢娜的耳边轻声说，她把手搭到了卢娜的肩膀上，卢娜感到身体里面有某种东西向上涌动，她努力让自己飘飘然的双脚在地上站稳，"我在塔楼里听见过她的声音。她在睡梦中行走，哀悼她失去的东西。她抽泣，她痛哭，她咆哮。而当她醒来的时候，就什么都不记得了。这些记忆都被封闭在她心里了。"

关于这点，卢娜感同身受。现在，她把注意力转移到了悲伤魔女封闭的记忆上。

仙婆婆蹒跚着往前走了一步。

"你知道，那些小婴孩都没死。"仙婆婆顽皮地咧开了宽阔的大嘴，笑着说。

伊格纳莎姐妹轻蔑地嘲笑着："别说胡话了，他们当然已经死了。不是饿死了，就是渴死了，而且早晚会被野兽吃掉的。这才是问题的关键。"

仙婆婆又向前迈了一步。她凝视着这个高个子女人的眼睛，就像是面对一块岩石，去看石头里面那条又长又黑的隧道，她眯起了眼睛："你错了，你的目光穿不透你自己制造的愁云惨雾，正如我看不到乌云的里边，你也看不到云层的外边。这些年来，我年年路过你家门口，可是你一点也不知道。那不是很可笑吗？"

"根本不可能，"悲伤魔女低声咆哮着，"你胡说八道。你只要接近我的身边，我一定会知道。"

"你错了，亲爱的女士。你不会知道的，就像你不知道那些被遗弃的婴儿后来发生了什么事一样。每一年，我都会来到这个无比悲伤的地方。

每一年，我都会带着一个孩子穿越森林，去到那些自由的城市，把孩子安置在一个充满爱的家庭里。而让我感到惭愧的是，我这样做，给孩子们原来的家庭造成了不应有的悲伤。而你呢，却把那些悲伤当成是你的美味佳肴。不过这一次，你是吃不到安坦和伊珊的悲伤了。他们的孩子会和亲生父母生活在一起，会茁壮地长大成人。事实上，就在你走入这片森林里的时候，你制造出来的那些愁云惨雾就已经全部消散了。现在整个保护区的人都知道什么叫作自由了。"

伊格纳莎姐妹的脸色煞白。"你撒谎，"她气急败坏地说，努力挣扎着站稳自己的脚跟，"到底发生了什么事？"她喘着粗气问道。

卢娜眯起了眼睛。她看得出来，眼前的这个女人即将耗尽她最后残留的一点魔法。卢娜进一步深入地察看她的身体内部。在那里，在悲伤魔女心脏原来的位置，有一个小小的球体——坚硬、光亮、冰冷，那是一颗珍珠。多年来，她封闭住自己的心，一次又一次地，让它变得光滑、明亮、无情。很有可能，她把其他的东西也都藏在里面了——记忆、希望、爱和人类情感的重量。卢娜集中了她全部的精力，把她尖锐的目光直插进去，穿透了那颗闪亮的珍珠。

悲伤魔女用双手抱住自己的头："有人在窃取我的魔法。是你吗，老太婆？"

"什么魔法？"疯女人走到仙婆婆身边，用胳膊搂住老人家，好让她能够挺直腰板，然后狠狠地瞪了伊格纳莎姐妹一眼，"我没有看到任何魔法，"她转头对仙婆婆说，"她很会装假的，你知道。"

"闭嘴，你这个笨蛋！你都不知道自己在说什么。"悲伤魔女摇摇晃晃，好像她的双腿突然变成了软面团。

"当我还是一个小姑娘、住在城堡里面的时候，"仙婆婆说，"你每天晚上都会悄悄地来到我家门口，大口大口地吃着从我家门缝泄漏出去的悲伤。"

"当我被关押在塔楼里的时候，"疯女人说，"你每天晚上从一个牢房走到另一个牢房，到处寻找悲伤。当我学会了把自己封闭起来、锁住内心的悲伤的时候，你恨得咬牙切齿，声嘶力竭地咆哮号叫。"

"你们撒谎！"悲伤魔女歇斯底里地叫着。但她们没有撒谎，卢娜看见了悲伤魔女体内那恐怖的饥饿。她看得出来，即使是此时此刻，悲伤魔女还在拼命地寻找哪怕是最微小的一点点悲伤，寻找任何一种可以用来填补她内心黑暗空虚的东西。"你们根本就不了解我。"

但是卢娜了解她。透过她心灵的眼睛，卢娜可以看到悲伤魔女飘浮在空气中的那颗变成了珍珠的心。

这颗心被隐藏了这么久，卢娜怀疑悲伤魔女已经忘记了它的存在。她翻来覆去地察看这颗珍珠，寻找上面的裂缝和缺口。这里有一段记忆，一个最心爱的人，一个无可挽回的损失，一个满心的希望，一个绝望的深渊，一颗心能装得下多少感情啊！她望着自己的祖母，望着自己的母亲，望着那个拼死保护家人的男子。无限大的，卢娜心想，宇宙的存在方式是无边无际的。它是光明和黑暗无休止的交替运动，它是空间和时间的交会之处，是空间里的空间，是时间里的时间。而且她知道：一颗心所能承载的，也是无限的。

一个人失去自身的记忆，是多么可怕啊，卢娜想，如果我知道的话——而我现在已经知道了——来吧，让我来帮助你。

卢娜集中了她的全部精力，只见那颗珍珠啪的一声裂开了一道缝。悲伤魔女立刻睁大了眼睛。

"我们当中的一些人，"仙婆婆说，"放弃手中的权力，选择了爱。确实如此，我们大多数人都是这样做的。"

卢娜把她的注意力放到珍珠的裂缝上。随着她左手的手腕一抖，她的魔法把珍珠分成了两半。里面的悲伤一股脑儿地冲了出来。

"啊——！"悲伤魔女痛苦地叫出声来，把双手按在胸前。

"**你——**！"头顶上传来一个声音。

卢娜抬头一看，立时感到喉咙里爆发出一声尖叫。她看见一条巨龙在头顶盘旋，它呼啦一下盘旋着冲上高空，紧接着俯冲过来，离中心越来越近。那条巨龙的身上火光冲天，不知怎的，它看起来十分眼熟。

"是费里安吗？"

伊格纳莎姐妹撕扯着胸口，她心中的悲伤全部洒落到地上。

"噢，不，噢，不，不，不。"她的眼里充满了泪水，她泣不成声。

"我的妈妈，"长得像费里安的巨龙大声喊道，"我的妈妈死了，全都是你害的！"巨龙猛冲下来，在地面上滑行了一段才停下。它扬起的沙石和尘土，铺天盖地。

"我的母亲，"悲伤魔女呆呆地自言自语，似乎没有注意到冲向她的巨龙以及对她的控诉，"我的母亲，我的父亲，我的兄弟姐妹们，我的村庄和我的朋友们，全都走了，留下的只有悲伤。悲伤的记忆，记忆的悲伤。"

费里安一把抓住悲伤魔女的腰，把她举了起来。她四肢晃荡着，像个布娃娃。

"我应该烧死你！"巨龙说。

"**费里安！**"格勒克跑上山来，卢娜无论如何也想不到他会跑得这么快，"费里安，快把她放下。你不知道你在做什么。"

"我当然知道我在做什么，"费里安说，"她是坏人。"

"费里安，松手！"卢娜大声喝道，紧紧地抓住巨龙的腿。

"我想念她，"费里安哭着说，"想念我的妈妈，我非常非常想念她。这个女巫应该为她做的坏事付出代价。"

格勒克像高山一样巍然屹立，像沼泽一样庄严沉静。他心怀着这个世界上所有的爱，深情地望着费里安："不，费里安。你这个答案太肤浅了，我的朋友，要看得更深刻一点。"

费里安闭上了眼睛，他没有放下悲伤魔女，大颗大颗的泪珠从他紧闭的双眼中流淌出来，变成滚烫的蒸汽喷洒在地面上。

卢娜努力透过层层的包裹，更深入地观察那颗变成珍珠的心。她所看到的东西使她大吃一惊。"她将悲伤锁在心里，"卢娜低声说，"她掩盖它，压制它，越压越紧，越压越紧，越压越紧。她心中的悲伤变得如此坚硬、沉重而密集，密不透光。它把一切悲伤都吸进去，悲伤吸食着悲伤，她变得对悲伤无比饥渴。而她吞食的悲伤越多，就越需要用更多的悲伤来填饱肚子。后来她发现她可以把悲伤变成魔法。她学会了如何增加她周围的悲伤，她还像农民种植小麦、生产肉类和牛奶那样去大量地培植悲伤。她吃进满肚子悲伤，撑得都要吐出来了。"

悲伤魔女哭泣着。她心中的悲伤从她的眼睛、嘴巴和耳朵里泄漏出来。她的魔法消失了，她收集的悲伤也快漏光了。很快，她将会一无所有了。

大地在震动，大股的浓烟从火山口涌了出来。费里安摇动着手中的悲伤魔女。"为了你所做的那些坏事，我应该把你扔到火山里去，"他哽咽着说，"我应该把你一口吃掉，然后把你完全忘掉，就像你从来没有想起过我的母亲一样。"

"费里安，"仙婆婆叫着，伸出她的双臂，"我的宝贝费里安，我的天生巨龙大男孩。"

费里安又哭起来了，一松手放开了悲伤魔女，任凭她掉到一堆碎石头上。"仙阿姨！"他呜咽着说，"我感觉到了好多东西啊！"

"当然了，亲爱的，"仙婆婆叫巨龙走近一点，她用双手抱住他那变大了的脸,亲吻着他那巨大的鼻子,"你有一颗天生巨龙的心,你一直都有的。我们可以对悲伤魔女做很多事情,但是把她扔进火山不在我们的选择范围内。而且,如果你把她吃下去,也会肚子痛的。所以,请别这样做。"

卢娜抬起了头。悲伤魔女的心已经破成了碎片。她没有办法在没有魔法的状态下修复它——悲伤魔女的魔法已经完全消失了,几乎就在同时,悲伤魔女明显地开始变老。

大地又开始摇晃。费里安环顾着四周:"这次不光是最高的火山口,所有的出气口也都打开了,这空气对卢娜有害,可能对其他人也都有害。"

那个没有头发的疯女人(不,卢娜想,不是疯女人,是我的妈妈,她是我的妈妈,这个词使她颤抖)微笑着低头看着自己的靴子:"我脚上的靴子随时可以带我们迅速到达要去的地方。让巨龙去送伊格纳莎姐妹和怪兽吧。其余的人骑在我的后背上,我们去保护区,必须警告他们火山即将爆发。"

月亮不见了,星星不见了,浓烟笼罩着天空。

我妈妈,卢娜想,这是我的妈妈。天花板上的女人。在塔楼铁窗上的手。她在这里,她在这里,她在这里。卢娜的心变得无限开阔。她爬上母亲的后背,把脸颊贴在母亲的脖子上,紧紧地闭上了眼睛。卢娜的母亲尽可能轻柔地抱起仙婆婆,并且嘱咐安坦和卢娜要抓紧她的肩膀,就像乌鸦抓紧卢娜的肩膀一样。

"小心照看格勒克啊!"卢娜嘱咐费里安。巨龙用手抓住悲伤魔女,尽量把胳膊往远处伸,好让她远离自己的身体,一副排斥她的样子。格勒克紧紧抱住费里安的后背,就像这些年来,费里安趴在格勒克后背上一样。

"我对格勒克向来是小心翼翼的,"费里安一本正经地说,"他是很脆弱的。"

地面剧烈震动,该走了。

46. 好多个家庭都团聚了

保护区的人们看到一大团灰尘和烟雾向城墙蔓延过来。

"火山!"一个人哭了起来,"火山长腿了!正往咱们这边跑呢!"

"别胡说了,"一个女人反驳道,"火山没有腿,这是女巫。她终于来找我们算账了,我们早就知道的。"

"有人看见那只大鸟飞过来了吗?看起来像一条飞龙的?当然这不可能,世界上已经没有龙了,是吧?"

疯女人滑行到城墙边,停住脚,让安坦和卢娜从她后背上爬下来。安坦一刻都没耽搁,立即跑去打开保护区的大门。卢娜留在原地,等疯女人把仙婆婆轻轻地放到地上以后,扶她站起身来。

"你没事吧?"疯女人说。她的眼球从这边转到那边,从不在一个地方停留很久。她脸上的表情不停地变换,一个接着一个,变过来,变过去。她已经——卢娜看得出来——她已经疯得很厉害了,或者是一点都没疯,只是心碎了。破碎的东西有时是可以修补的。她拉着妈妈的手,暗暗地希望着。

"我要到高处去,"卢娜说,"当火山爆发时,我需要做些事情,保住城镇和居民。"她用下巴指指那座冒烟的火山口,她的心脏收缩了一下。她的树屋,他们的花园、鸡和山羊,格勒克美丽的沼泽,所有的一切都会在一瞬间消失——如果现在还没有消失的话。后果,一切都是后果。

疯女人带领卢娜和仙婆婆走进大门,上到墙头。

母亲身上是带着魔法的，卢娜能够感觉得到，但这魔法和卢娜的魔法不一样。卢娜的魔法注入了每一根骨头、每一个组织、每一个细胞。她母亲的魔法更像是经过了漫长的旅行、散乱地放在一个篮子里的杂物——七零八碎的，互相碰撞着。尽管如此，卢娜还是能够感觉到母亲的魔法——以及母亲的渴望和爱——在她皮肤上嗡嗡作响。这份渴望与爱激发了她体内涌动的力量，指引着魔法不断地增强。卢娜握着母亲的手，握得更紧了。

费里安、格勒克和那几乎完全丧失了意识的悲伤魔女降落在他们身旁。

保护区的人们尖叫，从围墙边跑开，尽管安坦一直在拼命喊叫，让他们不要害怕，但是没用。仙婆婆眼望着黑烟滚滚的山峰。"这的确很可怕，"她严肃地说，"但都不是我们造成的。"

大地震动着。

安坦呼唤着伊珊。

费里安呼唤着仙婆婆。

"哇，哇，哇——"乌鸦叫道，他的意思是说，卢娜，卢娜，卢娜。格勒克要求大家安静会儿，这样他才能够思考。

火山喷发出了冲天的烟和火，吞进去的能量终于释放出来了。

"我们能够阻止火山爆发吗？"卢娜低声问。

"不行，"仙婆婆说，"很久以前曾经有人阻止过，但那是个错误。一个好人因此死了，徒劳无功，还赔上了一条好龙。火山要爆发，世界要变化，这就是事物发展的模式。但是我们可以设法保护自己和他人。我自己做不到——不再有这个能力了，你恐怕也无法靠自己做到。但是，咱们可以一起去做，"她看着卢娜的母亲，"大家一起来做，我想是可以做到的。"

"可我不知道怎么去做啊，阿婆。"卢娜竭力不让自己哭出来。有太多的事情需要去了解，却没有足够的时间去了解。仙婆婆把卢娜的另一只手也拉了过来:"你还记得你小时候,我教你制作了好多泡泡,把盛开的鲜花一朵朵地包在里面吗?"

卢娜点了点头。

仙婆婆笑了:"来吧,并不是所有的知识都来自头脑。你的身体,你的心脏,你的直觉,有时候甚至记忆里都有你自己的思想。我们做的那些泡泡——包在里面的鲜花都安全了,还记得吗?我们现在只需要多制作一些泡泡,泡泡里面的泡泡,魔法的泡泡,冰的泡泡,玻璃的、铁的、星光做的泡泡,沼泽的泡泡。重要的是你的意图,而非所用的材料。放飞你的想象力,努力地想象出每一个泡泡,把每座房子、每个花园、每棵树、每个农场,全都包起来,把整个城镇都包起来,把自由城市周围的城镇也都包起来。铺天盖地的泡泡、泡泡、泡泡。用这些泡泡把我们自己也包裹起来、保护起来。我们三个人一起,使用你的魔法。现在闭上眼睛,我来告诉你们怎么做。"

卢娜的手指与母亲和祖母的手指紧紧地扣在一起,她全身心地感受到了巨大的震撼——火热的电光,从地球的核心直冲天顶,又返回来,再冲上去,再返回来,飞快地穿梭于天地之间。魔法、星光、月光、记忆,她的心被巨大的爱所充满,它开始喷发出来,像火山一样爆发了。

大山崩得粉碎,天上降下火雨,漫天的灰烬让世界变成一片黑暗。只有那数不清的泡泡,在风、火、尘埃的重压之下闪闪发光。卢娜咬紧牙关,坚持着。

✽

三个星期之后,安坦几乎认不出自己的家了。四处还是堆积着厚厚的灰尘,保护区的街道上布满了石头和折断的树木。风把火山灰和森林大火的灰烬,还有各种不知是什么的灰烬全都吹下山坡,堆积在街道上。白天,阳光几乎无法穿透浓厚的烟雾，晚上也看不见星星和月亮。卢娜用魔法造雨，冲刷保护区以及森林和毁掉的山脉，让空气稍微洁净了一点。但是，仍然有许多清理修复工作要做。

尽管周围的环境还是一团糟，人们却是满怀希望地欢笑着。长老会的成员都被送进了监狱，新的长老会成员是由民众投票选举出来的。赫兰德的名字已经成为耻辱的代号。阿韦负责管理塔楼的图书馆，开放给所有的访客。而且终于，那条唯一通往外界的磐石路也开放给了保护区的公民，让他们有生以来第一次能够出远门。尽管还没有多少人真正地外出旅行，但这只不过是刚开始。

这些变化的中心是伊珊，胸前的背巾里装着自己的宝贝儿子——她是理性和可能性的完美结合。安坦紧紧地守护着他的小家庭。"我永远也不会再离开你们了，"他喃喃地说，其实主要是告诉自己，"永远，永远，永不分开。"

❂

仙婆婆和悲伤魔女都住进了塔楼的医院里。当人们知道了伊格纳莎姐妹所做的事，都呼吁要把她关进监狱，但是每分每秒，这两个超长寿的妇人的生命都在消亡，她们正在一点一点地死去。

仙婆婆知道，自己命在旦夕，随时都可能死去。她不怕死，只是好奇，想知道这会儿悲伤魔女的脑子里在想什么。

❂

伊珊和安坦请卢娜和她妈妈住在自己宝宝的房间里，并且让她们相信，路肯现在也不需要单独住，反正他们也不忍心跟他分开住，一刻都不愿意分开。

伊珊把房间布置成一个适合卢娜为妈妈疗养的地方：柔软的地毯，厚厚的窗帘，用来遮挡过于强烈的阳光或寒风。瓶瓶罐罐里面插着漂亮的鲜花，还有纸，好多好多的纸（而且似乎总是变得越来越多，越来越多）。那个疯女人用这些纸来画图，有时候卢娜还帮她画。伊珊给她们开好了各种药膳汤和药草的处方，让她们好好休息，还给她们无微不至的关爱。她给母女二人准备好了生活、养病所需要的一切。

与此同时，卢娜开始走出家门，到处打听她母亲的名字叫什么。她挨家挨户地走访，向任何一个愿意跟她说话的人请教——刚开始没有几个人愿意跟她讲话，保护区的人不像自由城市的人们那样毫无保留地爱她。老实说，这让她感到震惊。

卢娜心想，这恐怕还需要努力地去适应。

经过好几天的走访和调查，卢娜在吃晚饭的时候回到家里，跪在妈妈的脚边。

"阿达拉。"她说。她拿出自己的笔记本，把以前没有见到母亲时画的画给她看。天花板上的女人，怀里抱着一个婴儿，一个塔楼，窗户里伸出一只手臂，一个婴儿躺在大树围成的空地里。"你的名字叫作阿达拉。如果你记不住的话也没关系，我会一直告诉你，直到你想起来为止。就像你的心灵飞到四面八方去找我一样，我的心也到处飘荡着去找你。你看这里，我还画了一张去找你的地图呢。'她在这里，她在这里，她在这里，'"卢娜合上笔记本，看着阿达拉的脸，"你在这里，你在这里，你在这里，而我也在这里。"

阿达拉没作声，她默默地伸出手去，轻轻地把手放在卢娜手上，她的手紧紧地握住了女儿的手。

✿

卢娜、伊珊和阿达拉一起去监狱里探访前大长老赫兰德。阿达拉的头发已经开始长出来了，黑色的鬈发就像弯弯的钩子勾画出她的脸庞，衬托出她黑色的大眼睛。

当她们走进牢房的时候，赫兰德皱起了眉头。"我就应该把你扔在河里淹死，"他怒气冲冲地对卢娜说，"别以为我认不出你来，我认得出来。你们每一个让人无法忍受的孩子都萦绕在我的梦中。即使我明知你们已经死了，我也会看得见你们长大，长大。"

"但我们没有死，"卢娜说，"我们都没有死，也许那就是你的梦要告诉你的，也许你应该学会好好聆听。"

"我才不听你的呢。"他说。

阿达拉跪到老人身旁，把手放在他的膝盖上："新的长老会已经说了，只要你愿意道歉，你就可以得到宽恕。"

"那我宁愿烂在这里，"前大长老气急败坏地叫道，"道歉？想都别想！"

"不管你道不道歉，都没关系，"伊珊温和地说，"我已经原谅你了，舅舅，真心实意的，我丈夫也一样。然而，当你道歉的时候，你就可以开始让自己的心灵得到治疗。道歉不是为了我们，而是为了你自己。我建议你去道歉。"

"我要见我的外甥，"赫兰德说，他专横的声音里出现了细小的裂缝，"拜托，叫他来见我，我渴望见到他亲爱的脸。"

"你想要道歉吗？"伊珊问。

"绝不！"赫兰德往地上啐了一口。

"太遗憾了，"伊珊说，"再见，舅舅。"

她们走了，没有再多说一句话。

前大长老继续保持他的姿态，在监狱里度过了他的余生。渐渐地，人们不再去探监，也不再提起他——即便是在开玩笑的时候也不提。渐渐地，人们完全把他遗忘了。

※

小飞龙费里安的身体在持续不断地增大。每天每天，他都要飞越整个森林，然后飞回来报告他所看到的一切："那个湖泊不见了，里面填满了灰烬。工作室不在了，仙婆婆的房子也不在了，沼泽也没有了。不过，自由城市还在，安然无恙。"

卢娜骑在费里安的背上，轮流探访各个自由城镇。这些城镇的居民见到卢娜都非常高兴，但也因为见不到仙婆婆而震惊。她生病的消息，成为每一个自由城镇的最大的悲哀。他们还是不太相信这条巨龙，但是当他们看到他对孩子们有多温柔时，也就不那么紧张了。

卢娜把保护区的故事讲给人们听。这个小镇曾经被一个可怕的女巫控制着，她把人们囚禁在悲伤的愁云之下。卢娜还告诉人们关于那些孩子的故事；关于残忍的献祭日；关于另外一个女巫，她是如何在森林中找到那些孩子，把他们带到安全的地方，还不让他们知道自己有过什么样的恐怖经历。

"哦！"自由城镇的居民们惊叫着，"哦，哦，哦！"

这些星星儿童的家庭把儿女们的小手攥得更紧了。

"我就是被他们从我母亲手中夺走的，"卢娜对自由城镇的孩子们说，"像你们一样，我被带进了一个关爱我而我也热爱的家。我没办法不爱那个家，我也不愿意不去爱我的家人，我只能让我的爱与日俱增。"她笑了，"我热爱养育我的祖母，我热爱我一度失去的母亲，我的爱是无边无界的。我的心会超越时空，我心中的喜乐将会越来越多、越来越多。你们等着看吧。"

从一个城镇到另一个城镇，卢娜讲着同样的故事。然后她爬到飞龙的背上，飞回祖母的身旁。

❀

格勒克一步也不愿意离开仙婆婆。由于不能每天用他心爱的沼泽水洗澡，他的皮肤皲裂了，好痒好痒。他每天都眼巴巴地遥望着沼泽无计可施。卢娜请原先姐妹会的成员——伊珊的朋友们，准备几桶水，在格勒克需要的时候往他身上浇点水，但井水终究不是沼泽水，很不一样。后来，仙婆婆对格勒克说，别这么犯傻，一定要每天到沼泽里去洗个澡。

"我真的受不了看着你这么受罪，我最亲爱的格勒克，"仙婆婆轻声说着，用她枯萎的双手摸摸沼泽怪兽巨大的脸庞，"再说——别误会我啊——你的身上已经发臭了，"她颤巍巍地吸了一口气，"而且我爱你。"

格勒克用手捧住她的脸："等你准备好了，阿仙，我亲爱的，心爱的阿仙，你可以跟我一起走，到沼泽里去。"

❀

由于仙婆婆的健康状况越来越差，卢娜对她的母亲和她的房东女主人说，她要搬到塔楼的医院里去过夜。

"我的祖母需要我，"她说，"我也需要就近照顾她。"

听卢娜这样说，阿达拉的眼睛里充满了泪水。卢娜握住她的手，说："我心里的爱并没有被分割，而是在成倍地增长。"她吻别了母亲，回到祖母身边，一夜又一夜地守护在她的身旁。

❀

第一批星星儿童回到保护区的那天，原先的姐妹会成员打开了医院的窗户。

此时此刻的悲伤魔女已经衰老得像地上的尘土，她褶皱的皮肤就像旧报纸，包在骨头上。她的双眼都瞎了，像两个空洞。"把窗户关上，"她厉声喝道，"我不能忍受这些声音。"

"开着窗户吧，"仙婆婆轻轻地说，"我不能忍受听不到这些声音。"

仙婆婆也是干巴得只剩下了一层干皮，她几乎不喘气了，时候到了，卢娜知道。卢娜坐在仙婆婆身边，握着她瘦小的手。

她们把窗户全部敞开，喜极而泣的哭叫声飘进了病房，悲伤魔女痛苦得大声惨叫，仙婆婆幸福地叹了口气。卢娜轻轻地攥了攥她的手。

"我爱你，阿婆。"

"我知道，宝贝儿，"仙婆婆费力地喘息着说，"我爱……"

轻轻地，她走了，带着对人世间一切的爱。

47. 格勒克上路了，留下一首诗

那天晚上，房间里静悄悄的，一点动静也没有。小飞龙费里安在塔楼下面撕心裂肺的哀号声已经平息，他抽抽搭搭地走进花园，在那里睡着了。卢娜回到了她母亲，还有安坦和伊珊的怀抱——这是为这个奇特的、被宠爱的女孩新组成的爱心家庭。也许，她会愿意和妈妈睡在同一个房间里；也许，她会愿意和她的小飞龙和乌鸦在一起，蜷缩着睡在外面；也许，她的世界比以前更大了——就像孩子们长大了，不再是孩子了一样。一切都回归到它们应有的样子，格勒克心想。他把他的四条手臂在心口上按了一会儿，悄无声息地走进阴影中，回到仙婆婆的身旁。

到该走的时候了，他已经准备好了。

她的眼睛闭着，她的嘴巴张着，她没有呼吸。她是尘土，是枯木，是寂静。仙婆婆的身体还在，但没有生命的火花。

天上没有月亮，而星星异常明亮，比平时亮得多。格勒克用他所有的手臂去采集星光，他把星星的光线缠绕在一起，编织成一条金碧辉煌、闪闪发光的被子。他用星光被子把仙婆婆包起来，然后把她紧紧抱在自己胸前。

她的眼睛睁开了。

"这是怎么了，格勒克？"她问道。她环顾着四周，房间里非常安静，只能听见青蛙的叫声。天气很冷，但地下的泥土是热的。四周很暗，只有芦苇上反射着一线阳光，还有沼泽在天空下面的微微闪光。

"我们在哪儿啊?"她问道。

她既是一个老妇人,又是一个小姑娘,她介于两者之间。她就是一切。

格勒克笑了:"最初,有一个沼泽。沼泽覆盖了整个世界,沼泽就是世界,世界就是沼泽。"

阿仙叹了口气:"我知道这个故事。"

"但是沼泽很孤独。它想要一个世界,它想要一双能够看得到全世界的眼睛,它想要一个强壮的后背,能把自己从一个地方带到另一个地方。它想要能走路的腿、能触摸的手,还想要会唱歌的嘴巴。于是,沼泽变成了一只怪兽,怪兽就是沼泽。然后,怪兽唱的歌就变成了今天的世界。世界、怪兽和沼泽同为一体,它们被无疆无垠的大爱连接在一起。"

"你是要带我去沼泽吗,格勒克?"阿仙问。她从格勒克的怀里挣脱出来,用自己的双脚站在地上。

"这都是一样的。你还不明白吗?怪兽、沼泽、诗歌、诗人、世界,他们都爱你,他们一直爱着你。你愿意跟我一起去吗?"

阿仙牵着格勒克的手,转身面对无边无际的沼泽,迈开了脚步。他们没有回头。

❊

第二天,卢娜和母亲走了很长的路,来到塔楼,上了楼梯,到那个小小的房间去收拾仙婆婆的遗物,并且要把她的遗体处理妥当,送她最后一程,好让她能够入土为安。阿达拉伸出手臂,搂着卢娜的肩膀,好让她不要过于悲伤。而卢娜却向旁边迈了一步,躲开母亲呵护的怀抱,抓住了母亲的手。母女俩一起推开了房门。

原先姐妹会的成员正在空空如也的房间里等着她们。"我们不知道发生了什么事。"她们说,眼睛里闪着泪光。床是空的,而且是冷的,完全没有仙婆婆的踪迹。

　　卢娜觉得自己的心痛得已经麻木了。她望着自己的母亲，母女俩长着相同的眼睛，额头上长着同样的胎记。有爱就会有付出，她想，我妈妈懂得这一点，现在我也懂了。妈妈轻轻地握了握她的手，用嘴唇亲吻着女儿的黑头发。卢娜坐在床上，但她没有哭。她用手轻轻地抚摸着祖母的病床，发现枕头底下压着一张纸条。

　　　　星光和时间
　　　　合成了一颗心。
　　　　撩人的欲望
　　　　在黑暗中迷失了方向。
　　　　从无限，到无限，
　　　　其间连接着扯不断的弦。
　　　　当我的心和你的心，怀着同一个心愿，
　　　　那愿望必定成真。
　　　　此时此刻，地球旋转。
　　　　此时此刻，宇宙扩展。
　　　　一次又一次，
　　　　爱的神秘，揭示着自己，
　　　　揭示着你的秘密。
　　　　我已离去，
　　　　我还要回到这里。

　　　　　　　　　　　　　　　　　　　　　　　格勒克

卢娜擦干眼泪,把这首诗叠成了燕子的形状。纸燕子在她的手中一动不动。她走到室外,把妈妈一个人留在屋里。太阳刚刚开始升起,天空涂上了粉红、橘黄和深蓝色。此时,在世界的某个地方,一个怪兽和一个女巫正在自由自在地游荡。这样很好,她认为,非常非常好。

纸燕子的翅膀开始颤动,翅膀展开了,翅膀扇动了。燕子侧过头来对着女孩。

"你去吧!"她说。她的喉咙痛,她的胸口痛,她心里的爱也痛。可她为什么还会感觉到快乐呢?"世界很美好,去看看吧。"

燕子一跃而起,飞上蓝天,消失在远方。

48. 故事的结尾

是的。

森林里确实有一个女巫。

当然有女巫了,她昨天还绕着我家的屋子转悠呢。你见过她,我见过她,咱们大家都见过她。

嗯,当然,女巫来可不只是要炫耀她的魔法,那样做就太无礼了。瞧你这话说的!

当她还只是个小婴儿的时候,身上就带有魔法。因为有另外一个女巫,一个古老的女巫,把自己身上的魔法都倾注到了这个小婴儿的体内,让她身上的魔法大得连她自己都不知道。源源不断的魔法从老女巫的体内流淌出来,注入小女巫的体内,就像水从高山上湍湍流下。这就是当一个女巫把一个小婴儿认作自己的亲骨肉、保护孩子的利益高于一切时必然会发生的。魔法会一直不断地流啊,流啊,直到老女巫体内的魔法枯干殆尽,再也没什么可留给孩子的了。

我们的女巫就是这样告诉我们以及整个保护区的。我们是她的,她也是我们的。她的魔法祝福着我们和我们所能看到的一切。它祝福着农场、果园和花园;它祝福着沼泽、森林,甚至是火山;它平等地祝福着我们每一个人。这就是为什么保护区的人民都这么健康、硬朗、光彩照人;这就是为什么我们的孩子脸蛋红润、聪明伶俐;这就是为什么我们有着取之不尽、用之不竭的幸福和快乐。

很久很久以前，沼泽怪兽写了一首诗给女巫。也许就是这首诗，造就了这个世界，也许这首诗还将结束这个世界。说不定，这首诗现在已经变成了某种完全不同的东西。我只知道，女巫把这首诗放进一个小盒子，安全地藏到她的披风里了。女巫是我们的，但是早晚有一天，她的魔法会消退，她会回到沼泽里去，那么我们就再也不会有女巫了。只有女巫的故事流传下来。说不定，她会找到那个沼泽怪兽。说不定，她自己也会变成一个怪兽，或者变成一片沼泽，或者变成一首诗，或者变成这个世界。这些都是同一种东西，你懂的。

鸣谢

要想写书,就得闭门谢客、耐得住寂寞,而谁也无法凭借个人的一己之力来独立完成一本书。这两句话听起来似乎南辕北辙、相互矛盾,但却是一个不可否认的事实。日复一日,我孤军奋战,伏案疾书,无休无止地与书中那些早已逝去的巫师、女巫、废弃的城堡、沼泽怪兽,还有那些十一岁的莽撞少年们较劲、纠缠,而他们肯定比我更加熟悉故事的来龙去脉。有些时日,写作是轻松顺手的,而大部分时间都写得非常艰难。我必须独自面对这些困难和挑战,然而我也得到了各方面的大力援助。下面这些人都是曾经出手相助的:

◇ 安·乌尔苏——创意助产士、安慰镇静剂、我灵魂的止痛膏。
◇ 诤友们——布莱恩·布里斯、史蒂夫·布莱泽诺夫、朱迪·科洛梅、卡尔琳·科尔曼、克里斯多夫·林肯,还有柯蒂斯·斯卡利塔,你们知道为什么我要感谢。
◇ 麦克奈特基金会——曾一度解决了我们的难题。
◇ 明尼苏达州儿童文学社团——真不是夸张,我们的会员人数已经可以组成几个小镇了。
◇ 埃里斯·霍华德——一个可爱的天才、我配不上的好编辑;一个坚持让我尽早开始动笔写这本书的人;一个在任何事情上都能站在正确立场上的人。
◇ 史蒂文·莫克——神秘男子,我最心仪的人类之一。他是具有超级能力的文学经纪人,对此我深信不疑。本人三生有幸能够得到他的慧眼、聪耳和敏锐的头脑,还有他热情的鼓励,这些成为推动我奋力写作的巨大动力。

译后记

——谨以此书献给我在天上的父亲

　　您读完这本书了吗？感觉如何？我在历时四个多月，耗尽心力翻译完这本书之后，并没有如释重负的感觉，而是觉得意犹未尽，对书中的人物依然是恋恋不舍，回味着他们在我脑海中鲜活的形象，还有他们说过的好多好多的话……或许，这就是本书获奖的原因吧。

　　2017年3月，我在书店里发现了这本荣获2017年美国纽伯瑞儿童文学奖金奖的书，就立刻买了一本，并且及时将这个消息告诉了国内几家儿童出版机构，请他们赶紧抢购中文版权。我想翻译这本书，很想翻译。动作最快的还是"蒲公英童书馆"，不到十天的时间，总编辑颜小鹂就告诉我："这本书的版权在我们手里了。"成功的出版机构一定是高效的！

　　高效的出版社希望我两个月交出译稿，我要求四个月。为什么？不是我不能高效，而是这本书写得太好了，我需要用配得上获奖书的中文将它呈现给中国的读者，但是原作那种特殊的"味道"实在不太容易翻译出来。

　　我捧着英文原作反复读了两个星期才敢落笔翻译——始终在品味作者的写作风格，琢磨作者的初衷，分析书中人物的各种关系、性格特征和语言特点等，从而确定我将使用的中文风格。我特别希望能够尊重原作者的风格——凯莉·巴恩希尔是数次获奖的作家，而这本书又荣获了美国的儿童文学最高奖，我必须很好地体现她的写作风格。也就是说，最终的译本应该是让她用地道的中文来讲她的故事，而不是我讲。

原作者的写作风格与我一贯平实的写作风格大相径庭。这本书是一部想象力极其丰富、富于哲理、富有诗意、充满亲情和大爱的魔幻小说，读者对象是小学高年级以上的学生。这个年龄段的孩子，正值青春萌动期的初级阶段，求知欲和想象力都非常旺盛，也正处于奠定写作基础的关键期。作者有意无意地使用了丰富的英文词汇、大量的同义词、朦胧的寓意性的比喻和短语，甚至采用像诗一样的语言，精练、华丽又神秘。本来英文的特点之一就是一词多义，言简意赅；而中文的特点却是一义多词，多重层次，褒贬分明。如果完全直译，读者必定困惑，而意译得太明确，又恐失去了其中的朦胧美和神秘感。在整个翻译的过程中，我始终在体验着古人作诗"僧推月下门"和"僧敲月下门"的推敲之苦乐。

文学翻译，特别是诗歌翻译大概是最难的了，尽管我非常喜欢，并乐在其中，但是本人的文学素养实在有限，这本书的翻译挑战了我的极限。四个多月的时间，我常常会翻译到深夜。有时候，为了一个恰当的用词、一个短语、一句话，我可以纠结半个小时。有时候，纠结一个小时也没有满意的结果。词典和网络翻译工具都不够用。拜高科技互联网之福，在我实在词穷无奈之时，可以将某个人名或短语拿到我初中时就读的"北京外国语学校"校友群里去讨教，听取优秀的专业翻译们的意见。幸亏我有这么多好朋友，还有一个中英文俱佳的好女儿。感谢他们大家！

在翻译的过程中，我特意邀请了身边一些华裔朋友的孩子们读这本书，然后听取他们的反馈，反应都很积极、正面。我34岁的女儿（两个孩子的妈妈）在忙碌的工作之后，用了一个晚上就看完了这本将近400页的英文原作，第二天早上起来眼睛红红的，跟我说："Mom, it's a good book. But it'll be very hard to translate..."（妈妈，这本书很好，但是很难翻译……）她是会讲中文的。后来当我们讨论书中的某些情节时，娘儿俩都还会感动得要用纸巾擦眼泪。

配合着原作者的写作风格和意向，我在译文中大量地使用了四字成语——这是我平时不太喜欢的做法，但是为了让这个年龄段的孩子通过阅读在写作中扩大词汇量，也就特别刻意了一点，希望不负苦心。记得自己在读小学高年级时，为了写好作文，曾经将从书中读到的优美语句抄了满满一本，印象最深的就是将"夕阳西下，晚霞染红了天边……"拼命地用到作文里，常常得满分。大量的阅读还是有效提高写作能力的基础，所以我们给孩子创作的文学作品必须既有内涵又有吸引力，好看好吃有营养，还要干净，免得误导孩子。这些都是我在翻译上的追求，不知做到了几分，请读者们来评价吧。我非常忐忑地期待着中国的读者——特别是学生、家长和老师们，也能够像美国读者读英文版那样喜爱这个中文版。

这本书的故事情节曲折离奇，人物关系复杂奇特，并且打破了世俗的一些传统的刻板印象。譬如，女巫的形象在很多作品中都是邪恶诡诈残忍的，而在这本书中，女巫是智慧和善良的化身，兢兢业业地治病救人，为了一个弃婴的最大利益付出了自己生命的全部；道貌岸然的大长老为了一己私利竟不惜害死自己的亲外甥；主人公仙婆婆为自己年少时对监护人佐斯摩的不理解、不感恩追悔莫及，然后将自己全部的关爱和理解倾注到自己收养的小卢娜身上。书中还讲述了许多发人深省的人生道理，譬如，魔法即知识，既不好也不坏，但如果用它来控制人、强迫人的话，就变成了反人性、反人道的利器；任何魔法都无法抗拒大自然的力量，必须尊重自然，力求互助、互爱、和谐共存，同时要尽量地保护好自己，这才是面对真实世界的最好选择。

感谢"蒲公英童书馆"给我这个宝贵的机会来翻译这部金奖作品；感谢我的全家支持我在翻译上花费这么多的时间和精力；感谢我在天上的父亲培养了我对文学的热爱和执着。书中的女巫仙婆婆的监护人佐斯摩不正是父亲的化身吗？他用自己全部的魔法养育了我，自己却熬到油枯灯灭……而我这个当年不懂得感恩孝顺的小阿仙，现在不是也长成了仙婆婆的样子，正在把自己的一切都无私地给予自己的卢娜（女儿）吗？父母们不图回报，只求孩子成人后，能够用最博大的爱，去祝福这个世界，去服务所有需要帮助的人。

舒杭丽
2017 年 9 月 1 日
美国洛杉矶